U0369785

文字传奇

十一堂法国
现代经典文学课

袁筱一 著

华东师范大学出版社

目
录

再版序

不知不觉,距离《文字传奇——法国现代经典作家与作品》的初版,已经过去了十年。十年里,也有过再版这本书的想法和提议,但是我自己竟然有些没来由的怕,怕重新审视自己在新世纪来到的第一个十年里的情绪与文字。更何况,自从2008年书出版之后,"法国现代经典文学"这门课就没有再开过。在2015年,倒是和学院的两位同事一起开了通识课"二十世纪世界文学:经典与阐释",所涉及的作家与作品虽然和这本书里有一点重复,但角度竟完全不同。世界文学的课连续开了三年,可能还会继续下去,其中非常重要的原因之一就是讲稿没有出版。

十年里发生了很多变化:文学的读者,以及作为文学读者之一的我,还有书里涉及到的小说家。书出版后不久,罗布-格里耶就去世了。继萨特和波伏瓦之后,十年里,陆陆续续地,加缪、杜拉斯、罗兰·巴特都迎来了百年诞辰的纪念。有的时候阵仗也很大。两位最"年轻"的,昆德拉和勒克莱齐奥,他们都还在写。昆德拉在中国的阅读江河日下——如果还读捷克作家,中国一干小众读者的趣味也已经转向了赫拉巴尔。大家最喜欢提的,是勒克莱齐奥在本书出版后不久就得了诺贝尔文学奖——我个人固然没有一点沾沾自喜的意思,天真到以为自己左右了诺贝尔文学奖的意见,但是,曾经比较私下的喜欢已经成为国家社科基金的一个热门研究课题,这是不争的事实。有时候也会有点遗憾地想,十年里,喜欢或许已经不再是"消费"文学的一种方式。可是转念想想,新世纪都快过去二十年了，喜欢造成的这一点执念又有什么意义呢。

的确，变一定大于不变。喜欢的可以不再喜欢，罗兰·巴特《恋人絮语》中的"絮语"在风中飘散殆尽，再也无处追寻。倒回头去读《文字传奇》的文稿时，我惊讶于自己竟然曾经在课堂上带去一张巴伦博伊姆弹奏的德彪西，因为今天的我再也不会允许自己在课堂上如此沉溺于情绪。或者说，今天的课堂，如果作为一个老师仍然有这样的沉溺，他/她一定是危险的。当然不是巴伦博伊姆和德彪西的危险，而是沉溺本身的危险。进入新世纪的第二个十年，现代社会的表现前所未有的"现代"，完全像加缪说的那样，"一个人仅仅因为在母亲的葬礼上没有哭，就有被判死刑的危险"。

十年前，我就用了这个相对模糊的概念——"现代"，现在想来，大约是想避开文学史的"二十世纪"角度，强调这九位小说家之于我，完全是私人的选择。而况就像贡巴尼翁在写"二十世纪文学史"时问的一样，文学的，或者法国文学的二十世纪又始于何时？1900？1901？止于何时？2000？2001？文学中的继承与突破，在任何一个世纪之交都悄然发生着，并不见得需要一个席卷语言的文学事件来宣告决裂与开始。我想，十年的时间里，"二十世纪文学"的文学史定义也发生了变化：我们似乎已经和二十世纪文学拉开了足够的距离，只是这距离还没有大到我们对上一个世纪的文学盖棺定论。事实上，"经典"是自己的定义。记得设计"法国现代经典"的课程大纲时遭到过质疑，说既为"现代"，何来"经典"？我说服质疑的理由是：经典化本身就是一个过程，是反复阅读、批评（包括翻译和文本之外的其他艺术形式的演绎）构成的，经典远非一成不变的定论。

当初，私人的选择中有一些倒是也并非出于直觉的喜欢。作为译者，这么多年以来养成的功夫就是"先结婚后恋爱"。因为契约的东西，不是随随便便就可以中止的,唯一的合理化方式是让自己爱上,体会到对方的好处。具体地说,九个人当中,萨特并非我的喜欢,波伏瓦并非我的喜欢,萨冈也并非我的喜欢——全是存在主义者。好在二十世纪法国文学并不是某一个主义就可以定义的,否则就有在我的私人情绪里沦陷的危险。但是反过来说,我以为不仅仅对译者而言如此,阅读的重要乐趣之一也是慢慢发现并非一见钟情的文本的好,作者经意或者不经意的安排,刻意或者不刻意的语词。这种发现,于个人而言,远比八十年代腋下夹一本《存在与虚无》招摇过市要有价值得多。

我还是无条件地信仰语词,语词的决定性,语词的力量。纵使十年间很多东西发生了改变,这一点点初心终究没变。

也正因为这样,在修订的时候,我还是尽量将当初的认识、立场和心境保留下来。有些认识现在看来虽然很幼稚,有些情绪也已经成了成熟的伤痕,但毕竟是现在的我的一部分,抹不去的。否则,在重读的时候,又哪里来的那一点点莫名的疼痛感呢?

修改最大的,可能是萨特与加缪两章。萨特的那一章,是重写了初版时关于萨特生平的那段文字。因为那段文字一字不落地照抄了我自己原来在《外国文艺》上的一篇文章。用今天学术伦理的定义,就有"自我抄袭"之嫌。加缪是因为喜欢,这十年来一直在反复阅读,已经无法容忍十年前下的某些过于截然的判断。

最后要交代的,还是感谢。感谢所有喜欢《文字传奇》的读者——专业的,非专业的。感谢当初那个还不曾被无数琐碎事务淹没的自己。感谢华东师范大学出版社接受再版的选题。当然最最需要感谢的是彭伦。十年里,他也变了很多,但是,他始终都在离书最近的地方,并且仍然愿意继续守护这本书。

我不知道自己还能不能期待《文字传奇 2》的最终完成——这个模

模糊糊的愿望,已经生了两三年的时间,可在这两三年的年末对自己进行清算的时候,一年比一年更觉出这个愿望的奢侈。不仅仅是时间之于我的奢侈,更是促使我落笔的情绪之于我的奢侈。这才明白,归根结底,文字的来源处,还是奋不顾身的爱啊。

袁筱一

2018 年 9 月

第一课

绪论：法国现代经典

我们首先要尝试为"法国现代经典"做一个规定。不是学术意义上的规定,而是作为一个读者,在他(她)加入作品所开启的无限循环时,试图对文学作品的价值和意义所做出的思考和解释。

读者,这个词很重要。因为它可以表明我的出发点和角度。译者一般情况下会较少介入理论层面的外国文学批评,这是真的。方法论从来不是译者在谈及文学时所要考虑到的东西。因为译者首先是读者。所以,这个词或许能够让严肃的"文学批评"打开另一扇大门,照亮先前一切文学批评的方法论未必能够照亮的风景。

比较明确地说,我的目的其实在于阅读:我想我们大家一起来读这些被我称之为现代经典的作品,不管这是一个枯燥的、痛苦的、快乐的还是感动的过程。阅读的过程不是要否定文学有理论的命题。相反,我认为,文学有理论,或许所有看似构建心灵世界的东西都有理论。不仅有理论,甚或还有技巧。理论的意义在于它会大致规定一个时代的价值观,因而也会成为让后人突破的具体界限。而且,在突破之中,我们会看到相当绚丽壮观的斗争场景——应该说,我们即将解读的这九位作家和他们的主要作品正是呈现了这样一种突破,还有突破所牵连的无奈、勇气和悲伤,但也有希望与向往。

不否定文学理论的存在,但是,我想绕过理论的角度,绕过那种自上而下的俯瞰角度。航拍的作品,有一种全局的美:总是那样一种大块的绿色、蓝色或者黑色，可是，也许我们容易错过这一大块色彩里某一个小点背后的故事——有时候，我愿意相信，这个小点有可能影响到人的一生。因此，回到我们刚才说过的那一段话，我想要陈述的，应该不是理论所规定的文学创作的价值观，而是这些小说家们在突破具体界线时所呈现出来的无奈、勇气和悲伤，以及他们的希望与向往。

我别无选择地从一个简单读者的角度出发。读者的角度是平等的角度——或者也是微微仰视的角度；是在他人的小说世界里读到自己的梦想、等待和破碎，然而，总觉得微微的有点不解和疑惑，不知道为什么先前从来不曾发现过自己竟然还会有这样的梦想、等待和破碎的角度；是准备好出发和这些精心构建的文字彼此交缠、肌肤相亲的角度。

也就是说，在阅读结束之后，我们读过的这些文字并不必然成为你们生命的一部分——不过，即便能够成为生命的一部分，也没有什么不好，比较起爱情和梦想，总是文字里所包含的绝对的意味更加可靠一点——但是，它们可以成为你记忆中闪烁过的一点色彩。

而人，是靠记忆中的这点色彩活着的。为了这点色彩，我们才能够有所希望，才能在怎么也学不会弹奏的肖邦的圆舞曲中，不产生投身大海的愿望——因为那样的命运，已经由小说世界里的某个人物代我们完成了。我们总没有理由去重复另一个世界里的命运。

解释完角度，我还需要对内容做一个说明。

我会选择法国二十世纪出生的九位作家和他们的代表作品作为我们的阅读对象。我想，他们是突破性地承继了法国小说传统的一批人，也是在用自己的方式完美地诠释着福楼拜、普鲁斯特和纪德所奠定的现代法国小说传统的一批人。我们会看到他们和巴尔扎克、雨果、罗曼·罗兰等所创造的从十九世纪一直延续到二十世上半叶的小说世界的区别;也应该会看到他们努力想要创造一个新的小说世界的努力和野心。这样的野心,我们从他们的文字中,从他们的小说结构中,从他们的小说命题中都可以看得出来。

最后,我要解释一下我的选择标准,所谓的"代表"的定义。

一、好的小说家都是魔法师

不是《哈利·波特》里的魔法师。这个魔法师的概念,取自纳博科夫[1],是我最喜欢的一句关于小说"现代性"的总结。当然,《哈利·波特》也反映了人类对于魔幻世界的感性向往,和金庸的武侠小说一样,那个世界里充满了不可能的奇遇、美丽和力量。其实无论身处什么样的时代,无论我们对文学有怎样的寄托和规定,我们都会问自己:在现实世界之外的文字里,我们究竟在找寻什么?

世界公认的,开启现代小说之门的卡夫卡、乔伊斯和普鲁斯特的共同点在于,不论他们继承的是怎样的文学传统,从他们开始,小说的功能不再囿于对现实世界的描摹和对芸芸众生的敏感神经的触动。正因为这样的改变,无论我们身处怎样一个繁荣、悲惨或是苍凉的时代,小说才都能因其存在的真实根基在这个充满物性的世界里占有一席之地。

因为小说在这些现代先驱的笔下,成为充满魔幻魅力——理性的魔幻魅力——的世界:这就是说,好的小说家都是魔法师,好的作品都有它寓言性的一面。它是在预言某种存在的可能,而不是描绘某种静态的

---

① 可具体参见《文学讲稿》,纳博科夫著,申慧辉译,上海三联书店,2005 年。

业已存在。

什么是存在的可能性？

也许我们终其一生，都不知道自己在找些什么，又想弄明白一些什么。我们慢慢地活着，在走向死亡的过程中。无论这个过程是怎样的形式，无论它是怎样的绚烂或卑微，我们毕竟只有一生，一种可能性。人生的悲剧就在于所有的经验一经获得，永远无法重来。我们身处的历史和环境会把我们塑造成某一个具体的人，于是，我们与他人、与客观的物质世界之间形成了一种具体的关系，我们成为在绝对意义上他人不可能重复的个体存在。是在我们和他人、和客观的物质世界发生关系的时候，产生了爱、恨、冷漠、快乐、痛苦、欲望等情感：这一切都成为文学的永恒主题。

二十世纪文学当然没有脱离这些主题。与此前的小说世界不同的只是，过去（也许自亚里士多德就已经开始），小说家认为他们的任务是对我们经验的描摹，我们已经用这样或者那样的方式体会过的经验的描摹。比如说，歌德失恋了，他就写了《少年维特的烦恼》；曹雪芹家族败落了，他就写了《红楼梦》，他要反封建，要追求自由和平等；巴尔扎克要描写上升的资产阶级的生活，要面对大革命之后的平等理想遭遇了新的阻力，他就要写《人间喜剧》等等。我们都相信，在众多的可能性中，有一种可能性更为合理。文学因此和其他途径一起，都是要探寻这种被假设为更合理的可能性。并且，我们相信，这种可能性是存在的，已经经历过实践的，只是不为我们所知，或者为我们所遗忘而已。

不论这些小说家是怎么想的，我们说过，这就是文学理论所起的作用。文学理论会诱导我们对歌德、曹雪芹或是巴尔扎克做出这样的解读——反过来，这些小说家也会认为自己有这样的责任，按照理论所规定的价值观，来提供这样的范本。在传统的小说世界里，如果没有"相似性"，或者"相似性"做得不够好，如果小说世界与现实世界之间不是直接的对应关系，那是要被质疑和摒弃的。

然而依照这样的标准来评判小说，我们会遇到一定的麻烦——实际上我们已经遇到了一定的麻烦。如果小说描写的那个时代已经过去，如果种种感受和经验都已经成为过去，那么，小说的意义又将寄托在哪里呢？我们总是在未知的状态中才会心存向往、等待或者焦虑，才会感觉到自己的存在。

我想，自卡夫卡、乔伊斯和普鲁斯特开始，小说家们注意到了这个问题。他们在不无疼痛的突撞中，使得这样的标准成为不可能。《变形记》里，格里高尔最后变成了一只虫子；《尤利西斯》中，我们始终弄不懂乔伊斯在布卢姆身上安排的是怎样的命运——虽然我们是那么清楚尤利西斯那个古老的神话；甚或在我们认为最现实的《追忆似水年华》中，我们也会问，就这样一部用洋洋洒洒一两百页来描绘一场无聊晚会的作品，它值得我们耐着性子往下读吗，如果它对我们来说不具有任何现实性呢？

隐喻性成为现代经典最重要的特点之一。好的小说家用更高级的方法——或者说，他们在找寻一种更高级的方法——满足我们的好奇心和想象力。他们说，我们的好奇心不再应该集中在作为个体的"他人"的身上，为他们的无聊故事而感动、慨叹或者心生向往。

同样，我们在阅读这些现代经典作品时，也许没有顾影自怜的感觉。很难想象，我们会把自己想象成萨特笔下的罗冈丹，加缪笔下的默尔索，甚或是杜拉斯笔下那个十五岁半的少女。但是，我们却随着这些人物，有了一种再次活过的体验。好像是在梦境里，又好像是在另一个世界里。

我喜欢"梦境"这个词，被剥夺了所有抒情意义的梦境。因为它意味着现实世界之外的另一种存在——亦即我们所说的存在的可能性。《追忆似水年华》的晚会是一个巨大的梦境,是现实、未来与语言世界共同奏响、彼此走向不同、出路也不同的梦境:在对逝去时光的追寻中,它架空了现实世界里的时间和空间的经纬。

当我们坠入这样的梦境时,我们不会不感到心醉神迷。心醉神迷是一种忘记属于自己的忧伤和快乐的状态。这样的作品向我们开启的,是一个完全的未知世界,这个世界完全由你所不能预知的各种关系构成。

二、细节之美

说完小说家,我们接下来的问题是,如果我们是从一个读者的角度出发,我们在这样的现代经典小说里要找寻的是什么? 我们怎样才不会感到失望?

"迷宫"一般的现代经典小说,可能作为一个单纯的阅读者而言,最大的乐趣恰恰在于迷失。我想在这里借用《阿涅丝的最后一个下午》中的一段话,来说明作为一个聪明的读者,我们怎样才能够从阅读中获得最大的满足和乐趣:

真正的读者(倘若还存在的话)一直都应该是《堂吉诃德》序言所指的那种"悠闲的读者",是抛弃了日常事务和目的性的读者,中断自己的行程,因为眼下见到的美"阻挡着(他)离开",将自身,将所有事先所想的、所计划的都搁置在一边。打开一本书,任由自己被一本书"包围",或者置身于被"阅读"的状态。[……]不仅要远离包围着我们、为我们所熟知的现实,而且应当更彻底,远离我们个人的故事,远离我们个人社会的、政治的、情感的界定,远离我们的"研究"和我们的理论。甚至,如果可能的话,远离我们的身份。如果没有这份抛弃,没有这份最初的漫不经心,就不会有阅读,不会有任何发现和惊奇,而仅仅是对我们已经知道的、我们所欲求的和我们已经经历的一切的重复。[①]

最好的读者和最伟大的情人一样,是能够深陷在小说世界,"自我放弃"的人。这是我们要做解读的杜拉斯在讲述写作时喜欢用的一个词。放弃自己,放弃自己社会的、政治的、情感的界定。任由自己被蛊惑,被迷梦一般的情景"魇住"。

放弃自己的前提是绝对的爱,应该是并不期望对方给予过多物质性回报的爱:而在这样的一种爱中,我想,我们所期待的绝不会是答案和结局。只有放下我们先前所有的一切对我们的价值观所作出的种种规定,放下要学习到一点什么的目的性,才能够听凭自己在文字的世界里漂浮和辗转。才会和保罗·德拉罗什画中的年轻女性殉道者一样,安静地在水面荡漾,有涟漪,有光,但是真的,不会有失望。

是的,我以为,所谓聪明的读者是能够最大限度从作品中得到满足的读者。这种满足,有可能会从作品的主题里得到——比如我们会谈到的萨特和加缪。但是,不要总是往大的方向去看,哪怕主题已经给了你足够丰富的思考和感觉,也不要错过你走上岔路时,遇到你所不曾期望过的一片风景给你的震惊和感动。作品里的一个段落,一句话,一个词

---

① 《阿涅丝的最后一个下午》,弗朗索瓦·里卡尔著,袁筱一译,上海译文出版社,2005年,第6—7页。

就能给你带来一种颠覆性的快乐：就能令你在某个午后，在纷飞的大雪之中，或是透过树叶照射下来的斑斑驳驳的阳光中，忘记尘世里还有其他的东西存在。

或许是因为在很长时间里，我一直游离在学术性的"文学研究"之外，我才真的得到了很多伊壁鸠鲁式的乐趣——其实伊壁鸠鲁告诉我们，感官的快乐也是要借助理性与思考的，也需要节制。我想，这应该就是我们这门课的根本所在：凭借理性和思考，承受小说世界里无所不在的细节之美对我们感官所造成的冲击。

在我们的教育中，我们可能或多或少在所谓抓住"中心思想"的训练中丧失了读书的乐趣。但是我希望能有机会，让大家尝试一种所谓细节的乐趣。同样是纳博科夫说过，"细节优于概括"。作品，哪怕是公认的伟大作品也不见得是因为其宏阔的、催人向上的主题而不朽。时代在变，所谓理想道德的标准也始终会变。并且，即便有了宏阔的主题，没有细节之美，也许仍然无法成就不朽。

关于细节之美，最世俗、同时也许是大家最熟悉的例子之一是张爱玲。很多年前我也喜欢过她，喜欢她充满热情地描绘这个世界的红绿搭配。和大多数人一样，我不会向往《倾城之恋》里白流苏和范柳原的爱情，但是，在我十七八岁的时候，却怎么也抵挡不了这样的一段描写：

在这动荡的世界里，钱财、地产、天长地久的一切，全不可靠了。靠得住的只有她腔子里的这口气，还有睡在她身边的这个人。她突然爬到柳原身边，隔着他的棉被，拥抱着他。他从被窝里伸出手来握住她的手。他们把彼此看得透明透亮，仅仅是一刹那的彻底的谅解，然而这一刹那够他们在一起和谐地活个十年八年。

隔着棉被的拥抱，一刹那的彻底谅解，十年八年的和谐生活，这个细节给我的震撼在后来竟然演变成我对婚姻的注解。我们要讲到的罗兰·巴特说，不是文本模仿生活，而是生活模仿文本啊。

　　我提到罗兰·巴特，也并不是要说，我们在这门课上会采用结构主义或者解构主义的批评手段。我更不会把某个文本拆分离析出若干的"要素"——像罗兰·巴特本人所尝试的那样。如果说文学理论是存在的，文学批评是存在的，批评的林林总总，其存在的目的却并不在于阅读，在某种程度上，那只是写作的另一种方式而已。因此，我们在前面就已经肯定了这一点，这门课绝不是一门"文学批评"的课。

　　作为一个阅读者，一个受到作品蛊惑的人，没有任何预期的目的，只是随着作品所开启的风景去发现寓言世界的美。

　　其实，不做自己的主是一件非常美妙的事情，如同把自己完全交付给一个充满力量的人——我们在这门课上将阅读的这九位作家在自己的作品里都充分显示了这样的力量。只要你懂得阅读，你就会发现，文字的力量在某些时刻的确会超越现实的力量。

　　同样的道理，在我看来，作品的力量也要远远超越作者本人的力量。作为必要的了解，我们会讲到作家本身，甚至会讲到某些作家的私人生活。我们会惊异地看到，有一些小说家，他们在人为地混淆私人生活和小说之间的界限。但是，我不希望你们将过多的注意力放在作家本身。因为相信作品，远远比相信作家要来得可靠，要来得不容易失望一些。不要对着作品里的人物顾影自怜，同样，也不要参照这些作家去生活。要让他们笔下的梦幻世界永远成为和我们现实世界并行的世界，完好无损。

三、用文字的性感抵御存在的死感

我们摹仿萨特,讲完了"是什么"和"怎样"之后,还要再确定一个问题:为什么。是的,在具体谈这门课之前,我们要花一点时间谈谈文学的意义问题。

我们为什么要阅读,为什么要把自己交付给作品,为什么要在现实世界之外去发现一个梦幻的世界呢?

这里面牵涉到一个文学的功用问题。长期以来,文学可能会被当成一种附加价值,人们认为它起的作用不过是点缀和装饰的作用,并不触及生活和存在本身。就好像每天我们都要靠摄取食物来维持生命,至于食物是什么样的形式,是否色泽明亮,味道鲜美,这是次于生命本身的事情。

我不想这样来看待文字,这样的视角永远也赋予不了文字应有的价值。我想套用刘小枫先生在《沉重的肉身》里的一句话:用性感抵抗死感。具体到我们所说的文学的功用上来,就是用文字的性感抵御存在的死感。

我不知道你们当中是否有人觉得在这个物质世界里到处碰得青一块紫一块。那是物质世界的种种限制与无限的精神向往碰撞后所产生的疼和伤。物质世界从来都是有极限的,肉体、金钱、生命,凡此种种。时间和空间构成了现实世界最大的经纬式的牢笼。因而,我们这些伟大的小说家无一例外地在追问这样的命题:牢笼在何种意义上成为牢笼?

或许,绝对而悲伤的答案是:牢笼在任何意义上都是牢笼,人怎样解说自己的主体性，都突破不了这牢笼，往北、往南、往西、往东，最终都脱离不了罗布-格里耶所说的那个"8"字循环。

应该只有在想象的、梦的世界里，界线会暂时被忘却吧。就好像在那部《我从不曾这样爱过》的电影里所说的那样，灯光灭掉的时候，时间会停下它的脚步，规矩、准则将不再存在，我们可以做我们想做的事情，做我们想做的人，我们是自由的。然而，灯光一旦开启，时间又将继续它的行程。文学应当是和任何其他的艺术一样，成为把你联系到想象世界和梦的世界里的细线（我仍然用刘小枫先生的词），让你在一个暂时被搁置了时间和空间的世界里，经历别样的生活，让你能够暂时"关闭灯光"，让时间停下它的脚步。

这根线的确很脆弱。因为它可能会牵动你的无限欲望去突破这个世界在某一时刻固有的界线，让你产生魔鬼一般的勇气，想要生活在灯光永远不开启的黑暗世界里。勇气铸就的大部分结果却并不成功。我也不得不承认，有的时候，这种抗争会是一场灾难。当我们把生命的重量过分倚重在一根细线上的时候，它真的有可能是一场灭顶之灾。

但是，再脆弱，它也是必要的。如果没有这根细线，没有这根细线另一头连接的性感，生命的全部将以界线的形式呈现，你撞到哪里，都是不能的疼，都是永远不能超越的欲望，那将是多么暗淡呢？生命于是变成一步步走向死亡的、恐惧而麻木的过程。面临死亡的逼近，在死感的隐隐威胁下，我们会因为找不到生的意趣而束手无策。

文字的价值在我看来就在于此。你当然可以不选择它作为支撑你生命的细线，但是我们要阅读的作家做出了这样的选择。他们用文字的方式，使自己的一部分存在有别于向死亡慢慢走去的麻木过程，他们为我们建造了别样的风景。是他们使我们的存在有了丰富的可能性，让我们在死感的威胁下，也能够展开如花的笑靥。

这也会成为"现代法国经典"这门课最终的目的。希望你们多年以后,在某一个突如其来的时刻,无论快乐或沮丧,一下子就能记起我们这间教室,记起我们所读到的某位作家的某个段落,某个意象,甚或某个词。记起你青春的日子里,每周五的下午所度过的这一个半小时。

最后,我说明一下我选择的九位作家——因为时间的关系,我们无法去达到中国人一向以为完满的"10"——说明一下为什么会选择他们。绝对地说,我是选择了八位法国作家,他们分别是:萨特、波伏瓦、加缪、杜拉斯、罗兰·巴特、萨冈、罗布-格里耶、勒克莱齐奥。我还会再加上一位移民作家:米兰·昆德拉——因为这是当代中国翻译文学中最有影响力的作家之一,旅居法国,在新世纪到来不久后开始用法文创作,勉强也可以算得上是半个法国作家。

我没有讲现代小说的开创性人物,那个洋洋洒洒追寻逝去的时间的普鲁斯特——不能够。如果将来有这个可能,我们专门开课讲他。我也没有选讲对于法国现当代小说同样功不可没的福楼拜或者纪德。原因很简单,在选择的第一条标准上,我依据的是非常愚蠢的一条量化标准:我所选择的这些作家,均出生于二十世纪。

当然,这条量化的标准也许没有它表面上那么愚蠢:我们在后来的阅读中能够意识到,这也是法国文学史乃至思想史上的一个重要时代,所谓萨特的时代,到了六十年代之后,就是反萨特的时代。正是在萨特的这个时代,文字显示了它最后炫目的力量,它在费力地延续——我们现在很难说是否已经终结——我们所说的那种以性感对抗死感的法兰西文学的神话。

2005 年是萨特的一百周年诞辰。我把第一讲献给他,借此表达对他的敬意——无论从什么角度来说,萨特都是一个非常值得我们尊重的作家。正是在他的周围,产生了一批耀眼的作家。他们对萨特或爱或恨,但是无论如何绕不过他。这是对文学仍然富有相当的责任心的一批人。

我同样摒弃了一些过于当代的作家,比如说《基本粒子》的作者维勒贝克。在这九位作家中,最年轻的可能算是勒克莱齐奥,同样,他也许是你们最不熟悉的一位。因此五十年代以后出生的作家,基本上不在我的选择范围之内。经典对于量化标准的最大要求就在于:它需要时间来定义。

但是,除了量化的标准之外,更重要的也许是非量化的标准。这是我自己的具体选择标准,是具体落实在个人和作品上,关于法国现代经典的定义吧。

第一,他的作品应当是一个无法效仿的个案。好的作品,是假借上帝之手安排的偶然。我们在今后的解读中会发现,这些作家中或许有流派的开创者,但是几乎没有流派的继承者。而且,即便他真的是一个流派的开创者——比如说萨特和介入文学的关系——这个流派也几乎不可能有承继者。这就是我所谓偶然的含义。好的作品和美丽的爱情一样,可遇而不可求。

第二,所谓的个案不是"私人小说"的概念。和时下流行的,以"自我虚构"为名出卖自己故事的作品有着本质的差别。它是完完全全的虚构世界:因为虚构,成就了所谓寓言性的使命,成为众人不会、也不能够具体化的可能。这才是生活模仿文本的真正由来。因此,这些作家的代表作品也不能是一面镜子,能够临水照花般地照出你我个体的影子。从这个意义上来说,我选的作家中,女作家要相应模糊一点:波伏瓦、杜拉斯的作品都有一定的自述性。因此会造成某种假象,让我们误以为作品中人物的命运是有可能重复的:只要我们愿意。但是这几位女作家值得我们原谅的地方在于：她们本身也许就是传奇。传奇的偶然性让我们的假想不能够进行到底。这一点，我们在日后的解读中可以领悟到。哪怕退一万步来说，她们的作品没有寓言性地揭示这个世界可能的存在，至少，它们也用细节之美——和张爱玲隔着棉被的拥抱一样，或许我们也无法逃脱"如水消失于沙"这样的语句的魅惑吧——为我们埋藏了很多意想不到的惊喜。

第三，这些作家都必然是文字的高手。如果说好的作品是神遇的偶然，好的文字却带有一定的必然性。具体到包括文学作品在内的艺术作品而言，总是逃脱不了技巧，叙事的技巧，讲故事的技巧。我们在解读中，会尝试解释这些作家的文字技巧。文字技巧可能是词汇层面的，也可能是结构或意象层面的。作为我的选择标准而言，文字的意义却是绝对的：这也就是说，无论是哪个层面上的文字之美，我们在与它们肌肤相亲的过程中都能体会到一种灵魂的震颤。

第四，我选择的这九位作家除了具有相同的职业和使用同一种语言材料来履行自己的职业之外，剩下的一切完全不同：经历不同，野心不同，灵魂与文字的结合方式也不同。因而，他们呈现给我们的梦境完全不同。从这个角度来说，他们应当能够代表法国在二十世纪（至少是二十世纪的三十年代到八十年代里这半个世纪）的文学面貌。因此，我们能够看到现代的小说结构和古典的语言的结合；能够看到古典的小说结构和现代的语言的结合；我们还能够看到现代的小说结构和现代的小说语言的结合。他们建立了属于二十世纪的文字传奇。

第二课

萨特和《恶心》*

---

* 除特别标注之外，本章所参考的译文均出自《萨特读本》，艾珉选编，桂裕芳等译，人民文学出版社，2005 年，部分译文参考原文之后略有改动。

第一讲　人在何种程度上是自由的

在《百科词典》里，关于让-保罗·萨特的"头衔"几乎无一例外都是这样排序罗列的：哲学家、小说家、文论家和剧作家。在我开始真正阅读萨特之前，我对他的了解恐怕也仅限于此。我首先把他当作一个和我没有很多关系的哲学家，或者，更确切地说，是一个思想家；然后，他是一个曾经获过诺贝尔文学奖，却又拒绝领奖的作家。作家这个词囊括了他后面三项光荣的头衔，在文学的领域里，他只是在诗歌上没有什么耀眼的成就。其实，关于他的职业，我们还可以加上：教师、记者、杂志主编、政治活动家等等，甚至在战争期间，他应征入伍，还是个气象兵。最终，在他一百周年即将来到之际，终于有一个人将二十世纪冠名为"萨特的世纪"，贝尔纳·亨利·列维这样描写当年三十岁的他曾经见到过的萨特葬礼的场面：

数以千计，也许是数以万计的来自世界各地的男男女女，在几分钟的时间里，站满了墓地的条条小径。活着的人与墓地的幽灵，反叛者与小资产者，不分彼此，发出一片压抑的嘈杂。有左派的人士，有孩子，还有上流社会人士组成的代表团，每个人都用邮差的黑红旗子包着头。《法兰西杂志》和"法国阿尔及利亚人友好协会"献了花。猎奇的摄影记者在窥伺。有的女人泪流满面。有一群年轻人，大概根本没有读过萨特的书，却也在那里，攀援在树上。有非洲人，有亚洲人，有"光明岛派"的越南人，也有"胡志明"派的人[……]有声名显赫的人，有默默无闻的人。[……]有的人原来是死对头，有谢了顶的，有目光哀切的……①

　　这样盛大而混乱的葬礼场面，恐怕只有萨特才能有，的确，这也是自雨果之后场面最大的葬礼，而混乱的程度更是前无古人后无来者。是在这个时候，我们不再怀疑，萨特开创了属于自己的世纪，翻新了将哲学体系和革命思想写进文学的法国传统，从而勉为其难地维持了一个相信能够凭借文字的力量推翻旧世界的世纪。

　　很难判定究竟是他影响带动了一批人，还是在一批相信世界可以在绝望中得到些许改变的人中产生了萨特。从本质上说，萨特到底也还是秉承了从蒙田以来就将思想与文学融为一体的法语文学传统，他甚至并非是"萨特时代"里，将思想和文学结合在一起的唯一个案。如果说萨特把存在主义写进了《恶心》，我们会看到，就在《恶心》之后不久的将来，加缪同样把他的荒诞写进了《局外人》。只是在这一点上，萨特没能解决一个矛盾，他真正的野心是用文学来写哲学，文学在这样一个思想领导者手中，只是一种途径和方法，可是最终的结果却是他用哲学来写了文学，并与一群人一起铸造了一个时代文学的辉煌；至于他完全放弃文学形式的哲学论述，虽然宏阔，却充满自己也解释不清楚的混乱。

---

① 见《萨特的世纪》，贝尔纳·亨利·列维著，闫素伟译，商务印书馆，2005年，第2页，作者根据原文略有改动。

是啊，时代很重要。二十世纪初可以这样来定义：世界进入了前所未有的颠覆和破坏状态；工业技术的重大进展预示着世界全面物化的开始；各种矛盾加剧、激化，导演了世界上最为惨烈的两次大战。在第二次世界大战的时候，萨特介于三十四岁到四十岁之间。动荡、囚禁、人类的互相屠戮，这一切为人到中年的萨特奠定下了永远要挣脱这个世界囚禁的反抗态度。的确，一切肉体上的囚禁总是从思想上的囚禁，从意识开始的。这不是单纯的环境规定人、历史规定人的问题。环境和历史以何种方式作用于人？而在现实之中，个体的存在到底是什么？

萨特首先提出的答案是，个体的存在，就像他自己在《恶心》中所表述的那样，是一种完全的"偶然"。虽然他既不太愿意用他的哲学来保护他的生活，也不太承认他的哲学来自于生活，但是毕竟还是承认生活与哲学说到底"是一回事"。让我们来看一下，他是怎样的一个偶然：

萨特的墓位于巴黎十四区的蒙帕纳斯公墓，在他的墓碑上，没有多余的话语，只简单地镌刻着：让-保罗·萨特（1905—1980）。他出生于1905年6月21日——三十年后，弗朗索瓦兹·萨冈和他在同一天出生，迷信形象的萨冈将之视作一种宿命。在萨特的童年时代，大家都会提到的一个重要事件是父亲的缺席。

萨特对亲生父亲没有印象，亲生父亲在他一岁多的时候就因为黄热病去世了。父亲去世对于萨特来说开始时倒不见得是件坏事：父亲的作用由博学而慈祥的外祖父替代了。童年的一帆风顺、广受称赞是否和萨特的极度自恋有一定关系可能也很难下定论，但无论如何，从小浸淫于书海既给他带来了智力上的早期训练，同时也使得他没有过早地遭遇社会的束缚与限制。在萨特的思想中，"自由"之所以能成为首要的关键词，可能也和母亲家族的这种氛围相关。要知道，母亲所在的史怀泽家族在阿尔萨斯颇有声望，族内几乎都是知识分子，大学或者中学的老师，母亲的堂兄阿尔贝·史怀泽是 1952 年诺贝尔和平奖的获得者。

要不是母亲再婚,萨特的幸福还能继续延续下去。从众星捧月的小宝贝到与继父时不时要发生冲突的青春期少年,我们当然可以想见萨特的不适。但是又有哪个孩子不要经历这一切呢?无论如何,一方面,萨特将童年时代从外省资产阶级知识分子家庭中习得的那份自由,那种有信仰但却不乏粗俗的生活方式带入了他的未来;另一方面,对于父权的反抗也成为萨特一生的行为标志——大约也与他对父亲这个位置的不习惯相关。与同代人相比较,萨特的青少年时期应该还算是顺利。亨利四世高中,巴黎高师……萨特在中学已经很显山露水了,经常说笑话,甚至整老师。

巴黎高师的学习经历对于萨特来说当然具有决定性的意义。首先表现在他的"小伙伴"上,与萨特同时在巴黎高师的一连串名字都是光辉闪耀的:保罗·尼赞——两人在中学时就已经缔结了友谊——雷蒙·阿隆,梅洛-庞蒂,还有他的人生伴侣西蒙娜·波伏瓦……决定性意义的第二个表现是,可能在巴黎高师,他就已经确立了人生态度,那就是否定一切权威:他在学校的杂志上登了自己写的一个小喜剧剧本,直接导致文学批评大家,时任巴黎高师的校长朗松辞职。事实上在日后,"小伙伴"的名声远高于老师的名声已经说明了问题。决定性意义还有第三个表现:那就是他已然在他的青年时期就进入了法国知识分子的主流圈子,尽管萨特在第一次大中学教师资格考试中竟然失败了——雷蒙·阿隆是当年的第一名,尽管此后他被分到了勒阿弗尔的中学教书,令他感到极端无聊。

与萨特同时代的知名作家中,主流圈外的屈指可数。不过有两个还真的是和萨特,尤其是和我们要讲的《恶心》有点关系,一个是在萨特之前就写了荒诞的塞利纳,另一个则是在萨特之后写了荒诞的加缪。比萨特年长十多岁的塞利纳无疑是二十世纪初作家圈里的一个异数,他倒是出生在巴黎,但18岁就参军,没有受过高等教育。1932年,他出版《茫茫黑夜漫游》,被彼时还很年轻的萨特和波伏瓦引为知己,他们深深赞许的也许是塞利纳粗俗的口气,以及面对当时各种混乱的思想所表现出来的不屑,那种无政府主义的气息。塞利纳因为反犹倾向而备受争议,这是后话,但至少,《茫茫黑夜漫游》的作者让法国文学在二十世纪上半叶看到了一种新的可能。加缪则是阿尔及利亚的穷白人。父亲早就在战争中去世,在母亲的娘家长大,母亲一家几乎都不识字。如果不是得到老师青睐,连学业都继续不了。不过加缪很幸运,多亏了他的中学老师让·格勒尼埃,他进入法国文学圈,走的也算是主流文学圈的路径。两相对照,我们就能够读懂萨特了。尽管据说萨特很喜欢开玩笑,无论是自己的学生时代,还是后来在勒阿弗尔的中学任教时都喜欢恶搞,但文字传递出来的,却是学院的气息,想象似乎很难超越其知识分子精英阶层的边界。

和所有生活在二十世纪的欧洲人一样,萨特的人生也被战争切分成不同的阶段。战前是作为知识分子出道的阶段:精英教育,教师职业,哲学与文学的创作;战争期间是发现政治,进入政治生活;战争之后是反对一切权威,成为"介入"作家。萨特在高师的时候就是一个非常勤奋的学生,阅读量差不多在平均每天一本书,而且除了作业之外,各类体裁的文章都写:小说、诗歌、杂文。海德格尔是在高师学习期间就已经迷恋上的,后来在柏林的法国学院任职的一年里,他又发现了胡塞尔的现象学。战前,萨特已经出道了:1936年到1937年,萨特完成了两部哲学作品《自我的超越性》和《想象》;1937年到1938年,完成了《墙》与"现象学小说"《恶心》(另一译名为《厌恶》)。如果说他的哲学声名还需等到四十年代《存在与虚无》的出版才能够得到确认——因为《自我的超越性》在某种意义上还不算是一部真正的哲学作品,作为《墙》和《恶心》的作者,他却已经是当之无愧的小说家了。

战争带给萨特最大的改变也许就是意识到了知识分子的个人生活与现实世界的政治生活之间的关系。躲进小楼成一统是做不了领袖的,他应征入伍,成了气象兵并来到法国东部战线,并且很快做了战俘。他既没有像阿波利奈尔那样伤了脑袋,也没有机会像塞利纳那样将战争的戾气转化为文学的奇特风格,不过他也缔造了另一种性质的传奇:在战俘营的诊疗所里,他向神父讲授海德格尔的哲学;圣诞节,他又将自己第一部戏剧作品《巴里奥纳》搬上舞台。

1941 年,萨特获释,回到了被占领的巴黎。做战俘这件事当然无可厚非,不过在被占领的巴黎以思想家的身份名扬天下可就值得玩味了。在被占领的巴黎,萨特不仅有教职,有作品,甚至能上演他的剧本。将近四十岁的他在战时迎来了创作高峰:《存在与虚无》《苍蝇》,包括《间隔》,将萨特彻底塑造成存在主义鼻祖,开始《自由之路》创作的萨特也在半推半就间登上这个神台,在为《自由之路》第一、二卷开设的讲座上,他发表了"存在主义是一种人道主义"的演讲。

对他的质疑也来自于此。德军入侵,法国投降,戴高乐在国外领导抵抗斗争,留在被占领区的许多人成了抵抗运动组织成员,知识分子也不例外。我们在马尔罗、萨特、加缪、杜拉斯等许多作家的传记中都能读到他们以这种那种方式参与抵抗运动的片段:比如编辑、印刷地下出版物,保护犹太作家,甚至营救被捕的同志等等。被占领的巴黎受制于德军宣传部,出版的纸张、主题都要受到严格审查,因此大部分"非法奸"作家都停止了出版。萨特和波伏瓦参与抵抗运动当然也是有据可查——他们和加缪的友情中甚至有一部分就是战友情谊,但是说不清楚的事情也很多。例如他在孔多塞中学的教职就是因为驱逐了犹太教师而获得的。《苍蝇》在1943年上演，台下前台坐的都是德国军官。战后，大部分"法奸作家"——巴黎占领期间执掌伽利玛《法兰西杂志》的德里厄自杀，布拉西亚被判死刑——都遭到了清算，然而萨特却能在执行清算的委员会内任职。

"存在主义是一种人道主义"的演讲坐实了萨特存在主义主将的地位，开启了一个所谓的"萨特的时代"，"存在主义的时代"。萨特在战争期间发现了政治的魔力，或许因为经历战争却始终立于不败之地，萨特尝到了"第三条道路"的好处，确定将知识分子的独立见解作为自己进入政治的标签。这个标签有一个大家更加熟悉的名称，谓之"介入"。越南战争他介入了，阿尔及利亚战争他介入了，以色列和巴勒斯坦的冲突他也介入了，古巴革命他也介入了，1968年，虽然他的身体已经大不如从前，他还是坚决站在了年轻人的一边，兴奋地等待着一个虚无缥缈的新天地。萨特痛恨权威，因为他自己就是权威；萨特不承认任何领袖，他认为自己就是一个领袖。萨特的一生，吸引了很多人，但归根到底都不能太长久地维持关系，他与加缪之间的关系就颇具典型性。

无论怎么说，萨特为这个世界留下精神遗产，最终还是通过他的作品。萨特之所以能够成为一个现象，并且影响过将近四分之一世纪的法国人，可能与他并不止于文学有一定关系，但又必然与他借助了文学的效力有关。时间已经行进到了二十世纪中叶，如果想要沿着笛卡尔、伏尔泰、康德、马克思、甚至是稍早于他的海德格尔、胡塞尔这条线下来，还要有什么重大的创设，显然也是不太现实的。萨特所谓存在主义的哲学系统是不存在的，存在主义，说到底，只是对待这个世界的一个角度，而不是放置于各个领域都能够适应的方法论。1945年，他和梅洛-庞蒂、雷蒙·阿隆一起创立了《现代》杂志，这当然也是和他日后的声名分不开的。战后的二十年是萨特最为高产的时间段：哲学方面，除了《存在与虚无》，均产自这二十年，包括《存在主义是一种人道主义》——我们在其中看见萨特对马克思的推崇，承认人的自由是有条件的——也包括混乱得一塌糊涂的《辩证理性批判》；文学方面更是如此，戏剧作品有《恭顺的妓女》和《脏手》，更值得一提的是他的批评作品《什么是文学》，还有后来为他获得诺贝尔文学奖的自传作品《词语》。和同时代的写作者一样，萨特的写作体裁不受传统体裁的限制，而是在真实的思想与想象的虚构间自由出入。虽然在六十年代末期，存在主义渐渐在走下坡路，风头渐渐被结构主义盖过，但结构主义包括列维·斯特劳斯和罗兰·巴特在内的中坚人物也都继续了这种颇为自由的文风。

在萨特的人生经历中，拒绝诺贝尔文学奖是必须要书写的一个事件。拒绝的理由是"拒绝一切官方的奖项"，也因为"任何人在活着的时候都不值得朝拜"。宣布的当天，记者都等在《现代》杂志的门外，萨特也在《费加罗报》上发表了公开信，对自己的态度做了公开的解释。

但是六十年代末期之后，萨特和他的存在主义开始渐趋沉默。显而易见的原因有两个：一则萨特的身体急转直下，二则新的思潮开始出现，并且途经美国，转而成为"French Theory"。尽管如此，萨特仍然在工作。关于福楼拜研究的长篇巨著《家庭白痴》的一、二、三卷都是在七十年代初出版的。他甚至还创办了《解放报》，在某种程度上一直坚持着自己的共产主义梦想。不过《解放报》在创刊后半年就停刊了，萨特也陷入半昏迷状态。直至1980年，萨特与世长辞之前，萨特的身体已经不再能够支撑其独立的工作。他在七十年代之后的工作，包括接受采访，或是文章，都借助年轻的高师毕业生本尼·莱维。莱维是萨特晚年最信任的忘年挚友，不过正因为如此，萨特晚年思想与作品的真实性也遭到质疑。尤其是《新观察家》1980 年三期连续刊载的关于列维纳斯的对话引起了轩然大波，被指是受到了莱维的操纵，并非萨特的真实思想。

　　萨特的生平对于他的创作而言尤其重要，因为他的一生，用他自己的话来说，"消费了大量的词语"。在萨特的写作图谱上，有哲学，有小说，有艺术批评，有政论，有自传、通信、戏剧、电影剧本，有已完成的皇皇巨著，也有无数未完成的手稿散页——作为他一生同志同伴的波伏瓦在萨特去世后的时间里基本上忙于整理他留下的文字图谱。也正因为这样，如果说他在文字这个市场上的消费凭证可以成为我们追寻他思想的开门钥匙，却也极有可能成为将我们引上迷途的迷药。因此，对于萨特，我们只有先理清楚他的思想主线，才有可能静下心来读他的《恶心》。花这样长的篇幅去读一个人的一生，大约我们在以后的任何一位作家身上都不会这样做，甚至对于杜拉斯，对于萨冈，我们都不会这样做。男作家和女作家的不同之处在于，男作家总是在他的虚构中不留痕迹地推出自己，而女作家却是在关于自己的描述中不留痕迹地进行虚构。

　　是的，我们毫不怀疑萨特是在写自己，从接受胡塞尔的现象学开始就在写自己，并且找到了书写的秘笈：自己也是现象中的一个。从个体的偶然现象写到他人，然后再写到社会和历史。而他从一岁丧父开始所经历的与他人并无分别、却又充满了"偶然性"的一生给了他从文字中找寻真实的机会。关于丧父，萨特曾经在《词语》里这样写到：

　　世上没有好父亲，这是规律。请不要责备男人，而要谴责腐朽的父子关系：生孩子，何乐不为；养孩子，岂有此理！要是我父亲活着，他就会用整个身子压我，非把我压扁不可。[……]父亲早死是坏事还是好事呢？我不知道，但我乐意赞同一位杰出的精神分析学家对我的判断：我没有超我。

父亲的早逝给了萨特摆脱"超我"的机会,用他自己的话来说,他得到了"自由"。他一生都在思考关于自由的问题,寻找的场域不同——文学、艺术、意识、政治实践;寻找的方法不同——现象学、马克思主义;寻找的途径不同——小说、戏剧、电影剧本、政论,可是最终,他也许是要回答同一个问题:人如何能得到,又是在何等程度上得到自由的? 自由的边界是在哪里,由什么组成?

自由,萨特也许是相信,在自由状态下,我们才能考察人何以为人,并且,在今天,我们还能对人知道一些什么? 他的个体性,他的集体性。对于人的探索,萨特用小说做了最完美的诠释。和我们想象的有些相反,萨特对于人的探索,对于"人类学"的建树不是真正依靠他的哲学论著来完成的,不论是《存在与虚无》,还是《辩证理性批判》,他都没能为这个论题完成一个前后统一、循序渐进的答案。倒是《恶心》以及他关于福楼拜的研究《家庭白痴》为我们提供了在想象域以及在所谓想象域和真实域交错地带的完美范例。

这也是我选择萨特作为我们这门法国当代文学所要讲述的第一位作家的原因所在。不仅仅是二十世纪很难绕过萨特,而且,无论我们给他什么样的定义,首先,他是一个痴迷于文字力量的人,是一个倾尽全力要实现文字力量的人。

用文字实现对这个世界的反抗,用文字讲述当前的生活,当前的人,讲述自己的一生。在我们理解了萨特的诉求,理解了萨特的方式后,也许他庞大而杂乱的写作图谱就不会显得这么复杂。正如弗朗索瓦·努戴尔曼在《让-保罗·萨特》这本外交部的小册子里所说的那样,讲述自己的一生,对于萨特来说,"不是谈论自己,而是将语言作为活生生经验的材料与载体,向这世界的力与能开启的活生生的经验"。①

反抗是对待这个世界的一种方式,而不是看待这个世界的方式。我们在这里找到了萨特之所以为萨特的一个关键,也是为什么他能够把自己在不同时代的思想写进小说和戏剧的关键。因为这个关键问题,萨特注定不能像弗洛伊德、马克思或者索绪尔那样成为具有生产性的基石,一旦存在,便可以以此为根本衍生出无数思想的青苔。他那无数的思想青苔,是自己裹进了文字里去生产的。他没有生产作品,却用作品生产了思想。

因此萨特重新演绎了自德雷福斯事件之后法文里确定下来的一个词:知识精英——intellectuel。因为用萨特自己的话来说,从事文字工作的人和其他的艺术家注定不同,他们是"和意义打交道"的人。关键是他们与文字打交道的方式。萨特在《什么是文学》里说,作家专事消费,不事生产;萨特还说,"最优秀的作家拒绝合作。他们的拒绝挽救了文学,但是也确立了文学在此后五十年的特征"。

在这样的情况下,文学只能是最好的载体。相比较政论、哲学,文学无所谓多变和矛盾。他可以随时以文字为媒介,面对真实。以文字为媒介,反抗每一个时代里有可能成为定势的观念和规定。这种定势才是最可怕的,它摧毁着真实的存在。我们让它占据了先于存在的位置,占据了"超我"的位置,赋予它无上的权利。萨特说,不应该。因此,他让罗冈丹坐在生命废墟的中央,将所有的"超我"一点点剥落。

这种裹入文字的方式,萨特定义为"介入"。介入不是煽动,不是为某一种明确的政治目的或是理念做说客。介入是反抗的有效途径,是

---

① 《让-保罗·萨特》,弗朗索瓦·努戴尔曼(François Noudelman)著,法国外交部,2005年,第15页,由作者自行译出。

"当此在像玻璃透过阳光一样透过我们的目光时"，我们使用语言的一种方式①，是我们让自己得到自由的一种方式。

　　萨特塑造的这个世纪自然从开始时就充满争议。不过他遭逢到的最大冲击是在六十年代渐渐兴起，并且逐渐扩展到各个领域的结构主义。是在结构主义开始盛行的时代，人们相信，萨特也许过时了，从四十年代以来一心想引领法国，乃至世界的这位精神领袖无论怎样身体力行，最终还是要败在方法论的脚下。回到我们前面所说的那个命题，包括介入在内，他提出的，并且不断发展的，只是对待这个世界的一种方法，而不是看待这个世界的方法。

　　这里面有怎样不甘的无奈啊。是在他去世了二十五年之后，我们终于可以在退后一步的前提下得出关于萨特的结论：他无处不在，然而却从来不能真正地在。② 我们也终于可以这样结论性地评价他：

　　萨特是一个从来没有停止过对意识、自由和历史进行再思考的哲学家的名字，是想要建立现代神话的剧作家的名字，是人间地狱的守护天使——知识精英的名字。③

　　幸而有文学在，他的不朽梦并没有遭到彻底的破坏。很有意思的是，恰恰他不甘心、不满足的小说（或者戏剧）世界给了他不朽的机会。如果我们要给出一百部影响二十世纪的小说经典，《恶心》一定位于其

----

① 萨特在这里借用了诗人瓦莱里的语言，区别了散文与诗歌之间的区别。或许这也是萨特做了很多关于诗人的评述，但自己没有在诗歌领域进行实践的缘故。在他看来，诗歌是很难"介入"的。
② 《让-保罗·萨特》，弗朗索瓦·努戴尔曼（François Noudelman）著，法国外交部，2005年，第13页，由作者自行译出。
③ 同上，第15页。

中;如果我们要给出一百部影响二十世纪的戏剧经典,《脏手》也一定位于其中。而反过去说,尽管六十年代渐渐兴起的结构主义侵占到了人文科学的所有领域,并且仍然在炮制出新的领域,结构主义的所有大师——只有罗兰·巴特是个小小的例外,但是他也没有走出文论的限制,这一点我们在日后可以细说——却从来没有真正涉入过文学创作,他们所做的是袭承在文学这块土地上,批评、理论与实践各行其道的传统。

但是同样需要说明的是,萨特的小说与法国早就存在的所谓"哲学小说"大相径庭。萨特小说中的人物并不直接开口言说自己的哲学主张(虽然罗冈丹是位历史学家,他的确有着自己的专业思考),不直接开口言说萨特任何先于存在本身的观念,他只试着对自己提出问题,并通过日常生活中的一个个"偶然"事件来回答自己的这些问题。而等到他回答完最后一个问题的时候,他会惊讶地发现,自己已经孤零零地坐在存在的废墟之上。

尽管不喜欢福楼拜,但是萨特在真正的文学领域所做的事情与他投入研究的福楼拜一样:他继承,而且发展了现代小说,并实践了现代小说的一种可能性。

生存的美丽始终是靠虚幻的外衣堆砌的,这是文学告诉我们的道理。文学并不是对真善美的现实世界的描绘,也不是对丑陋的现实世界的揭发。它本身就是用文字创立起一个虚幻的世界。这个世界以语言为支撑,织就了一件件美丽的存在的衣衫。但是有一天,文字自己要抖落这些衣衫呢?我们应该怎么办?罗冈丹的恶心是从他提这些问题开始的,然而我们,从我们被卷入罗冈丹的这些问题开始,我们也坠入了萨特那令人晕眩的恶心之中。从此之后,它会如影随形地跟着我们,只要我们不用足够虚幻的美丽——同样是语言世界所缔造出来的爱情、梦想、现实世界的道德解决办法——去抵御它，我们也会有一天，发现自己和罗冈丹一样，孤零零地坐在存在的废墟上。身边也有人，有无数的人，可是彼此之间不再有互相碰触、互相温暖的可能。

第二讲　坐在废墟中央的罗冈丹

　　加缪曾经这样评述《恶心》中的罗冈丹（或者说萨特-罗冈丹）：一个坐在生命废墟中央的人。[①] 但是，塑造这样一个坐在生命废墟中央的人却耗费了萨特四年的时间；或者说，把自己这种废墟中央的状态呈现出来，花了萨特四年的时间。

　　我们原本可以更轻松地来看待《恶心》，有人开过萨特一天的饮食单，饮食单上是这样罗列的：

两包香烟

塞满棕色烟丝的若干个烟斗

一升以上的酒精（红酒，啤酒，高度酒，威士忌等）

两百毫克的苯丙胺

十五克的阿司匹林

_____

① 见《加缪和萨特》，罗纳德·阿隆森著，章乐天译，华东师范大学出版社，2005 年，第 8 页。

若干毫克的巴比妥类药

不计其数的咖啡、茶以及日常食物中所含的脂肪

不难想象每天靠酒精、咖啡、香烟和药物生存的人会产生呕吐的感觉，并且能够细致地描绘这种恶心的感觉。但是，这只能作为一个玩笑存在，因为哪怕到了我们这个时代，结合萨特的传奇来看，我们就会明白，萨特不是一个简单的厌世者。是的，他悲观，但作为个体的、偶然的存在，他不厌世。

萨特-罗冈丹的第一次确切描写的恶心的感觉产生在马布利咖啡馆：

我感觉到那个脏东西，恶心！这一次它在咖啡馆里袭击了我，这是从未有过的，因为迄今为止咖啡馆是我唯一的避难所，这里有许多人，又有明亮的灯光，然而以后连这都没有了。我在房间走投无路时，我再也无处可去。

其实问题在此已经产生：萨特-罗冈丹的恶心和我们平常人的恶心有什么不同？在这里，我想提请大家注意一个语言上的事实。恶心在这里是作为一个事件出现的，是某个物质作用于我，"袭击了我"！而不是我们平常意义上的"感觉"。它是感觉中的客观存在，是萨特在小说中一说再说的"事件"。

《恶心》是一本日记体的小说，它记述了一个叫罗冈丹的人重复而无聊的生活。罗冈丹和我一样，接近于一个"自由职业者"，他把日记中的这段生命都交付在对一个历史小人物的追寻之上：德·罗尔邦侯爵。他生活在一个叫 Bouville 的北部小镇，每天在图书馆、咖啡馆、博物馆和

马路上徘徊和感受,等着"恶心"的感觉来袭击他。这个小镇是真实存在的,事实上,一切的可怕之处就在于这是真实的,包括罗冈丹这个人,包括罗冈丹生活的环境。他似乎和你我每天经历的事情没有太大的区别。而且他也并不特别的"善"或者"恶",也不特别的"美"或者"丑"。换句话说,他不像传统小说中的人物那样具有某种"典型性"症候,值得我们向往、效仿或憎恶,他的可怕之处恰恰在于他的"非典型"症候。但是他具有现代经典小说里人物的明显特征:那就是,他是个成天无所事事、沉浸在思考里的人。

这是从普鲁斯特那里秉承下来的新传统。无所事事,生活和命运仿佛不是特别残酷,爱情仿佛不是特别美好,没有特别的喜欢(但是有特别的不喜欢),没有激情。有等待——罗冈丹一直在等着和安妮的见面,但是见了面之后,孤独感不仅没有消失,反而因为感觉到安妮的孤独而得到了双倍的孤独。这样的人唯一所做的事情是思考(米兰·昆德拉告诉过我们那个古老的犹太谚语,人一思考,上帝就发笑),虽然在小说中,"我"故意此地无银三百两地说,"因为我很少思考,于是一大堆微小变化在我身上积累起来,而我不加防范,终于有一天爆发了真正的革命"。普鲁斯特的人物思考的是时间,是不能追忆的过去。那么,萨特笔下的罗冈丹思考的是什么呢?

他思考着思考本身:

现在我不为任何人思考,我甚至无意寻找字词。字词在我身上流动,或快或慢,我不使它固定,而是听之任之。在大多数情况下,我的思想模糊不清,因为它未被字词拴住。思想呈现出含混可笑的形式,沉没了,立即被我忘得一干二净。

他思考物体和人之间的关系：

物体是没有生命的，不该触动人。我们使用物体，将它们放回原处，在它们中间生活，它们是有用的，仅此而已。然而它们居然触动我，真是无法容忍。我害怕接触它们，仿佛它们是有生命的野兽——在物质的世界里，我们从来无法真正地自由。哪怕不是在他者的注视下，哪怕是在孤独之中。

他思考自我的存在究竟在哪里，他这样描写在镜子里的那张面容：

我的眼光慢慢地、烦闷地、顺着额头，顺着面颊往下，它遇不到任何坚实的东西，它陷在沙里。当然，这里有鼻子、眼睛、嘴，但它们没有任何含意，甚至也没有人的表情。[……]我大概看得太久了，我看到的还够不上猴子，只是像块息肉，与植物界相近。

他思考时间：

我看到了未来。它在那里，在街上，比现在稍稍更苍白。它为什么非要实现不可呢？那会给它增加什么呢？[……]我再也分不清现在和将来，然而它在持续，它在逐渐实现。这就是时间，赤裸裸的时间，它慢慢来到存在中，它让你等待，可是它来到时，你感到恶心，因为你发现它早已在这里了。

他思考奇遇——时间的一种变形：

开始是为了结束。奇遇是不能加延长线的。它的意义来自它的死亡。我被永不复返地引向这个死亡——它也可能是我的死亡。每一时刻的存在似乎只是为了引来后面的时刻。我全心全意地珍惜每一时刻，我知道它是独一无二的、不可替代的。但我绝不阻止它的死亡。

伽利玛出版社最初拒绝萨特的《恶心》，理由很简单：太长，太枯燥。其实《恶心》并不那么长，至少相对于萨特本人的《辩证理性批判》。从某种程度上，他只是开创了一种完全不同以往的哲学小说。因为诚如我们所说，说到哲学小说，比如说我们会想起卢梭，或是其他一些启蒙思想家，但是，萨特的意义与卢梭的意义完全不同：卢梭是在自恋实质的记述之中构建他假想的真善美；而萨特却是在废墟的中央解构世界所谓的真善美。用他真实的、长河一般的连绵思绪和独一无二的接近于哲学论述的小说语言。

罗冈丹的恶心为我们带来一个问题：既然他是一个人生活，他的恶心从何而来？是对自身所产生的厌恶吗？

我们说过，如果不用《存在与虚无》来为《恶心》做一个注解，我们就很难理解《恶心》。存在是什么？萨特的回答是：如果一定要用一句话来概括存在主义，那就是存在先于本质。我们无法忘记关于裁纸刀的比喻。萨特说：

制造裁纸刀的工匠先有关于裁纸刀的概念，然后才会按照这个概念去制作裁纸刀，这是普遍存在的本质——"也就是使它可能被制作出来以及具有意义的这种定则与性质之总和"先于存在的情况。

因此，统领西方数个世纪的主流哲学将上帝安在裁纸刀工匠的位置,是上帝按照某种观念创造了人。这种观念,就是所谓的"人性"。萨特的问题在于,如果上帝不存在呢?

萨特的确不相信上帝的存在,这也是他存在主义的根本。用于文学,就是萨特本人非常推崇的布朗肖所说的,作品——艺术作品,文学作品——既不是完成的,也不是未完成的:作品存在着。不应当有任何先验的东西位于存在本身之前。

我们回到罗冈丹身上。罗冈丹一直在想这个问题,他自己究竟是怎么一回事?他自己,他所看到的世界,他所看到的其他人?他一上来就确立了自己的原则。和那段裁纸刀的比喻异曲同工的是,《恶心》上来就提到装墨水瓶的纸盒:

> 譬如说,这里有一个装墨水瓶的纸盒。我应该努力说出从前我如何看它,现在又如何……它。那么这是一个直角平行六边形,它突出在——蠢话,这有什么可说的呢。别将空无吹成神奇,这一点可要注意。我想这正是写日记的危险:夸大一切,时时窥探,不断歪曲真实。另一方面,当然我能随时找到前天的感觉——对这个墨水瓶盒或其他任何物体的感觉。我必须时刻准备好,不然这个感觉就会再次从我指缝间溜走。

罗冈丹的恶心感正是从对所谓墨水瓶盒的瓦解开始的。墨水瓶盒的故事首先要告诉我们的是,物质从来都不是客观的。在任何时候,我们想要做到客观,或者说,客体百分之百地成为客体,那都是我们的臆想。一个小小的墨水瓶盒——而且注视它的目光毫无价值——就粉碎了我们一直以来所认为的客观存在的假设。

其实更可怕的是日记本身:人对于真实(真相-真理)的信仰也在小

小的墨水瓶盒里土崩瓦解。即便到了现在这个社会,我们仍然在继续着所谓真相的梦想。我们虽然不再用纸笔,但是我们有博客,现在还有微信朋友圈。在博客或者朋友圈里,我们尽情抒发着自己所谓不受约束的真情感言——半个世纪过去了,尽管有萨特这类人所进行的分解和脚注,人类仍然没有走出自己为自己设置的谎言陷阱。可是萨特告诉过我们,所谓日记里的真话是胡说,感觉和语言都是转瞬即逝的东西,会从"指缝间溜走"。时间一旦改变,客体必然随着主体目光的改变而改变。在这个前提之下,何来真实之说呢?

罗冈丹的生活总体来说是正常的。他甚至不像加缪笔下的默尔索,有所谓的异常行为(为这个社会所不容的行为,比如杀人,比如冷漠)。因为是伪日记体小说,我们看到的是罗冈丹日复一日重复的生活和递进的、关于恶心的感觉。生活在表面流淌着,其实质是潜伏在生活表层之下的恶心感觉:对存在的恶心感觉。

一个人,在平静而重复的生活之河下,通过对存在的层层剥离,终于爬上了存在废墟的中央。没有迷宫一般的出入口,只有很容易进出的传统小说的形式。下面就让我们来看看传统小说形式中的这个人怎样拨开众人,爬上这存在废墟的中央。

罗冈丹是个历史学家:他的身份本身就是一个符号。他研究历史,然而以对时间的思考为前提的历史研究其实是个荒谬的职业。在小说的一开始,罗冈丹就对自己的职业提出了疑问:

　　为什么要和那些人谈话?为什么我的装束如此古怪?我的热情已经消逝。在好几年里它曾淹没我、裹挟我,此刻我感到自己空空如也。然而这还不是最糟糕的,因为在我面前晃晃悠悠出现了一个庞大而乏味的思想,我不知它是什么,但是我不能正视它,因为它使我恶心——突然之间丧失对自己社会身份的认同，这是对自身存在产生怀疑的开始。他也不明白自己为什么会突然厌倦旅行、奇遇这些平常人等所盼望的东西，不明白这一次出走意味着什么。这成了他写日记的由来：所谓的想看清楚自己。

罗冈丹走入了自己铺设的一个陷阱：想看清楚自己的欲望。在自己目光注视之下的自我——这将是一个万劫不复的地狱。

他放弃旅行的生活，回到法国。生活变得单调而平静。不再有陌生的人群。罗冈丹开始了对罗尔邦的研究，他要把这个历史的小人物从阴影之中挖出来，就像他想挖出自己的存在一样。自此之后，就由历史中的那个罗尔邦来和他同命运、共呼吸吧。眼下他首先直接对自己的孤独处境开了刀：

> 我仅仅在孤独的表层，我与人们十分接近，一遇危险便躲藏在他们中间。其实我至今只是业余爱好者。

孤独的业余爱好者，这是一个很有意思的称呼。即便有一天突然厌倦了自己的社会身份——就像你我随时可能产生的感觉一样——藏头藏尾地过起了所谓孤独的生活，远离或陌生或熟悉的人群，我们其实从来不是一个人。"现在到处都有东西"，罗冈丹因此"慢慢沉到水底，滑向恐惧"。

所以萨特说，不要痴心妄想了，远离尘世的顿悟比尘世本身还要荒诞。

然而周围不仅仅有人，有物，最关键的，是还有人的思想。恰恰是在"欢快和理智的声音中"，罗冈丹感受到了孤单。别人因为想法一致而快乐地视彼此为同类，但是罗冈丹做不到。

罗冈丹很古典地碰到了一些人物。什么样的人物都有。有的时候在他孤独的生活中，他能够见到很多人，这些人从关系的远近而言可以拉出这样一条直线：街上突然出现在某个事件中的陌生男女（穿天蓝色大衣的小女人和黑人）——咖啡馆里玩纸牌的人、街头出现的形形色色的小商小贩、咖啡馆里的其他过客、博物馆里遇到的其他人——女招待玛德莱娜、吕西——老板娘——自学者——安妮、历史人物罗尔邦。

让人觉得可怕的是，如果我们细想一下我们的生活，每天，我们乘坐交通工具出门，在公共汽车上、地铁上，我们能够碰到各种各样的陌生人；这些陌生人中，有些人会因为这样或那样的契机和我们彼此间走得近些、再近些；于是我们和他们形成了各种各样的关系：喜欢、讨厌，甚或更强烈的爱和憎恶，有时也有冷漠。我们以为，这是人类彼此之间才会有的感情，并且，最关键的是，只有人类能够描述这种种感情和关系并由此引申出另一种幻象，那就是，在真实的思想与情感世界外，还有一个用语言缔造出来的思想与情感世界。在《恶心》里，这就相当于另一个人物罗尔邦的存在。

但是我们沿着罗冈丹的这条关系直线一一看过来，我们可以看到什么呢？我们看到的是罗冈丹和这些人没有一点共同之处。这就是萨特所否定的人性的存在。个体的身上没有一点所谓的必然性，全都是偶然，而且是"多余的偶然"，轮回的"多余的偶然"。罗冈丹到最后说，"连我的死亡也会是多余的；我的尸体，我的血，在这些石子上，在这些植物中间，在这个笑吟吟的公园深处，也会是多余的；腐烂的肉体在接纳它的泥土里也会是多余的；经过洗濯、去污，最终像牙齿一样干净清爽，但也会是多余的。我永生永世是多余的。"这是一段多么悲哀的陈述啊。可是千万不要断章取义：因为萨特并不是一个真正的悲观主义者。他否定存在必然性的最终目的并不是要否定存在的合理性。相反,他要说的是,正因为存在是偶然的,荒谬的,所以才是合理的。

在讲述"荒谬"这个重要的概念前,我们首先要做的事情是对上述那条线中的"他者"做一个哲学注解。

一开始,萨特就为罗冈丹创造了一个孤独的环境,尽管他说他是"孤独的业余爱好者"。萨特笔下的孤独绝非抒情意义上的孤独,他之所以要瓦解这个词的抒情含义,原因就在于他要将这个词推到一个萨特关键词——自由——的那面去。而如果我们将小说翻到最后,确实会发现这个词在等着我们。

是的,萨特要问的是,人在孤独的境遇里就能得到充分的自由了吗?这个时候我们不得不提到萨特那句让人千遍万遍念诵的名句:地狱即他人。并不一定要身处他人的包围之中,我们才活在地狱里。其实他者的目光无处不在。

为什么说地狱即他人?因为在人与人的关系中,人陷入了一个恶性的循环,我取决于他人,他人也取决于我,他人是我的地狱,我也是他人的地狱——这才是真正令萨特无可奈何的发现:做一个纯粹的无神论者就可以了吗?不,除了上帝,还有他人。也就是说,即便上帝的眼光不存在,没有这样一个至高无上的判断者,还有他人的眼光。《禁闭》中,加尔森、伊内斯和艾丝黛尔就构成了这样一个以目光为基础的可怕三角。我永远是他人眼里的一个客体,就像他人是我眼里的一个客体一样。"我"虽然惧怕他人的目光,但却无法脱离他人的目光而存在,因为自我所有的价值实现也都是假借他人的目光才得以存在。小说的一开始,罗冈丹自以为逃出了社会,逃出了他人——就像很多古典小说里的人物顿悟了生命之崇高和绝对,开始隐居山林一样——可是到最后他发现自己隐居的梦想破灭了,他仍然摆脱不了他人的目光。甚至在博物馆的大厅里,他也感觉到"有一百五十双眼睛在注视我",因此,他必然摆脱不了因此而滋生的和他人的各种关系,各种情感关系:欲望、仇恨、冷漠,当然,还有爱。

只是,所有的这些关系,我们曾经以为是人类一切行动根源的东西,萨特-罗冈丹说,这一切都是幻觉。

冷漠是幻觉,因为罗冈丹只是自认为可以无视他人的存在,比如说位于那条线形关系最末端的陌生人。咖啡馆里,那几个人在打牌,罗冈丹甚至看不清他们,但是他却在他们之中产生了恶心的感觉:他发现自己的存在正是深陷他们存在的囹圄。小说中一再用到"包围"这个词,罗冈丹被物质的世界包围,被人群包围,被一切包围,他始终在逃,可是始终逃不出去。实际上,在他假装可以漠视他们的时候,他已经无法阻止自己想他们,将他们当作一个客体来对待,同样,罗冈丹不无悲伤地意识到,他也无法阻止自己成为他人眼中的客体。冷漠因此无法将他从他人中释放出来。

仇恨是失败。偶尔,罗冈丹也会希望借助仇恨来取消他人的沉重存在,虽然总体来说他并不是一个暴力的人。可是每一次开始仇恨——就像有的时候他面对自学者所产生的感觉——这仇恨就似乎陷进了泥沼,暴力本身变得很软弱,很无奈。因为恨的本身就表明他人根本无法被取消,他的呐喊、哭泣以及暴力都是无能取消他人的表现。从这个意义上说,战争是最无能的表演。(不过,又一个令人尴尬的事实是,战争的威胁并不因为其缘起得到揭示而不存在。)

欲望呢? 欲望是坠落,是妥协。在两个人关系中一直占据重要地位的意识让位于肉体,任自己被肉体的渴望蒙蔽住双眼。而对他人的欲望最终也只能以得到他人的肉体而告终。可是他人的肉体永远不是他人。所以,我在得到肉体实现欲望时,我永远失去了他人。《恶心》里的欲望不带有任何情感性的描写，它更接近于一种客观需要，比如说罗冈丹对老板娘的需要，和后来加缪的《局外人》中默尔索对玛丽的需要类似。甚至他说，他是出于礼貌。可是，哪怕撇除了一切抒情成分，欲望仍然是幻觉，它不会是人之所以为人的理由。

最后是爱。萨特说，我们曾经以为爱可以是一种解决办法。爱可以消弭我和他人的冲突状态。我终于可以自愿成为他人的客体，因为我爱他，所以我希望他是主体。而他人也爱我，也自愿成为我的客体，待我愿意接受拱手交出主体的所有优先权时，他人也放弃了作为主体的主动权。可是，在这表面的平衡之后是怎样可悲的错过啊。是的，不再有冲突了，但是这一次是彻底的自欺欺人。只需要用第三者的目光来照亮这一切。在第三者的目光中，两个相爱的人依然是两个处于冲突状态的主体，他们没有演变为对方的客体。因此，就像萨特在《禁闭》里所揭示的那样，三角恋爱是不可能的。不仅三角恋爱是不可能的，爱情本身也是幻觉。罗冈丹在等待和安妮的见面，安妮成了将他彻底推向废墟中央的力量。两个人的见面是很悲伤的，一切通过安妮的嘴巴直接说了出来：

> 我原以为仇恨、爱、死亡降临到我们身上，就像耶稣受难日的火舌一样。我原以为一个人可以因仇恨或死亡而发出异彩，完全错了！对，我的确以为"仇恨"是存在的，它栖息在人们身上，使他们超越自己。当然只有我，只有我恨，只有我爱。而我呢，总是同样的东西，总是同一个面团，不断拉长，拉长……

或许这就是"地狱即他人"的含义：自我这个主体并不作为地狱的反面天堂而存在，自我是地狱的组成部分之一，我也在这个恶性循环之中，在他人的注视下，走不出这个可怕的圆。因此，在接近小说尾声的地方,萨特终于把生存的窘境彻底呈现在我们面前:那就是人在陷入这些自欺欺人的生存迷境时,是无法争取到所谓的自由状态的。罗冈丹要到小说的最后才绝望地在想,"在我最恐惧,最感恶心的时候,我寄希望于安妮,盼望她来救我,这一点我现在才知道。我的过去死了,德·罗尔邦先生死了,安妮回来又使我的全部希望破灭。"他似乎是彻底自由了,但是实际上,他知道,他的"自由有点像死亡"。只是作为一个概念,自由是存在主义的根基。而且,自由是存在的本质。人是被判自由的,自由从来不是某个人、某种体制抑或上帝的赐予。人没有选择和增减自由的权利。萨特说,自由只有在没有讨价还价的余地时,才成其为自由,才是真正的自由,才不会解体。因此,也只有走至存在废墟中央的罗冈丹,摒弃了对生存一切梦想的罗冈丹才能够接近自由。

最后,我们要来看看萨特在加缪之前所奠定的"荒谬"的感念。罗冈丹在公园里看着栗树(为什么是栗树而不是别的什么树,这也纯粹是个偶然),得到了关于"存在"的启迪。他说,"一般说来,存在是隐藏着的。它在那里,在我们周围,在我们身上,它就是我们。人们说话必定要谈到它,但是触摸不到它"。也就是说,尽管人都是在时间的流逝中无奈地存在着,一般情况下,人却并不对自己的存在发问。而一旦发问,一旦看清楚原先我们所认为的,我们之所以为人(而不为一棵栗树)的种种原由都是幻象,而不是先于存在本身的存在,我们就会感受到存在的荒诞,会导致"恶心"的感觉。

萨特说:

荒谬这个词此刻在我笔下诞生了。刚才在公园里我没有找到它,不过我也没有去寻找,没有必要,因为当时我不是用字词来思想,而是用物体来思考物体。荒谬不是我脑中的一个念头,也不是一种声音,而是我脚下的这条长长的死蛇，木蛇。是蛇的爪子还是树根还是秃鹫爪，这都没有关系。我没有形成明确的语言，但我明白自己找到了存在的关键、我的恶心及我自己生命的关键。

这关键，就是存在的非崇高性的荒诞本质。就像加缪在对这部小说的评价中所说的一样，萨特的小说总是把我们"引向虚无"，同时也引向"清醒"。而《恶心》正是在过去了一大半篇幅的时候将我们引向了这虚无。

我不打算在这里继续将"荒谬"的概念讲下去——为公平起见，我们还是留给加缪的《局外人》吧。但是，我之所以放在最后讲荒谬，是我想提醒大家这当中的一个小说安排。

有人说，西方小说到了萨特的时代便走向了哲理思辨而变得毫无意趣，我个人不是非常同意这样的观点。萨特的这个小说安排恰恰能够为我们提供驳斥这个观点的反证。哲学需要结论，小说不需要。

在《恶心》里，萨特并没有像他在哲学作品里一样，将存在与荒谬的定论写在作品的结尾。在他彻底阐述存在、恶心的关键之后，他又用了四分之一的篇幅将罗冈丹的命运推进到最后。这四分之一的篇幅里，他叙述了什么呢？

他叙述了罗冈丹最后的希望：与安妮见面。然后，最后一场戏里，我们又和罗冈丹一起听了一遍先前能够帮助他好转的"Some of These Days"这支忧伤的爵士乐曲——这是多么浪漫、绝望而残酷的安排啊。

这里展示了小说人物——一个如你我一样的人物——的挣扎。小说人物不是哲学家，他不是直接心如死灰地走向结果。他在一层层剥去生存的外衣时，心里是很犹豫的。

我们也许仍然应当寄希望于爱情？寄希望于由期待和假想所构成

的自欺欺人的游戏？或者艺术？音乐？那种所谓能够触及人灵魂，在灵魂之弦上跳舞的音符？萨特让罗冈丹在最后四分之一的篇幅里进行了最后的挣扎。

结果当然仍是虚无。只是虚无经过这样的反复，便如同人在生命终结前的回光返照，能够在突然间散发出炫目的光采来——这是唯有小说才能拥有的反复与延搁。我相信，和《存在与虚无》《辩证理性批判》给我们留下的枯燥和混乱不同，也许《恶心》为我们留下的，是忧伤而重复的爵士乐旋律：

Some of these days

You will miss me honey...

第三课

波伏瓦和《名士风流》*

---

* 除特别标注之外,本章所参考的译文有:《名士风流》,许钧译,漓江出版社,1991年;
《寄语海狸》,沈志明、施康强等译,人民文学出版社,2005年。

第一讲 一个终身没有摆脱萨特影响的女权主义者

讲完萨特，我本来是松了一口气的，我以为自己终于可以暂时摆脱他了。摆脱他的混乱和强权，摆脱自己在这个阶段对他的羡慕、仰视与抗拒。但是翻开波伏瓦，我就知道自己错了。甚至在波伏瓦之后，在我们讲加缪，讲萨冈，讲杜拉斯的时候，可能都没有办法彻底摆脱他。作为一个一心想统领精神世界和意识形态的人，他可以有一半的安心：那就是，他的确作为二十世纪某个阶段法国的精神领袖而存在过——至于政治的领域，让我们把昆德拉说的一句话送给他：亲爱的，那不是你的地方。

我们即将要讲的是波伏瓦。在选取她的代表性作品时我也有些犹豫，不过，最终我还是选取了更具写实风格的《名士风流》。既然无法彻底摆脱萨特的存在，不如我们清晰地将在二十世纪中叶，法国知识分子的群像在自己面前展开，怀着一种热情和好奇注视画面上的每个人物。因为，我想，热情与好奇也是每一个读者应当具备的基本素质之一。

主义与实际从来都是有距离的。我曾经在上课之初就提醒各位，不要把小说当成现实生活，甚至，不要把小说当成是作家曾经经历的生活。

而在我们开始读这本在某种程度上有些违背所谓的"现代经典精神"的写实小说之前,我有必要再次重复这句话。这句话用在波伏瓦的身上应当是再恰当不过了。

尽管假设毫无意义,不过,我们也许还是要在这里提出一个问题:如果波伏瓦没有萨特,她还是波伏瓦吗?或许不是。但是,反过来问,如果萨特没有波伏瓦,他还是萨特吗?或许是。如果波伏瓦在意,也许这真的能成为她的悲哀。普天之下女人的悲哀。

提起波伏瓦,跳入我们脑际的——不管我们之前有没有读过她的作品——一定不外乎跳出这样的两个定义:一是萨特的"终身伴侣"(法文里甚至有"sartreuse"这样的词,表达的是萨特的阴性形式,直译过来可以说是萨特的女人,女萨特等等),一是曾经对包括美国在内的西方产生过巨大影响的女权主义运动领袖。但这一对概念中已经产生了一个巨大的悖论:一面是无法摆脱萨特而独立存在的波伏瓦;另一面是在西方再次掀起男女平等巨浪的领军人物。我们怎么都不能够忘记波伏瓦的那句名言:女人不是生来就为女人,她是变成了一个女人。这句话怎么读也怎么有萨特的味道,注意,波伏瓦也是要说,"女性"并非造物主早就持有的概念,因为造物主并不存在;但是,她在自己成长的漫长经历中,因为相信所谓的"女性特征",因此她变成了一个女人。

先说说作为萨特"终身伴侣"而存在的波伏瓦吧。波伏瓦在1929年准备大中学教师资格考试时认识了萨特,使得在前一年考试中败北的萨特在这一年以第一的名次通过,从此两人相伴一生,虽然历经考验,但最终两人既没有结婚,也没有分离,成就了一段颇有争议的佳话。波伏瓦一生追随萨特,在萨特死后,她的晚年基本放在整理出版萨特的文稿和书信上面。这是怎样一种精神导师和弟子的关系呢。

对于他们的关系,说什么的都有:有讽刺的,有谩骂的,不过更多的也许是羡慕。我们知道，萨特认为，人生来是自由的，只是在人生的道路上，人为偏见、为所谓的道德、社会，说到底，是为所谓的人性所约束，穿上了一层又一层由谎言构成的，美丽的，让人窒息的衣衫。因此让罗冈丹脱光的他是不要这些衣衫的：比如婚姻，比如家庭，比如孩子，比如社会的领导，比如除他之外的，想与他在精神领域分庭抗礼的导师和领袖。在这样的一种状态下，竟然有一个女人——尤其需要指出的是，这个女人在思想的高度上与他相去不远——能够容忍他，照顾他，微微地仰视他，不离不弃地追随他，实践他的主张与梦想，在遭到围攻的时候始终和他站在一边维护他。

我能够想象，这可能会是很多自恋男人的梦想。萨特是说过，爱是一种幻觉。不过，爱更是一种妥协——他知道。他可以尽情脱光存在的美丽外衣，然而，在这个存在早已被他反对的所有观念所遮覆的社会，他要将自己的力量置于绝对的位置，必须有一个女人能够在必要的时候，抚平他的焦虑和混乱。而这个人，就是波伏瓦。

有一些悲哀。张爱玲说过，男人要被崇拜才能爱，女人要崇拜才能爱。这句话竟然适用于所有时代和所有社会。如果不是波伏瓦无条件地崇拜了萨特一生，如果萨特不是被波伏瓦崇拜了一生，那么，这个神话就不会存在。在一生的道路上，波伏瓦实践了她理论的反面：她在追随萨特的道路上，变成了一个女人。而萨特也在被追随的道路上，穿上了他自己所否定的男人的外衣，爱情的外衣。让我们来看他写给"迷人的海狸"的这段文字：

给您打电话的那个晚上，我觉得（您应该）有点可怜兮兮的，何况自助餐厅女出纳对我说餐厅里一个人影儿也没有。我便想象您自个儿乖乖坐在这种大餐厅的空桌子之间，旅途之后劳顿不堪，失望之极。但读信后,我放心了,觉得您真是个文静而富有诗意的尤物,竟把一切转化为各式各样的幸事。[……]我对您柔情似水,当您孤独一身在马赛的一天一夜,在火车上,在斯特拉斯堡,当我孑然一身在巴黎,我不断地感到与您心灵相通,融为一体,觉得在跟您说话,觉得把我想的一切都告诉您,或更确切地说,您在跟我一起思考。这使我在火车上满心喜欢,因为我想象两个意识合二为一在里昂的天地之间飘荡,而两个小小的机械躯体面带忙碌而茫然的神情,一个在马赛街头行走,一个在火车车厢过道里漫步。

其实生存的外衣,尽管具有相当的欺骗性,对于萨特这么一个以平常的眼光看来是有些残酷的人来说,竟也不能够完全地舍弃。而且,他竟然还用他的文字,继续把那么多的男男女女引向歧途。如果我们把《寄语海狸》和《恶心》相对照着看,我们会陷入相当的混乱。

然而不管怎么说,"生而向下、生而阴冷"(我借用一位也一心想做精神导师的人的话)的存在是需要虚假的温暖的,否则我们拿什么去面对、去抵抗时时刻刻威胁着我们的悖论呢?这也是波伏瓦的态度。她在二十一岁的时候,结识了大她三岁半的萨特,为他的成熟、荣耀和充沛的精力、想要"介入"这个世界的激情所吸引。当萨特恭维了她的美丽,恭维了她集男人的智慧与女人的温柔于一身的力量之后,波伏瓦陷入了情网。尽管一生中,她和萨特都有过肉体上的背叛与出走,但是他们始终没有分开。波伏瓦甚至说,他们只有一次在入睡前闹不愉快。

我也可以想象,一个女人,面对一个说"存在毫无必然性可言"的男人将他们之间的爱情定义为"必然的爱情",会怎样地束手无策,能够放弃所有的产生于自己内心的主张与欲望。只能说,波伏瓦极其幸运,她碰到的男人有足够的力量将她控制在自己的身边,并且,不阻碍她自身的精神成长。

但是,他们之间的关系当然不会毫无痛苦,只有幸福的仰望与相随,尤其对于想将理论用于实际生活中的这两个人。波伏瓦第一部重要的小说《女宾》就为我们揭示了他们之间这种不无痛苦的关系。

《女宾》在题词上有"献给奥尔加·科萨凯维奇"的字样。如果你们对萨特-波伏瓦的关系感兴趣,我相信你们都知道这个人是谁。依照萨特和波伏瓦的契约,他们没有婚姻关系,双方奉行"云游四海、多配偶制、一切透明"的契约原则。既然一切透明,双方都可以、并且应该把自己的朋友介绍给对方认识,因此萨特便认识了波伏瓦的学生奥尔加。三个人形成了所谓的"三重奏"关系。也就是说,奥尔加与波伏瓦之间,乃至后来她与萨特之间都是超乎一般友情的关系。作为存在主义中一个重要的命题,萨特和波伏瓦都想通过实践来了解一个问题的答案,那就是,三角关系是可能的吗?

当然不可能。当多年以后我再回顾《女宾》的内容,我突然想到了顾城:原来用自己的生命来实践理想的,还不止萨特和波伏瓦。顾城、谢烨和英儿之间,也曾经是这样的一种三角,也同样的没有维持下去。只是萨特-波伏瓦比顾城-谢烨要好的是,他们在实践时对自己的想法打了一个问号;而且,这远远不是他们在实践中履行自己自由梦想的全部内容。而顾城—谢烨就没有那么幸运了,虽然已经又过去了半个世纪,虽然社会的禁忌已经少了很多,但是三角关系一如既往的不可能。而他们为此付出了血淋淋的代价。

他人的人生是不可以随便模仿的。萨特首先是个哲学家,然后才是个小说家。波伏瓦作为萨特的追随者,也没有脱出萨特所规定的这个范围。但是如果你没有引领这个世界的梦想,你的梦想仅限于文学或是文学里梦幻一般的,弹奏着不可能的高歌的生活,千万止住你的脚步。

对于三角关系的问题,后来在《禁闭》中,萨特本人也揭示了这个问题的答案。《禁闭》里有三个主人公,一个是想当英雄的胆小鬼,一个是女色情狂,另一个是同性恋,因而,在一个封闭的空间内,每一个人的存在都是其他人的彻底幻灭。每一个人的存在都在说,他人即地狱。地狱,因为是对自己存在的否定,是对人与人之间种种关系的否定。

波伏瓦当然没有那么彻底。在《女宾》里,两个女人之间的爱情忌妒心最终还是超越了"三重奏"的梦想,超越了女人与女人之间,因为爱着相同的人,因为对彼此的欣赏而产生的惺惺相惜。就像《禁闭》中揭示的一样,在第三者目光的注视之下,爱成了一种彻底的幻觉。这种否定似乎更像是世俗的,因而也是更为疼痛的,肉身之疼。

我们即将要讲的《名士风流》里也有三角关系的存在。只是这一次的出走发生在安娜-波伏瓦的身上。安娜终于有了肉体上的觉醒,"重新拥有了肉体","全然变成了另一个人"。但是这番爱的幻觉仍然没有什么好结果,精神分析师安娜再一次走进自己所布的陷阱里——不要忘了萨特曾经说过,欲望是一种坠落,它只可能加速"生而向下"的存在坠落的过程——安娜几乎丧失了以往生活的全部支撑点,因而也几乎丧失了生命的支撑点。这一三角关系依然是有据可循的:在萨特和波伏瓦的关系之中,波伏瓦和尼尔逊-奥格伦的关系也几乎是完全公开的秘密。

每一次出走,几乎都是以他们各自斩断——当然,是出于各种各样的原因——节外生枝、充满实验意味的情爱关系,回归到萨特-波伏瓦这一牢固的一对一关系而告终。和我们所学到的几何学知识正相反,人生的三角竟然是最不稳固的图形。如果说爱是一种幻觉,这种幻觉只有在一对一的情况下才可能自欺欺人地维持下去。

不过,关于他们的关系,我想讲到这里为止,因为顺着这个思路说下去,恐怕我们最终还是要坠入一个并没有太多新意——因为在我看来,并不需要试验,我们也能够知道,所有的爱情故事都没有新意——并且不可能被效仿的爱情故事之中。制造混乱是需要勇气的,而控制混乱更是一个能力的问题。

　　是的,曾经有人这样评述过萨特和波伏瓦这对没有夫妻关系的伴侣:他们最大的价值是肯定了人类在世界上的自由及其责任。[①] 这点的确很重要,因为我们在上一章已经说过,我们不能把自由简单地理解为冲破个体所受的一切限制,因为个体的自由,按照萨特的意思来说,是建立在他对自己的存在总负其责的基础之上的。这也是萨特那句“我们从来没有像在占领时期那么自由过”的含义。对于道德和界限的摧毁如果不建立在责任的基础上,这种摧毁甚至比不上专治本身。因此,抛开“女萨特”的那一面不谈,要理解波伏瓦,我们同样要弄明白另一个问题:她所致力的写作,在她自己看来,究竟为了达成怎样的目的。

　　和一生消费了大量词语的终身伴侣相比,波伏瓦的著述量总体来说并不在他之下,并且,其著述也像萨特一样,涉及长短篇小说、戏剧、文论等多种体裁。谁也不会忘记波伏瓦在塞纳河左岸的花神或者双叟咖啡馆辛勤耕耘的情景,她在那里完成了《名士风流》和《第二性》,也在那里和萨特一起接受人们的欢呼与辱骂。

　　客观地说,波伏瓦在成为“萨特的女人”之前,已经是一位非常杰出的女性,巴黎高师的高才生,以第二名的成绩(而且据说萨特得第一名只是因为考官同情他在第一年没有能够通过的经历,并说实质上两者之间并无差别)通过她的大中学教师资格考试。出生环境,长女的身份,早逝

① 《第二性波伏瓦》,克罗蒂娜·蒙泰伊著,胡小跃译,作家出版社,2006 年,第 31 页。

的好友①,与父亲时有冲突的母亲都令她对女性在当代社会中的地位与处境有深刻的反思。而在认识萨特之后,在以萨特和她为中心的社交圈形成并且日益壮大之后,她更是明确了作为一个作家的责任。

诚然,她与萨特的关系也为她的创作提供了基本的思考——女人很容易以这样的方式卷进文字里。她相信,通过萨特,她更深刻地认识了自己。这就让她不可能免俗地进入女人作为"第二性"的基本矛盾里。一个女人——用安妮宝贝的话来说,如果一个男子,没有让一个女人感觉因为他的存在,而更喜欢自己,没有让她觉得自己,比独处的时候更敏感丰盛,没有通过他作为介质,而确定她的隐晦个性和特质,并因此而认定是一种魅力……那么,她将不会爱上他——会因为爱上一个她认为值得爱的男人而散发出夺目的光芒,但是,也必然会不可抗拒地产生做一个依附于男子光芒之下的"小女人"的愿望,仿佛人生的价值非此而不得完整。因为,没有一个女人在被爱上的时候,会希望自己不是作为一个"女人"而被爱上的,社会强加给女人的种种"第二性"特征,已经被女人内化为需求,波伏瓦知道,这远远不是一本书所能够解决的问题。

一度,萨特也曾经为波伏瓦对他的依赖而感到担忧。"千辛万苦寻求到独立之后,却甘愿成为爱情的奴仆"。②独立与已经铸就起来的家庭、秩序之间的矛盾出现在波伏瓦的许多小说里。只是在大多数女性的身上,这种矛盾更像是生活中一种无望的挣扎。秩序这种东西是女人倾尽一生的力量捍卫着的,因为她盲目地相信这是对自己的保护。但是秩

---

① 波伏瓦少女时代的好友扎扎·莱科恩出生于天主教家庭,与后来成为哲学家的梅洛-庞蒂相恋,但是由于梅洛-庞蒂系其母与一教授私通所生之子,扎扎的家庭在得知事情真相之后对扎扎施加了很大压力。后扎扎因抑郁而一病不起。扎扎的死深深刺激了波伏瓦,令她对女性的命运产生更为深刻的思考。

② 《面对面》,黑兹尔·罗利著,时娜译,中信出版社,2006 年,第 27 页。

序其实站在女人的反面，它只能让女人成为怨妇和弃妇，在她维持的秩序被男人摧毁，并且男人转而建立了新的秩序之后。在短篇小说《精疲力竭的女人》、《独白》和《谨慎的年龄》里，我们可以看到，每一个女主人公，无论她们的职业、身份、个性如何，几乎都身陷在这样的无望里。

波伏瓦高出大多数普通女性的地方在于，她是真正实践了萨特的主张，倾其一生，都在针对自己做严厉的自我分析。她不回避自己的矛盾，在小说里，在回忆录里，以及在对于萨特和她都很重要的书信里。

也是从这个角度上而言，波伏瓦是传统的写实作家，她的目光始终没有超出周边和自身的范围。固然也没有完整地描绘出一个时代，却至少做到了描绘出这个时代的一部分。她和萨特一起，在人群熙攘的咖啡馆和饭店会友、谈天、工作、观察他人，时光如是连成了一片，创作也如是连成了一片。

早期的波伏瓦毫无疑问是存在主义的小说家，在她看来，小说就是对存在，对作为个体的存在的思考。但是她与萨特在小说创作上有着截然不同的方式，如果说萨特的小说是思考性的，波伏瓦的小说却是描述性的。人物有迹可寻，地点有迹可寻，事件也有迹可寻。从早期的《女宾》、《他人之血》到《名士风流》，乃至作为文论的《第二性》，我们随处可见作者自己的影子：作者，还有作者周围的人，她和萨特的生活，这种种生活为她带来的快乐、犹豫、思考和眼泪。我们从波伏瓦的小说中读到了一连串的名字，从属于萨特圈里的名字，奥尔加，加缪，奥格伦，万达，博斯特……

只是写实自然是要付出代价的。小说的悖论也在于这里，当别人能够从你的小说中毫不困难地辨识出现实世界的影子时，他一定会怀疑你作为小说家的能力。除非你有巴尔扎克的野心、精力与能力，每一幅场景拼起来，就是法国第二帝国时期的社会。

萨特和波伏瓦在声名鹊起前都经历过不得出头的焦灼。对萨特,评论界更多的指责是针对小说道德的;而对波伏瓦,评论界的指责则更针对小说的技巧。"缺乏想象力"是对波伏瓦最常见、也最为有力的批评,尤其是在那样一个超现实主义占尽文坛风光,并且在某种程度上,文坛仍由男人所左右的时刻。因为写实,似乎我们只能够怀疑,小说中的不道德只能归罪于作者的不道德。

指责几乎到《名士风流》在1954年获得龚古尔文学奖才有所改变,尽管《名士风流》一如既往地惹恼了包括加缪和奥格伦在内的很多人(又是小说人物与现实世界的人物之间不清不楚的指涉关系)。然而至少,到了五十年代,在萨特和波伏瓦这一组合已然成为法国知识圈的中心时,人们很难对波伏瓦是一个优秀的小说家这一命题有所质疑。

但是,如果我们一定要为波伏瓦的创作进行划分,我们不难看出,也似乎正是从这部为她带来肯定的《名士风流》开始,她慢慢放弃了小说的创作,最终转向了传记性写作。这是一个思考、蜕变与再反思的过程。这种转变,在某种程度上,是因为作为一个作家,波伏瓦解决不了偶然性的灿烂与作为拯救者所不得不牵涉的必然性之间的矛盾。

《名士风流》处在这样的转变路口,波伏瓦本人正经历着极大的混乱。理念上的混乱,个人生活上的混乱,社会的混乱。并且,她和萨特一起,正越来越多地卷入到整个世界种种政治力量的抗衡中。萨特热情投入的很多政治斗争里,我们也能够看到波伏瓦坚定的身影。于是,在这样一个混乱的,不知道会导向怎样的未来的时期,只有明明白白地从自己入手,从自己这样一个二十世纪初出生,经历了战争、偏见、反抗的女性的角度入手,才能够更清楚地梳理出一个女性在这个世纪一路走来的轨迹,才能够对女性的生存未来提出问题。

虽然,女性的生存未来或许是一个永远得不到解决的问题。不过这没什么要紧，文字的功能从来不是解决问题，而是提出问题。我们不需要是非的判断，只需要看待这个世界的一种眼光。只需要借助这种眼光来丰富自己，使得自己的存在不会随着时间的流逝而越来越贫瘠。从这个角度上来说，无论是写实也罢，自传也罢，自传性的虚构也罢，无论与现实的世界是怎样的映照关系，文字永远创造的是一个独立的世界。波伏瓦作为"萨特时代"最忠实的记录者之一，她在非现实域的"萨特时代"的地位是毋庸置疑的。这也是独立与爱情从属之间的悖论所带来的收获吧。无论如何，就像她形容自己晚年的杰作《闺中回忆录》时所说的，她让我们"重新发现了自己的生活"。重新发现这个世界，以一个女人的眼光，爱，被爱；斗争，成为斗争的目标所在；独立，但是也享受过依赖的幸福。毕竟，很少有人能够达到这样的高度，可以享受这一切矛盾，并且通过文字的方式重建这一切矛盾。

我们可以替波伏瓦把那个困扰她一生的问题提出来：如果没有萨特，波伏瓦还是波伏瓦吗？这个跟随了萨特一生的女人本来有机会拒绝成为第二性，但是这一次，她无可选择。在无可选择的前提下，她以空前的勇气和力量承担了自己的选择，因此，她是自由的。

第二讲　双重视角,双重悖论,双重幻灭

　　《名士风流》描写的是二战即将结束之时的法国。二战带给了法国极大的创伤,虽然巴黎最终没有遭到轰炸和摧毁,但是法国人心中那点支撑了数个世纪的骄傲被摧毁得一干二净。这就意味着,法国人践行了数个世纪的理论、逻辑、世界观和价值观也被摧毁得一干二净。人们对自己产生了怀疑。这种混乱的状况率先反映到知识分子圈:面临战争,似乎理性一无用处。那个时代,真的有一个何去何从的问题。德国人的崩溃迫在眉睫,此时最现实的问题是:走向社会主义模式,还是走向美国代表的资本主义阵营? 从前者,似乎当时西方的社会主义实践者与理论家无论如何不太能够信服苏联模式;从后者,法国人也是决然不能相信世界就要彻底听从于非理性的资本的引导。

　　于是一群想要统领社会精神领域的知识分子——我们早就说过,那还是一个相信凭借意识形态的革命,凭借文字的力量能够改变世界的时代——陷入了争执与彷徨之中。法国的知识分子从来没有这样重要过,也从来没有这样混乱过。试想一下,当你发现整个民族乃至整个世界的命运都在你的肩上时,你会产生怎样的激情、惶恐? 你的心怎能不怦怦

直跳？但是在战争中,法国的知识分子走过弯路。他们的抵抗阵线在成立后不久就不复存在,他们曾经寄予希望的某种绝对的理念也在现实之中遭到了种种重创。

在我们要讲的九部小说中,唯独这一部如此现实,现实到每一个人物都因为其"鲜明的偶然性"让我们能够对号入座。这里面有几个最起码的等式,是几乎所有的读者都能够建立的:

亨利·佩隆＝阿尔贝·加缪

罗贝尔·迪布勒伊＝让-保罗·萨特

安娜＝波伏瓦

《希望报》=《战斗报》

当然,波伏瓦构建起来的,毕竟是一个小说的世界。这个小说的世界却因它的真实性惹恼了加缪,也真的是蛮讽刺的。正因为上述等式的存在,正因为加缪无奈地对号入座,他不得不彻底推翻这部小说。这里蕴含着另一个小说的道德:当小说过于真实的时候,它也可能是不道德的。

我们不妨回顾一下我们的文学史,在一系列所谓带有自传性意义的小说虚构中,我们看到了太多当事人之间的纠缠,那种欲罢不能的痛苦。回到我们前面所说的内容,如果说梦想生活在先,实践活动在后,这可能导致的是血淋淋的代价;而相反,如果实践活动在先,小说建构在后,它有可能导致的是对他人的无尽伤害。

加缪指责波伏瓦写了一堆"垃圾",将萨特一堆不名誉的事情安在亨利·佩隆的身上,造成人们在道德世界里的混淆与误认,而且,以亨利和迪布勒伊的女儿纳迪娜有染的方式炮制了佩隆和迪布勒伊之间的妥协。

不止加缪对这部小说作出如此反应。这本书中一个重要的次要人物，刘易斯的所谓真实原型尼尔逊·奥格伦对小说的反应也非常糟糕：安娜和刘易斯的关系彻底蜕化成了女性对身体自由的渴望和对苏醒的肉体欲望的追求。

不过，在这个时候，稳固的萨特-波伏瓦关系发挥了作用。萨特完全站在波伏瓦这一边，维护波伏瓦作为一个作家的权利与自由——是的，她应该享有随心所欲地想象的权利。萨特还指责那些幼稚的读者是多么愚蠢，在一个小说的世界里对号入座。

《名士风流》里的中心人物有三位（幸好三角关系不发生在他们之间）：亨利·佩隆、罗贝尔·迪布勒伊和安娜。亨利·佩隆是《希望报》的中心人物，他是抵抗运动的英雄，出色的小说家（一直在梦想着写一部"欢快的小说"）、剧作家，他英俊潇洒，几乎没有女人能够把持住自己，不爱上他。而这样一个人，只能是充满行动热情、冒险精神，并且英俊硬朗的加缪。

迪布勒伊是知名的思想家和作家，是充满精力的政治活动家，他甚至不知道自己是不是应当为政治生活牺牲自己作为一个作家的存在——这个形象当然只能由萨特来承担：时代精神的先锋，二战后积极地投身于政治运动之中并且几乎因此葬送自己的文学生涯。

然后是安娜。我们读小说的时候可能会注意到，从小说的结构而言，有两条线是同时并进的，一条是用第三人称的客观叙事，所谓站在"无所不知"的上帝的角度来观照事件发展、人物心理的传统叙事方法；另一条则是以安娜为第一人称的叙事，用安娜的眼睛来看这世界，看战后舞台上的知识分子的彷徨、困顿与自我选择。如果说波伏瓦创立的是一个小说的世界，她的第一个有力证明应该是在这里。这不完全是复调的问题，而是有一只女性的眼睛。

然而我们还是不能够不说安娜就是波伏瓦。尽管小说中的迪布勒伊比安娜要大二十多岁，而实际上萨特比波伏瓦只大三岁半，可是男人在女人的世界里曾经起到的精神导师的作用却是何等类似！不仅如此，有了背叛和出走的安娜——也就是置迪布勒伊于不顾的安娜似乎在最后并没有能够逃脱痛苦和伤感的命运：她险些丧身于自己的情事之中，而且，显然，这里道德的考虑已经是次要的。或许我们不禁要问，既然不是道德的问题，令安娜困顿的又是什么呢？

　　是曾经给予她指导的迪布勒伊也陷入了困顿之中，也陷入了自己不得不承认的"失败"之中——这种失败不再能够为安娜-波伏瓦提供依存性的精神细线，支撑梦想世界从而也能够支撑现实生命的精神细线。这位女权主义运动的纲领性人物在自己的生活中为自己设置了一个相当大的难题，这个难题她羞于启齿，于是在小说中提了出来：如果没有迪布勒伊，哪怕她的所有器官统统苏醒了过来，哪怕她的肉体重新感觉到了自己的存在，安娜还能够继续生存下去吗？

　　当然，如果具体说到小说的写作目的，波伏瓦本人曾经借小说里的人物之口说：

　　为什么不动笔创作一部时间与地点明确，而且具有一定意义的小说呢？叙述一个当今的故事，读者可以从中看到自己的忧虑，发现自己的问题，既不揭示什么，也不去鼓动什么，仅仅作为一个见证。

　　见证这个时代，见证这个时代里的人物——而且这些人物都将在未来的历史上留下自己或浓或淡的身影，这一点，波伏瓦的确做到了。她获得本年度的龚古尔奖也证明她做到了这一点。仅仅描写这个混乱、困顿和选择的社会。波伏瓦没有回避困顿与选择，因此《名士风流》和波伏瓦的所有小说一样,是一部充满痛苦的小说,小说所采取的双重视角和并行结构更加剧了痛苦的强度。当然,我们的阅读,或者正是要从这样的双重视角开始,我们要尝试着来看,《名士风流》之后的波伏瓦为什么会慢慢缩减了小说创作,如果她在现实的道德世界呈现出了无限勇气,那么,在小说的道德世界里,她的勇气始于何处,止于何处?

一、双重幻灭

在《名士风流》的结尾,安娜握着波尔的药瓶,里面装着氢氰酸,她在此世与彼世之间犹豫。对于一个女人而言,她觉得自己已经没有活下去的理由:曾经让她欣喜若狂的爱情与欲望转瞬之间已经灰飞烟灭。要知道,她可是在人生过半的时候才迎来的这一切啊。罗贝尔在渐渐老去,纳迪娜嫁给了亨利——或好或坏,也许和她没有太大的关系。而作为一个职业的精神分析专家,她连自己都还看不清楚。因此,她有些抵御不了高于一切的死神的诱惑。但是最终,当罗贝尔问:你在听我说吗?她回到了生活里,"重又并着双脚跳入了人世"。人生的希望没有变,仍然是小说开始的那几个人:亨利、罗贝尔、纳迪娜,还有那份正待命名和策划的周刊。世界的两面性有的时候可以成为我们说服自己活下去的理由,安娜说:不是世人在冷漠中沉沦,就是地球重新人丁兴旺。

我曾经在很长的时间里问自己,如果小说交给我来处理,我会给安娜什么样的结局?会让她死吗?

是的,故事应当从头讲起。第二次世界大战行将结束:男男女女无时无刻不在面临抉择,可是所有的抉择都像是个陷阱——我们读到小说的结尾就会知道,实际上真的就是一个陷阱——生活、梦想和前途。而且最关键的,是对所有人来说都是如此:男人、女人、名人、小人、妓女、恶棍。没有人能够逃脱必须做出抉择的命运。

因而这是一部悲伤的小说:因为经验无法重来,所有的人物似乎都在想着怎么超脱二元对立的矛盾抉择,但是最终都以失败而告终。亨利失败了,迪布勒伊失败了,安娜失败了,最后他们都选择了非此即彼的妥协。既然人的选择并不能改变被动的命运:这与被选择又有什么分别呢?因此,安娜最后没有选择死亡,她是在想,她从选择走向被选择也是一个必然:

既然我的心脏在继续搏动,就必须让它为某事、为某人而跳动。既然我耳朵不聋,那我一定能重新听到对我的呼唤。谁知道呢?也许哪一天我重又会幸福。谁知道呢?

谁知道呢?这个存在主义的写手——就像我们在第一讲中所看到的她的矛盾一样,在爱情结束之际,无力地将自己交待给了在她看来并不存在的上帝。上帝,或者别的什么操纵命运的黑手。

在长达五六十万字的篇幅中,这群人物始终在挣扎。男人在政治的梦想中挣扎,女人在爱情的梦想中挣扎。挣扎的原因却如出一辙,那就是都想主导未来,无论是政治还是爱情。经历了五年的磨难、危险和匮乏,盼望许久却又仿佛是突如其来的和平让这群人一下子迷失了方向。用安娜自己的话来说,这和平"使我们重新获得了生命,但却不赋予我们生活的理由"。

那么,生命的理由是什么呢?

生命可以有它绝对的理由:那就是为了生命而生命。在非常时期,活着本身就可以成为最高目标。

在战争时期,生命的理由可以是挽救祖国的命运与沦陷。当生命受到威胁的时候,我们会发现,人类再也没有什么会高于生命在普遍意义上的合理存在。在任何一个地方,我们发现,祖国的沦陷都会激荡起爱国主义的热情。生命,不仅仅是自己的生命,还有周围的同胞的生命。生命的自由遭到暴力的剥夺,往往就是爱国主义诞生之时。基于这一点,亨利,迪布勒伊,以及这两个中心人物周围的年轻一代和他们在和平之后一直想要摆脱的种种主义和绝对的理想站在了一起。那个时候,他们还没有抉择的问题——我们可以回到在这门课之初我就一再强调的观点:只有绝对能够暂时阻搁二元对立的胁迫。

和平意味着不再有超乎一切之上的本质问题,所有被阻搁的二元对立又纷纷跳了出来,成为人类的陷阱。苏联的社会主义和美国的资本主义,这是这群法国的知识分子首先想要摆脱的桎梏。亨利和迪布勒伊都想选择苏联和美国之外的第三条道路,尽管他们选择的本身也有不同。并且,这些所谓崇尚自由的知识分子觉得戴高乐无非是另一个极权。他们指责苏联也存在集中营问题——这是在这场所谓的正义与非正义的较量中一直被掩盖的一个问题,他们指责美国想要统治和操纵整个欧洲的野心。然而,问题在于,无论他们怎么做,到最后,他们都要毫无例外地发现:中间道路并不存在。每当他们批评一方,就会坠入另一方张开的陷阱,不由自主地被卷进、被吸入另一方的力量之中。《希望报》几经周折,陷入困境,事实上,这个物质的、二元对立的世界就像不允许第三者存在一样不允许第三条道路的存在:亨利和迪布勒伊最终都不得不承认自己的失败。

这样的失败是相当尴尬的:两个人为了坚持各自的政治梦想——也是坚持自己所谓思想上的自由——曾经付出过相当惨痛的代价,这就是在法国文学史乃至思想史上轰动一时的萨特和加缪的决裂。但是，在两个人都不得不面对失败之时——就像当初两个人都在承受暴力之时——他们俩却又重新坐到了一起。不仅如此，着实值得讽刺的是，亨利娶了迪布勒伊的女儿，并且与她有了一个共同的孩子。他们只能携起手来，因为现实生活让他们成了一家人。

这是梦想对生活的妥协。不要以为只有女人在生活中妥协自己的梦想，男人同样相当无奈，并且受到伤害。

亨利在最后说服了纳迪娜，让她好好珍惜现时的生活。他同时也是在说服自己，说服自己必须坚持下去。然而，他已经永远丧失了他一直以来所追求的幸福与快乐。那部欢快的小说始终没有产生，他在妥协的坚持之中，除了给予纳迪娜连她自己也不寄予希望的幸福之外，"再也不明白幸福这个词还能有什么意义"。

让加缪最感到恼火的"栽赃"出现在第九章。这个抵抗运动的英雄陷入了美人若塞特的圈套。若塞特和她的母亲在二战期间都是通敌分子，为了让若塞特得到开脱，亨利必须为另一个叛敌分子作伪证。尽管他权衡再三，却还是这么做了。一个抵抗运动的英雄就这样平白无故地让自己染上了污点。他明知这是个圈套，但还是因为自由的思想，不希望那个让人怜惜、头脑空洞的女人死去。

作为一代人的精神领袖，迪布勒伊也许比亨利要好一点。可是，由于他在介入上具有一种急不可耐的迫切性，他差点坠入一直以来自己在抵抗的苏联极权势力。更关键的是，他差一点失去一切：妻子、女儿，还有他为了政治差点牺牲的文字生涯。但是在政治中，他是一个不折不扣的失败者：政客与思想者的距离其实很远。这一点，一个男人却一定要等到失败之后才能真正心甘情愿地领悟与接受。

男人的政治梦想无一例外地失败了，女人更是这样。波尔和安娜，尽管际遇不同,对爱情的观点不同,爱上的男人不同,可结果相同:她们都以失去爱情而告终,并且把命差点葬送在同一瓶药上。

波尔爱着亨利,她甚至愿意给亨利表面的自由。可是亨利从小说之初就打算摆脱波尔:于是摆脱波尔的过程变得像是一个阴谋。爱情被牵连进了阴谋里,这比单纯由欲望构成的爱情还要可怕。事实的确如此,亨利用肉欲抵抗着波尔令人窒息的爱情狂想。他是失败的,可波尔更失败,因为她成为自己爱情狂想的牺牲品。女人在波尔这一步相当可怜——在自欺欺人中用尽心机,却免不了一步步走向灭亡的命运。

安娜的爱情故事是小说的重点之一,可恰恰也是这个小说世界的败笔(这话我们以后再说),但是安娜的爱情故事是真实的。这里所谓的真实不仅仅是说,这个故事影射到了波伏瓦和美国作家奥格伦的恋情,而是在于,这是一个女人的爱情幻灭曲。一个从事精神分析工作的女人,每天面对别人,感觉到的仅仅是自己的大脑的存在。有的时候,她会问自己,即便知道自己是有脑子的,作为一个女人,就能得到快乐了吗?于是有一天,她做了一个实验:她没有拒绝斯克里亚西纳的邀请,只是为了知道自己的感官是否还活着,还存在着。这次纯肉体的交往带给安娜的是彻底的失败。失败的原因却并非真的像安娜所说的那样,是因为"两个人太有脑子"了。恰恰相反。安娜和斯克里亚西纳的不可能仅仅在于女人和男人不一样,女人无法承受单纯的肉体欲望,她们无时无刻不在梦想着爱情。

于是有了安娜和刘易斯的故事,尽管故事一如既往的平庸,可也足以让拒绝第二性的波伏瓦为之欲生欲死。其实安娜并没有爱上刘易斯,刘易斯只是"来到了"安娜的爱情之梦中,是安娜将爱情的想象强加在了刘易斯的身上。因此,这场爱情注定是要消亡的。故事开始的时候非常美妙:安娜享受了一段时间的双重生活。一面是巴黎,是在一起共同生活了二十年,在某种程度上更像是同志的迪布勒伊;一面是美国,是能够令她作为一个女人而如痴如醉的刘易斯。可是,刘易斯的爱情突然不见了。突然,身体就可以变得冰冷,还有话语。男女之间原本荒唐,安娜却不愿意接受这个事实。她握着波尔的氢氰酸药瓶,在一瞬间仿佛跨越了此世和彼世的一步之遥。

相反,这群人中,最好的收梢竟然是早已无所求的纳迪娜。迪埃戈死后,纳迪娜在男人的床笫之间游荡。用亨利的话来说,她是在与"现实生活赌气",于是"便逃遁到过去之中","以过去的名义对现时发生的一切统统予以蔑视"——这是战后年轻一代的态度。可是,在所有人中,只有纳迪娜收获了安宁的结局。亨利摆脱了波尔,落入了若塞特的陷阱,疲惫之下,竟然发现要让"纳迪娜幸福,他自己也应该幸福才行"。他和迪布勒伊握手言和,和无奈的生活握手言和,纳迪娜于是成了中间的桥梁——亨利将对她终生抱有怜惜与感谢之情。

回到在这一讲开始我所提出的问题:如果由我来安排小说,我会给安娜什么样的结局?会让她死吗?我想我不会,但是我可能根本不会让她去爱。爱和政治一样,是这个世界上最荒诞的努力。只不过一种努力属于可笑的女人,另一种努力属于可笑的男人。

不过如果真是如此,这个世界也就没有故事了。

二、双重视角和双重视角的破灭

文字最美丽的地方,在于它可以突破现实世界的线性结构,突破时间和空间的界限,甚至突破结局本身。从这个角度上说,我们应当肯定,波伏瓦在存在主义和女权主义文论作者之外，也是一个小说家，她至少是想奉行小说的道德，并且，在《名士风流》中，她做了这样的尝试。

我们可以来看一下小说的结构。虽然这并非一部真正意义上的复调小说，但是，它始终由两个声音交叉构成：一个是以亨利的视角为中心的第三人称叙事；另一个是以安娜的视角为出发点的第一人称叙事。

而且这种交叉非常规整。小说一共分十二章，结构是这样的：

第一章：1. 亨利、第三人称叙事　2. 安娜、第一人称叙事

第二章：1. 亨利、第三人称叙事　2. 安娜、第一人称叙事

第三章：亨利、第三人称叙事

第四章：安娜、第一人称叙事

第五章：亨利、第三人称叙事

第六章：安娜、第一人称叙事

第七章：亨利、第三人称叙事

第八章：安娜、第一人称叙事

第九章：亨利、第三人称叙事

第十章：安娜、第一人称叙事

第十一章：亨利、第三人称叙事

第十二章：安娜、第一人称叙事

从时间的角度上来说，两个视角的叙述相互有重合，也有错落，但总体而言是平行的，是完全从两个角度看待同一个时间段里的故事，虽然故事里的主人公各自不同。

小说家的目的当然是为了让这两个视角互相补足。以亨利为中心的世界是男人的世界，是男人眼中的政治、理想、爱情和性，是男人眼中的生活；以安娜为出发点的世界是女人的世界，是女人眼中的政治、理想和性，是女人眼中的生活。这两个视角基于同一种生活之上，可是，它们

截然不同,甚至有时它们是冲突的。

人物、事件都因为这样的双重视角而变得丰满起来,尤其是人物:比如纳迪娜和斯克里亚西纳,又比如亨利和安娜本身——这就是双重视角的好处,它可以让人物变得立体。就像多棱镜,可以反射出不同的光芒,照出不同的影像和风景。

我们可以看一看双重视角下的纳迪娜。纳迪娜是安娜的女儿,安娜很清楚她如此痛恨现时世界、如此麻木地在男人的床笫间游来荡去的理由。可是安娜并不接近纳迪娜,甚至不认为自己能够帮助她。

我首先要说的是,这并不是一个母亲的视角,用母亲的视角往往看不清自己的女儿,所以安娜望向纳迪娜仅仅是用单纯的女人的视角而已。因为同是女人,她知道纳迪娜的痛楚来自何方:迪布勒伊对她的期望和迪埃戈的死,这里面隐含着两代人的冲突,个体与时代的冲突,战争造成的创伤,爱情的流逝。可以说,在安娜的眼里,纳迪娜是个标准的悲剧人物。她的身上集聚了悲剧人物的可怜、怨恨与反叛。安娜对纳迪娜的分析是精神分析专家式的分析,但是她认为自己没有解决办法,甚至连尝试一下都不愿意。

但是亨利眼里望出去的纳迪娜不完全如此。因为她首先是一个男人眼中的女人,其次,和波尔正相反,她是一个死了心的,对爱情再无所求的女人。这个基本的视角成就了日后亨利的妥协。在此之外,纳迪娜在亨利的眼里还是年轻一代。他们拥有青春和未来,但是他们冷漠,无助,偏激而无味(没有理想的人生是多么无味的人生啊)。亨利再三强调纳迪娜的脸有的时候看起来相当令人"泄气"。但是他们需要怜惜,需要引导,需要与残酷战争相反的温暖。因此亨利在担当世界责任的同时,也担当起了拯救纳迪娜的责任。

当然,双重视角补足的,不仅仅是人物,还有事件。同样的事件,在不同的视角中也是不一样的。波尔爱情毁灭的故事在亨利的视角中几乎不存在,除了约略提到过的一点担心之外,我们几乎不能看到他的任何反应,更不能看到他对波尔的直接反应,虽然他是这个故事的主角。可是从波尔收到亨利的信开始,安娜就一直是这个故事的证人和旁观者。更为关键的是,这里有一个小小的小说安排——当她把波尔的药瓶捏在手里的时候,这个安排已经昭示着即将发生些什么。虽然这作为小说的安排,有点过于精巧的痕迹。

下面我们要问一个问题。我们一直将《名士风流》当作对于大战行将结束之际法国知识分子界现状的工笔描摹,然而究其本质,它是一部小说,那么,它究竟在何种程度上是虚构的? 虚构与真实之间的混淆究竟在何种程度上成就却也同时损毁了小说的世界?

我们说过,小说的双重视角可以证明它的确是想被写成一部小说,想遵从小说的道德,想突破只有文字才能突破的时空的界限。

尽管小说中存在着几个基本的等式,小说中的人物毕竟不叫萨特、波伏瓦和加缪。因此萨特说,作为小说家,作者有虚构的权利,指责波伏瓦的只能是过于单纯幼稚的读者。

萨特说的当然对。其实小说家的道德恰恰应该在他们的虚构之中。一个处处要留下自己痕迹的作家只会让读者把关注过分集中到他们自己身上——这恰恰也是波伏瓦作为小说家一直以来所不能够战胜的问题。所以,波伏瓦留给世人的,几乎没有小说家这一项。在这个问题上,和我们开始时所讲的悖论一样,波伏瓦没有能够阻挡自己"成为"女人的势头。

但是这个小说的世界,恰恰因为小说的第二个视角,小说的第二条主线,书里所构建的世界遭到了损毁。因为正是在这条主线上,波伏瓦彻底转向了自传性的写作。它让小说彻底停留在了虚构与真实的中间地带。它沉溺进了一个女人庸俗的爱情故事里。比起波尔和亨利的爱情故事，安娜的爱情故事更加苍白。这个故事的起因奇怪，结束也奇怪。有太多女人为觉醒而觉醒的痕迹。它更像是波伏瓦《第二性》的故事版本。没有任何小说的道德可言。

因此，如果说原本双重视角的设想是合理的，因为小说家迁就于自传性的个人感受，这个双重视角的设想没有得到充分的实现。我们能够发现，几乎从小说第八章开始，安娜的目光就没有再停留在别人身上过，没有停留在二次大战行将结束之时这迷惘而痛苦的一群人身上过，甚至没有再注视过小说的中心人物迪布勒伊过。这个视角不再作为这群人的见证，不再作为这个时代的见证。它所注视的，只是自己。

因此，如果说小说有个非常丰满的开头，却有着一个非常苍白的结尾。在这个结尾里，所有中心人物不仅没有凸现在历史的画面上，更甚是在渐渐隐去。在最后一章（篇幅很短），罗贝尔仅仅作为长安娜二十多岁，注定要早于安娜衰老和死去的老人——他所有的挣扎，所有的抉择都不再重要。而亨利呢，他是安娜和罗贝尔的女婿，他毫无缘由地妥协了，安娜甚至懒得对亨利的妥协再多说一点什么。至于安娜，她因为所谓的爱情，毫无意义地抒发着对死亡的感慨。她说：

> 我知道罗贝尔会跟我说什么，他已经对我说过："我不是一个苟延残喘的死者。我是一个活人。"他曾经把我说得心悦诚服。但是那时，他与之对话的是一个活生生的女人，生命是生者的真实。我与死亡的念头嬉戏：仅仅是与死亡的念头嬉戏。当时，我尚属于这个尘世。如今，就不同了。我不再嬉戏了。死神已经来临，它遮去了苍穹的蔚蓝，吞没了过去，吞噬了未来，大地冰封，重又沦为虚无的世界。一个噩梦仍在永恒之

中飘摇：那是一只水泡,我就要把它戳破。

这是怎样的一种矛盾。萨特的女人,因为发现了自己的肉体而爱,而在爱的过程中,又突然丧失了这毫无基础可言的激情,这种丧失,这种再度失去自己肉体的感觉竟然能够导致她的彻底灭亡,导致她成为一个"苟延残喘的死者"。罗贝尔,这个失去政治,失去妻子的依恋,险些也失去自己的文学生涯的精神领袖对于自己的妻子竟然只是莞尔一笑,问她："你人在哪儿呢?"而他的妻子,就并着双腿重新跳入了现实世界。她没有能解决的问题太多。她带来的混乱也太多。

小说的世界和真实的世界,不能够通过这样并行的方法来叠加。这种叠加的方法只能够削弱人物、事件的力量,而将小说的世界葬送在女人莫名的情绪里。在我看来,如果小说有两条线,这两条线的安排更应该像昆德拉的安排：并行、补充,甚至对照,最后俨然合二为一。因此,假如我们尝试着为这部小说下一个结论,也许我们至少可以发现小说中有这样几个没能解决的矛盾：

1. 传统的小说形式与现代的小说命题之间的矛盾

2. 偶然的灿烂性与现实生活中承担的必然性之间的矛盾

3. 小说的想象世界与生活中日常琐碎、令人泄气的种种痛苦之间的矛盾

4. 对于存在意义(男性和女性)的哲学探讨与平庸的爱情向往之间的矛盾

然而,也许正因为这种种矛盾,我们似乎才能够安心：原来这个世界上,特别如波伏瓦,在安排小说的时候,竟然也有力所不能及的地方啊。原来在这个世界上,力所不能及才是我们的根本命运。

第四课

加缪和《局外人》*

---

* 除特别标注之外，本章所参考的译文有：《局外人》，加缪著，郭宏安译，译林出版社，
2011 年；《加缪文集》，郭宏安等译，译林出版社，2001 年；《西西弗斯神话》的
部分译文也参考了杜小真的译文，略有改动。

第一讲 不会留下阴影的太阳

在 1955 年美国版的《局外人》中，加缪在他的序言中写道：

很久以前，我曾经用一句话——我必须承认，这句话本身就是一个很大的悖论——来总结《局外人》：在我们的社会里，一个人在母亲葬礼上没有哭，他就会有被判死刑的危险。我想说的只是书中的主人公之所以被判死刑，仅仅因为他没有参与游戏。从这个意义上来说，他是他所生活的这个社会的局外人，他在流浪，在边缘，在私人生活之镇上，独自一人，只听从身体的需要。正因为如此，读者一度将他看成一个边缘人。不过，如果我们能够想一想，默尔索究竟为什么不参与这个游戏，也许我们能够得到关于这个人物的更加明确的概念，更加能够符合作者原初的想法。答案很简单，他拒绝撒谎。撒谎，不仅仅是指说实际并不存在的东西，也包括——并且尤其如此——说得超出实际存在，如果有关人的灵魂，那么就是说得超出实际感受。这是我们的所作所为，每天，为了简化生活，我们都在做这样的事情。默尔索和他表现出来的正相反，他不愿意简化生活。他是怎么样就怎么说，他拒绝为自己的情感戴上种种面具，于是社会立刻觉得受到了威胁。比如说别人按照习惯的表达，问他是否为自己的罪行感到遗憾。他回答说，与其说感到遗憾，他更觉得厌烦。就这一点细微的差别就送了他的命。

因此对我来说，默尔索不是一个边缘人，他只是一个一无所有、赤裸裸的人，钟情于不会留下阴影的太阳。他远非麻木不仁，有一种深层的激情让他充满活力，因为这激情是一种长久的、基于绝对和真实之上的激情。是一种具有否定性的真实，存在和感受的真实，但是如果没有这样的真实，任何关于自我的征服都是不可能的。

这样，我们再读这本《局外人》的时候，就不会弄错了，这是一个为真实而死的人的故事，尽管他没有一点英雄态度。[1]

这一段序言对于我们阅读《局外人》非常重要，对于我这一讲也很重要。因为加缪用自己的语言陈述了让我喜欢的主要理由，这就是：真实、激情和英雄。

这三个关键词是作为一个阅读者给出的。加缪自己也酷爱关键词，不同的加缪传记几乎都会提到加缪在五十年代初期曾经写下过的十个关键词：世界、痛苦、大地、母亲、人类、沙漠、荣誉、苦难、夏日、大海。而如果把关键词的任务交给加缪的专家来写，可能会得出另外的答案：例如地中海文学什么的。当然，今天的文学研究者在把"存在主义作家"之类的标签放在加缪身上时是会犹豫的，因为不仅加缪本人拒绝，越来越多的证据也的确指向，作为"存在主义作家"的加缪从来没有"存在"过。

加缪是出生在阿尔及利亚的法国作家，祖上源自哪里的问题已经变得非常复杂。加缪坚信父亲那一族是来自法国的阿尔萨斯，母亲那一族

---

[1] 该序言由作者自行译出。

是西班牙人。可因为从小失去父亲,母亲和外祖母都不识字,转述于是变得非常不可靠。唯一可靠的地方在于,加缪的祖父与外祖父均出生于阿尔及利亚,生活贫穷。虽然今天的文学评论早就摒弃了将作家生长的环境与他们的作品直接划上等号的做法,但是,我们必须承认,作家背后永远有一个他弃之不去的创作环境。具体在加缪的身上,就是任何人也不能否认的"地中海"文学的痕迹。阿尔及利亚有炽热的太阳,有大海,有母亲,有绚烂的色彩(我们在《局外人》当中都能看到),有和阿拉伯人的矛盾,有穷白人的生活(请注意《局外人》中默尔索和《恶心》中罗冈丹的区别)。我们大多数人对他的了解是,他得到过 1957 年的诺贝尔奖——应当说,他是法语小说史上最杰出的人物之一,他的《局外人》也被认为是跨入二十一世纪最需要读的,因而也是最重要的十部小说之一。除了小说家的头衔(他还是另一部重要小说《鼠疫》的作者,在那里,我们看到了反抗者的英雄身影)之外,当然,他还是记者、剧作家,他甚至还是演员。在塞利纳的《茫茫黑夜漫游》和萨特的《恶心》之后,是他延伸并完成了对于"荒诞"的定义,把我们带到西西弗斯的巨石面前,让我们充满赞叹地听到这一声轰然巨响,让我们又有了一种理解这个世界的眼光和方法。

加缪的创作历程上,也有两个重要的三角。这两个三角印证了加缪作为小说家、哲学家和剧作家的天赋和统一性。一个三角是《局外人》—《西西弗斯神话》—《卡利古拉》,它的中心是荒诞。

另一个三角是《鼠疫》—《正义者》—《反抗的人》,它的中心是反抗。

这也是加缪对于自己创作的计划。加缪为结核病所折磨,再加上意外早逝,一生作品不多。然而在他身上,作品与人却是统一的,相互支持的。前一个三角是在阿尔及利亚完成的,得到巴黎文学主流圈的承认,并且奠定了他在当时毫无争议以巴黎为中心的文学界的声名。后一个

《局外人》

荒诞

《西西弗斯神话》　　《卡利古拉》

《鼠疫》

反抗

《正义者》　　《反抗的人》

三角却是来到了巴黎生活之后完成的,有了反抗的经验,也更加坚定自己要点什么,因而也饱受争议。

从荒诞到反抗,这是从本质到解决方案提出的过程。有时候禁不住想,也许事情发展到加缪这一步,原本还是有希望的。纵然虚幻的激情被消解了,可仍然有想突破一点什么、想挽救人类于水火和沉沦中的梦想;仍然有对崇高和英雄浪漫主义的定义。虽然这定义不同于我们以前所接触到的任何定义,然而,这定义毕竟是由反抗、自由和激情构成的,是现在仍然让我们感到安心的浪漫主义价值。

也正是第二个三角导致了他和萨特的决裂。长期以来,加缪和萨特的关系一直是人们津津乐道的话题。虽然不是我们的重点,倒也颇能说明问题。战争后期,加缪来到巴黎,和当时的知识分子抵抗组织各路人马都有交集,其中包括萨特和波伏瓦。他供职于《战斗报》,那时的报纸社论多出自他手。尽管身体羸弱,他还是发展成为了一个积极的地下抵抗运动成员。他们曾经走得很近,尤其在二战之后。当法国需要一种具有力量的思想,能够把优秀的、因为战争的阴影而在物质性的暴力面前深感无助的一群人集结在一起时,加缪和萨特没有完全出乎人们意料之外地站在了一起。只是,他们在一起"很少谈论文学和哲学"①。

----

① 见《加缪和萨特》,罗纳德·阿隆森著,章乐天译,华东师范大学出版社,2005 年,第 66 页。

然而很快,萨特与加缪交恶。这不是简单的文人相轻的庸俗故事。如果不是加缪出了车祸,也许我们会对两种必然显示为不一样的力量看得更加清楚——力量,或者说,看待这个世界,看待文学的不同方式。他们的决裂让我们想到这个问题:什么是反抗?什么是正义?非常矛盾的地方在于,这个行动能力在萨特之上、做过《战斗报》负责人的人反对暴力抵抗。而那个才上前线就成了战俘的人却主张暴力——这里我们不加评述,也许人生永远是这样,在话语与行动之间徘徊。尽管加缪笔下的默尔索在努力超越这种差距。

　　这个完美缔造了荒诞概念的人的结局也颇为荒诞。1960 年,他死于车祸,只有四十七岁。他坐在伽利玛出版社的米歇尔·伽利玛的车上,而且后者是他自来到巴黎之后就建立了深厚友谊的好友。米歇尔·伽利玛也在车祸中丧生。加缪之死扑朔迷离,因为米歇尔从来就不是一个有不良驾驶习惯的人,更因为 1944 年他较为深入地融入巴黎的艺术圈时,画家马克斯·雅各布曾经根据他的出生日期为他算过一卦,据说结论是他将“死于非命”。[1] 他的荒诞结局却给世界留下了巨大的遗憾——在某种程度上并不亚于西西弗斯的巨石滚落所发出的声响——和空白。著名“荒诞派”剧作家尤内斯库曾经说过:

　　“我们是那么需要(他的)这种正义。他毫不矫揉造作地身处真实之中。他不随波逐流。他不是风向标,他是界碑。”

　　这句评述阐述了另一条加缪令我着迷的理由:正义。这是一个能够成为界碑的人必备的素质。

　　在二十世纪的动荡里,加缪也不得已成为了一个斗士。他为阿尔及

---

[1] 这一轶事很多地方都有转述,也算众所周知。赫伯特·R·洛特曼所著的《加缪传》对此有较为详细的叙述。可参考赫伯特·R·洛特曼著《加缪传》,肖云上、陈良明、钱培鑫等译,南京大学出版社,2018 年,第 363 页。

利亚战斗过，为第二次世界大战的法国抵抗战斗过，为他所认同的人间的真理战斗过。如果说，在二十世纪上半叶的欧洲环境下，知识分子多多少少都要"介入"，加缪和萨特却还是有区别的，加缪是在为自己所坚持的正义而战斗，而萨特为之战斗的，是战斗本身，是战斗所能带来的承担、责任、光环和破坏，就像杜拉斯爱着带来绝望的爱情本身一样。

历史没有如果。可是我们还是禁不住要问，如果这块界碑终止之处在另一个时代，再晚二十年，或是更长，法国乃至世界的小说样貌还会产生什么样的改变呢？

让我们从《西西弗斯神话》开始，一一破解这几个有关加缪的关键词。

《西西弗斯神话》探讨的是存在之中的一个巨大悖论：生与死的悖论。因此，加缪的关注点并不在于西西弗斯的悲情成分——虽然作为一个女性读者，我很为其中的悲情着迷。

终其一生，我们都在找寻活下去的理由，所谓生命的意义，在这条找寻的路上——不论我们走的是怎样一条路——我们慢慢地看到一些事情，也通过这种或者那种方式理解了一些事情，然而与此同时，我们却无一例外地走向死亡。从生命的终极意义而言，应该像西西弗斯往山顶推巨石的这个过程吧：生命最终走向死亡，如同石头最终要往山下滚落一般，但是人一生的运动，在我们能够积极地理解其含义时，是往山上去的，向太阳方向所做的向上运动；是努力，并且在努力的过程中获得快乐和意义。因为在向上的过程中，有我们想象中的真实在。对于加缪而言，就是那个"不会留下阴影的太阳"。

看待这个悖论可以有很多种方式，荒诞是其中的一种。"荒诞"这个词，因为翻译的关系，太具欺骗性，成了一个"黑词"的"白化"运用。那么，荒诞究竟是什么？加缪说，"一个能用种种歪理来解释的世界还毕竟是我们熟悉的世界。但是,在一个突然被剥夺了幻觉和光的宇宙里,人会感到身处局外。这放逐无可救药,因为人被剥夺了关于失去的故土的记忆,失去了对于曾被期许的乐园的憧憬。人与生活的这种分离,演员和背景的这种分离,这就是荒诞的感觉。"在这之后,加缪又添上了"怀有希望的精神和使之失望的世界之间的分裂;肉体的需要对于使之趋于死亡的时间的反抗;世界本身所具有的、使人的理解成为不可能的那种厚度和陌生性;人对人本身所散发出的非人性感到的不适及其堕落"。①

与我们对于荒诞的种种误解和想象正相反,要做一个局外人,用荒诞的方式,是一件很困难的事情。它需要远离谎言的勇气,需要想什么、感觉到什么就说什么的勇气,不听从于"是"与"非"的标准,不选择什么该说,什么不该说;不选择应该怎么说,不应该怎么说。它需要否定所谓先于存在的人性的勇气,否定按照别人所勾画好的人性去言说,以换取获得这个世界的谅解和容忍的勇气。它需要面对真实的勇气。

因为荒诞的标签,我们很容易将《局外人》中的默尔索与《恶心》中的罗冈丹放在一起进行对比。但是我们也很容易发现两者的差别。差别当然不仅仅是身份上的,一个是历史学家,另一个是公司小职员——这一点又让人想起卡夫卡——而是他们迎来真实的方式。如果说我们能够用"幻灭"来形容罗冈丹的彻悟,如果说我们能够目睹罗冈丹一件件将存在虚假的外衣剥去的残酷过程,我们却不能够看到默尔索经历这样的过程。事情就这么突然地来到了:一个在母亲葬礼上不曾哭泣的人,一个在母亲去世的第二天就可以听从自己肉体的需要,和女人吃喝玩乐的人,在太阳的照耀下,对一个和自己没有太大关系的阿拉伯人连开了五枪。他迎来了被判处死刑的官方理由。

---

① 出自伽利玛出版社 1942 年版《西西弗斯神话》第 18—19 页。该段为作者自行译出。

加缪自己说,他感兴趣的不是原因,而是结果。是"一个人在母亲的葬礼上没有哭,就会有被判死刑的危险"的事实本身,是这样的局外人和社会种种先于存在的所谓人性的碰撞,是局外人如何最终被社会消灭的事实。对于一个行动的人而言,的确,只有结果是最重要的。

然而,除了勇气之外,荒诞的人还显现出来了什么呢?是"幸福"。

局外人与这个世界的冲突出乎我们的意料之外,他并没有所谓痛苦的感觉,这正因为他是"局外人",他从来没有把现实世界的种种先于存在的规定当成自己的一部分,因而也没有真正意义上的突撞与斗争。默尔索只管自言自语,自己行动。对于降临到自己身上的一切,亲情、友情和爱情,他不说"是",也不说"不",直到最后的杀人越货。因而,在死亡来临之前,他"面对着充满信息和星斗的夜,第一次向这个世界的动人的冷漠敞开了心扉"。"我体验到这个世界如此像我,如此友爱,我觉得我过去曾经是幸福的,我现在仍然是幸福的。为了把一切都做得完善,为了使我感到不那么孤独,我还希望处决我的那一天有很多人来观看,希望他们对我报以仇恨的喊叫声"。这是小说的最后结局。和《西西弗斯神话》里的西西弗斯一样,默尔索也是幸福的,因为他掌握着自己个人的命运。是他主动迎来了这一切,就像西西弗斯起身走向诸神的惩罚一样。他的幸福是一个英雄的幸福。

我们可以拿出《西西弗斯神话》的最后一段来进行比较:

我把西西弗斯留在山脚下!我们总是看到他身上的重负。而西西弗斯告诉我们,最高的虔诚是否认诸神并且搬掉石头。他也认为自己是幸福的。这个从此没有主宰的世界对他来讲既不是荒漠,也不是沃土。这块巨石上的每一颗粒,这黑黢黢的高山上的每一颗矿砂唯有对西西弗斯才形成一个世界。他爬上山顶所要进行的斗争本身就足以使一个人心里感到充实。应该认为,西西弗斯是幸福的。

这个没有任何英雄之举的英雄,他因为嘲弄众神而遭到惩罚。但是,因为他能够肩负起个人的命运——在加缪看来,没有高于个人命运的存在——他是一个不折不扣的英雄。他在往上的过程中,一步步走向真实的生存之境。甚至不需要罗冈丹那样人为地剥离生存外衣,当然更不需要同伴的眼神和认同。

我们重新得到了关于英雄的定义:英雄是在怀有希望的精神遭到毁灭性的惩罚时,仍然能够平静地、甚至是满怀幸福地走向山顶的那个人。这个意象在某种程度上曾令我热泪盈眶。我相信,也曾经使很多人热泪盈眶。不论我们在这样的举动中看到的是绝望还是别的什么。

在我们年轻的时候,可能我们看到的更多是绝望,是诸神的惩罚这一面,是天命。是这个古典神话里的悲剧模式。可是再次阅读的时候,我们看见的却是他的幸福。总是经历过什么之后,才发现,原来幸福也需要勇气。原来,不需要梦想,在默然前行的道路上也可以得到幸福。因为幸福的种子早在他起身决定去推那块石头,完成人生这场永远无法结束的悲剧循环时就已经奠定。只有在这个意义上,幸福才能够成为存在不可动摇的一部分。

是的,关键在于,如果没有找到生的意义,我们是否就该去死。这是英雄与自杀者的区别,也是关于生与死的这个巨大悖论永远没有答案的缘由。和我们想象的正相反,世界上大多数人在麻木不仁地生活。他们没有死。他们赖以生存的方式有这样几种:

一是靠虚幻的梦想所支撑的激情。比如说对于某样并不存在的东西的信仰:上帝、爱情、不朽、能够更好生活或是给他人带来更好的生活的欲望……这样的理想尽管虚假,有的时候却能够支撑一生。陶醉在这样的理想之中,有的时候也能够看见耀眼的阳光,看见美丽的景致,看见美丽的自己和他人。传统的小说世界始终坚信这样的逻辑,传统的小说人物也是在这样的坚信中走向胜利或者灭亡的结局——即便是灭亡,我们也有那个吃人的社会可以推诿。

只是,能够孕育理想的环境已经越来越恶劣。我们一起读过《恶心》,我们知道,可恶的萨特仅用一点点的篇幅就消解了这些虚幻的理想。更不要说奠定现代经典的卡夫卡。卡夫卡开创了一个空白的时代:我们眼睁睁地看着主体在一点点流失,消散在物的海洋中。

于是现代人只好逃避和出走,生的意义未曾找到,但是死的理由同样很难寻找。恰恰因为不再有虚幻的理想,不再有将自己与他人归为同类的特征,人开始逃向自我的王国。他们靠撒谎——撒谎,我们不要忘了加缪的定义:"撒谎不仅仅是指说实际并不存在的东西,也包括——并且尤其如此——说得超出实际存在,如果有关人的灵魂,那么就是说得超出实际感受。"而撒谎的目的仅仅是为了不让事情复杂化。不让过于复杂的关系干扰到自我的王国。心灵实际上已经锁闭,围绕着心灵的所有关系都是虚幻。而且这种虚幻还不像第一种情况,有理想支撑的人从来不认为自己是陷在虚幻的泥淖里。他们已经意识到自己坠入可怕的异化世界,坠入了卡夫卡在一个世纪以前就为人类设计好的陷阱,但是他们一面异化,一面用谎言粉饰、支撑自己的存在,用自己早已不相信的种种先于存在的人性来保护自己。

最为敏感的一类人遭遇到了生存的困境。他们不愿意用谎言支撑自己:于是出现了选择自杀的个体。对于他们而言,没有找到生的理由就必须走向灭亡:一方面是不愿意撒谎;另一方面是他们没有勇气,也没有能力选择平静而幸福地面对。

但是加缪告诉我们:也许人还可以有别的选择。他可以选择做英雄。在这个意义上,我们可以看到比萨特小八岁的加缪和萨特之间的承继关系,因为他说,人可以选择承担自己的、高于一切的命运,在怀有希望的精神和令人绝望的生活之间对自己的存在负责:因为存在是先于一切的,必须对这份存在持有高度的责任心。

有时候,我怀疑自己正是因为这一点,始终无法就加缪说些什么。我离加缪提出的解决方案有很远的距离。这距离甚至超越了我与萨特之间的距离。我们讲的那些女作家同样如此。没有一个女人能够用这么清澈的寒冷看待了这个世界之后,告诉世人,仍然要向着太阳的方向去。而且是站在高山上,是站在太阳的中心:这样才不能够留下阴影。女人更多的选择是不承担,任自己在寒冷中陷得更深,更无助,更绝望。但同时,无助也有可能成为不再承担重负的借口。

《局外人》中的默尔索因而成为西西弗斯在人间命运的化身。他首先用葬礼上的平静表现、用“大概是不爱”的坦然回答、继而用在强烈的阳光的照射下开枪打死阿拉伯人的事件否定了人之所以为人的种种逻辑。这是不作为神而作为人的荒诞的第一个方面:人脱离了自己,脱离了所谓的人性。

而在《局外人》的第二部分里,小说紧接着直指荒诞的第二个层面:人与社会的脱离。在社会这台巨大的、无形的机器威逼下,默尔索的姿态竟然和西西弗斯是一样的。面对可笑的陪审团,他沉默着,走向自己应当承担的命运。没有逃避,甚至在即将面对死亡的时候,他拒绝了一直以来人们认为理所当然的灵魂的赎救方式:回到上帝温暖而充满怜惜的怀抱里。他从来没有用撒谎的方式来保护自己,没有在母亲的葬礼上哭,这是对众神的嘲笑:因为神说,你们是人,你们应当在自己亲人的葬礼上哭泣——人的感情始终需要物质的见证。

默尔索是英雄吗?在西西弗斯的注解下,答案当然是肯定的。虽然从外表看来,他具备和传统英雄完全相反的特质。他平静地向山顶走去的具体方式在于,他从来没有像所有人都做的那样,为自己的荒诞本质辩解过。他从来没有用语言抹去人与自身、与社会的不和谐。在加缪的第二个以反抗为中心的作品三角来到之前,这个人物所做的事情就是直面和承受。是罗兰·巴特所谓的"自指着面具而前行"吧——难怪巴特也曾经和那个时代的很多人一样,爱过比萨特沉默一百倍、却热情一百倍的加缪。

第二讲　一出难以承受的社会喜剧

此时,我们可以回到《局外人》中的默尔索身上了。

《局外人》讲述的故事——这是一个真正的故事,在小说的构成上,比《恶心》要完美——非常好地掌握了挑逗以及满足读者期待的尺度。默尔索是个公司的小职员,他很平庸,对于别人有意义的事情在他看来统统是没有意义的:升迁,去巴黎工作,亲情,友情和爱情。但是,他在特定的环境下,遭遇到了一系列的事情,这些事情串联起来,构成了他与这个世界的冲突,尽管他自己始终不这么认为,以至于到了为社会所不容的地步。

我们会发现,小说的情节发展,小说家几乎只用了一半的篇幅便完成了。我们刚才所叙述的一切,几乎都是在第一部分中。在第一部分里,我们也差点以为小说家是在进行传统小说世界的构建——尽管语气有点怪。因此,我们也可以像小说家做的那样,颠覆一下阅读时间的顺序。在开始深入地阅读之前,我们可以倒过来看加缪的,或者说西西弗斯的悲情。

我们在上一讲里提到过,默尔索最终找到了幸福的感觉,并且我们

有理由相信他是幸福的。然而,作为幸福的前提,回到西西弗斯身上,我们会有几个问题要问:

他为什么会受到诸神的惩罚?

他受到了诸神什么样的惩罚?

惩罚的结果是怎么样的?

他如何看待自己所接受的惩罚?

我们尝试着用默尔索的故事来回答这四个问题。

小说从结构上来说,分成两个部分,第一个部分展现了默尔索的"在世生活",场景经历了一个变化的过程:养老院—自己的住所—公司—海滩;事件也经历了一系列的发展:母亲去世、下葬、和邻居的关系(以至于最后被卷入谋杀案)—冷淡地对待老板让他去巴黎工作的建议—和玛丽一起在海滩玩乐。这个部分回答了第一个问题:即他为什么要接受惩罚。

是的,我们先来看默尔索为什么要遭受惩罚。

先是母亲死了。母亲的去世也许是一切的起因,也许又不是。因为从这个事件开始,我们发现他与常人之间有很大的区别。他不要见母亲最后一面,送葬的时候也没有流泪,对于自己和母亲之间的关系没有做过多的解释。用加缪自己解释小说的话来说:在这个世界上,一个人仅仅因为在母亲的葬礼上没有哭,就有被判处死刑的危险。因为他影响到的,是这个社会的某种约定俗成,和靠约定俗成所建立的道德、秩序。于是社会受到了威胁。

当然,母亲死了没哭,并不代表默尔索不爱自己的母亲,或者说,说明他对母亲的爱比其他人对母亲的爱要少一点,比如说那位可笑的贝莱兹先生。这些都是小说的原话。可是默尔索不会说。以至于后来他杀了人,他和律师说,有一点是肯定的,我希望妈妈不死。律师说的话意味深长：这还不够。

何谓不够？那是因为，在我们这个世界上，仅仅讲述心中的感觉是一件不够的事情——继承主流话语传统的作用在于这里，它可以保护我们，不让我们受到别人的侵犯。

在昆德拉的《慢》中，昆德拉说自己要写一部没有正经话的小说，他的妻子对他说，这不好，这会让你置身于狼群之中的。严肃可以起到保护你的作用。

是的，严肃、抒情、与他人言辞保持一致可以让我们免受他人的攻击，可是默尔索不会，他也不愿意。因为律师问"我"是否可以说，那一天"我"控制住了自己天生（注意这个词：天生）的感情。"我"想了之后回答说，不可以，因为这是假话。

默尔索不说假话，在杀人之前，他的生活本来如此。和邻居、女朋友、老板之间，他都不会通过说假话的方式来简化生存的复杂性。老板派他去巴黎，他没有老板想象中的兴奋和感恩，因为他觉得生活不可能靠改变环境来得到任何的改变，而且，巴黎"很脏。有鸽子，有黑乎乎的院子。人的皮肤是白的"。

和玛丽，他可以在母亲葬礼后的第二天就和她男欢女爱。原因也很真实：他需要。问题在于他并不辩解。在生命的大多数时刻，他用沉默来代替辩解：因而还是能够为人所接受的。

其实仔细想来，人恰恰会在辩解时显现出自己所有的弱点和不堪。类似的情节，渡边淳一的《失乐园》里也有。然而，当辩解显得苍白，情感因为某种所谓的先验人性而被夸张到了奇怪的地步时，竟然就是色情诞生的地方。

加缪的笔下没有，没有这样的爱情。待到后来玛丽问他是否爱她，他也相当自然地回答说：大概是不爱。

后来我们在罗兰·巴特的《恋人絮语》中也读到了同样的意思：没有对"我爱你"的苍白、无意义的重复，男女之爱也是继续不下去的。

但是他不是真正的冷漠，也不是白痴：如果这样，他根本不会意识到别人是怎么想的，从而也不会因此杀人越货。他是因为没有拒绝而被邻居莱蒙牵连进了纠纷之中。他在太阳的直射下开枪杀人。

杀人自古是要偿命的，这一点古今中外都没有差别。差别只是在为什么杀人，这理由能不能得到大家的原谅。默尔索没有——像大多数人所做的那样——为自己杀人找到合理的理由，抑或是他不愿意。最后，他理所当然地被判处死刑，在经历了与社会机构——法庭的对峙之后，他也想过上诉，甚至越狱，但是，他为人生下的判断是：活着是不值得的。像加缪在《西西弗斯神话》中所论述的一样，他没有找到生的理由，所以，他接受了死亡。

因为他犯了和西西弗斯嘲弄诸神一般的错误：他嘲弄了人类社会——这是现实世界里的诸神化身；他嘲弄了人类社会赖以存在的种种情感的假象，即存在主义一直以来所说的所谓"人性"，先于存在的人性，他嘲弄了代表价值、准则和评判标准的社会机构。

我们说过，他实际上是因为在母亲的葬礼上没有哭而被判处死刑：因为没有夸张地表达仿佛人类才有的情感，这是一宗对不起造物主的罪。

语言是在何时开始被滥用的？这是一个值得我们思考的问题。现代的语言哲学也从二十世纪初开始，就致力于解构这样一个令人百思不得其解的命题：语言仅仅是对思维的描述吗？也许不是，如果人能够如此安分地停留在这个层面，也许世界就会少了很多惶惑。可不是这样的，人们用语言来夸张地表达着也许实际上并不存在的东西：语言创造了另一个世界，它成为虚构本身。而人的存在竟然是在两个世界之间徘徊：离开了任何一个，或者违背了任何一个世界里的准则，他都会遭到惩罚。

我们身处语言和文字的假象之中，这个假象为我们制造了无数面具。默尔索要做的事情仅仅是把面具摘掉，他暴露真实的想法惊动了这个社会，几乎所有人都跳出来说：不，你这样做威胁到了我们赖以生存的准则，于是你得死。

正是基于这一点，我们看完第一部分默尔索的生活之后，可以理解加缪为什么会说他笔下的这个人物并非边缘人，恰恰相反，这是一个活在事实中心的人，在没有阴影的太阳的照射下。

太阳照射在物体上不可能不产生阴影，光和影也好似人生没有办法回避和战胜的一个巨大悖论：这里有个巨大的巧合。什么情况下人是没有影子的呢？只有在另一个世界里：鬼是没有影子的——这当然是玩笑。

母亲去世，默尔索没有哭，他极其正常地描述了下葬前一晚守灵时那种单调、沉闷而无聊的气氛——他不理解为什么有这么一个对死者而言没有任何意义的形式；他也极其正常地描述了送葬那天的炎热天气；然后他回家，在海滩边遇到玛丽，和她一起——并非为了所谓爱情地在一起；然后是和邻居的交往情况：那个莫名其妙的莱蒙出现了。杀机从此埋下，这是作为小说家的故意而为之。母亲去世这一事件是整个小说的发端，但是，我们注意到，默尔索并非因为这个事件改变了对世界的看法，世界依然无聊、平淡、令他微微地有些不知所措。因为母亲的死没有令他感觉格外沉重或是格外轻松。如果说我们一向把情感当成彩色玻璃片隔在真实的人和外部世界之间，这个玻璃片在默尔索那里完全是透明的。

唯一能够刺激他、并且诱导他的只有太阳：

"太阳几乎是折射在沙滩上，海面上闪着光，刺得人睁不开眼睛"——这成了默尔索杀人的直接理由，但不是他最终要被杀的直接理由。

默尔索一生的大事件（被我们称之为大事件的事件）都浓缩在这不长的时间段里：失去亲人、拥有女人的感情和身体（如果不是他说"大概不爱吧"，他可能已经要结婚了），然后杀人，在太阳的诱惑下，产生自决于人民和社会的决心和力量。

他用极端的方式嘲笑了社会，我们必须要看到他付出代价。

于是我们进入了小说的第二部分。第二部分没有那么多场景的变化，也没有那么多事件。叙事的节奏一下子放慢了，小说家将默尔索与社会放在充分交战的场景中，他们在对峙和厮杀——真正的杀人案其实发生在此时此刻，以一种玩笑的方式。

第二个部分的场景变得相应单调：监狱-法庭。事件也只有一个：诉讼审判——我们能够理解卡夫卡在何等程度上影响着现代小说世界。这个部分却回答了三个问题：他受到什么样的惩罚？惩罚的结果怎么样？他自己如何看待自己所接受的惩罚？也正是在这个部分，默尔索彻底制造了一出社会的喜剧：不是通常意义上我们所想象的那种俄狄浦斯的悲剧。

杀了人，进了监狱，有一段描写特别动人，默尔索这样说：

如果让我住在一棵枯树干里，除了抬头看看天上的流云之外无事可干，久而久之，我也会习惯的。我会等待着鸟儿飞过或白云相会，就像我在这里等待着我的律师的奇特的领带，或者就像我在另一个世界里耐心等到星期六拥抱玛丽的肉体一样。何况，认真想想，我并不在一棵枯树干里。还有比我更不幸的人。

人生对于默尔索来说,在监狱里和在外面没有太大的差别,一切都只是一个习惯的问题。唯一的差别在于女人和香烟,就像监狱看守对默尔索说的那样,只是所谓的"自由"的差别。默尔索有很强的接受能力和思辨能力,他对看守的话表示同意,他说,不错,不然的话,惩罚什么呢?

而且,他觉得自己并不是在枯树干里,因为在监狱里,他找到了一个捷克人的故事,于是这个故事和睡觉、回忆、吃饭、大小便一起,成了他消磨时间的方法。和普鲁斯特躺在床上思考的问题一样,加缪让默尔索在监狱里思考的,也是时间的问题。时间的奇怪之处在于,没有重复,就没有所谓的时间;然而,没有事件,你就无法感觉到时间的存在。

捷克人的故事是个事件,但是事件在监狱这方可以消减一切社会存在的空间里也成了一种重复。当然,这个故事唯一与其他事情不同的地方是它可以为我们的主人公提供思考:默尔索可是个读过大学的人啊。然而无论如何,时间在这周而复始的行动中连成了一片,加缪充满诗意地说:日子过起来很长,这是没有疑问的,但它居然长到一天接一天。

接受死亡不代表生的理由不存在。但是,生的理由都被控制在与默尔索对峙的那一方世界的手上:检察官、陪审员、那个自动机器一样的女人,甚至还包括他的律师。当他的律师"用力叫"——小说中一再使用这个词——的时候,他叫的也是与默尔索对峙的一方所使用的语汇:所以,如果说律师的辩护的确在过程上得以存在,那么这场辩护从开始时就注定是失败的。

对他人来说也许是。我们在阅读的时候可能会注意到一个细节:"我"的律师在开庭前对"我"说,"法庭忙着呢,您的案子并不是这次最重要的一件。在您之后,立刻就要办一件弑父案"。

弑父案,这才是一般人所想象到的重点所在、悲剧所在和人生的真谛所在。加缪通过这个细节把古典的悲剧模式轻易地放在了现代小说世界之外——那是另一桩案件。这一点加缪和很多其他颠覆性的现代小说家所采用的方式不同：有很多现代小说家（例如罗布-格里耶和图尔尼埃）会用重写古典悲剧的方式将之彻底颠覆。加缪在阿尔及利亚的大学里学习时，倒算是专攻古希腊的，只是幸亏他远离法国，身上没有一点学究气，最后也没有走上所谓的学术道路。可是专攻到底是在他的写作中留下了痕迹，这点，我们在他包括《西西弗斯神话》的诸多作品中都得以窥见。

现代经典小说从这个意义上来说，都是反悲剧的。然而，也正像昆德拉用小说所揭示的哲学命题一样：喜剧所带来的，却是真正无法承受的轻。它因为没有重量可以导致人要晕过去，要倒得比大地还低。

在监狱里，默尔索一个人生活了一段时间。可是哪怕是在一个人的生活中，我们也能够看到对峙已经在拉开序幕。

先是一位预审推事对他发生了兴趣。他对"我"的兴趣在于拯救"我"，把我拉到上帝的身边——人类另一种英雄主义假想。不要嘲笑这位预审推事，因为我们或多或少也产生过这样的念头。男人想通过政治、通过权力、通过信仰来拯救他人于水火之中，而女人想通过最终连自己都不能够相信的爱情来拯救心爱的男人。

默尔索当然没有掉下这个陷阱，因为在他见到高挂在空中的太阳时，他已经不打算戴上任何面具。预审推事非常愤怒，他问默尔索："您难道要使我的生活失去意义吗？"这是他的真话，非常悲哀——加缪总是在这些细节上令我感动至深，令我相信，他是无法超越的。

之所以人和人会发生关系，是因为我们总是以为，他人与我们不一致的时候，我们自己的生存受到了威胁。所以我们才会想方设法施展各种手段，爱、说服、威胁、战争、同情、怜悯，这一切的目的都是想要让他人与自己走向一致和统一。走向别人，或者让别人走向自己。走向别人可以帮助我们卸掉所有的道德重负——这是爱的实质。让别人走向自己，可以成就我们虚假的英雄梦想。

监狱的场景中——我们在前面已经提到——还插入了一个有关捷克人的凄凉的生存笑话，我们会发现，喜剧在何种程度上不堪承受：

> 一个人离开捷克的一个农村，外出谋生。二十五年之后，他发了财，带着老婆和一个孩子回来了。他的母亲和他的妹妹在家乡开了个旅店。为了让她们吃一惊，他把老婆孩子放在另一个地方，自己到了他母亲的旅店里。他进去的时候，母亲没认出他来。他想开个玩笑，竟租了个房间，并亮出他的钱来。夜里，他母亲和他妹妹用大锤把他打死，偷了他的钱，把尸体扔进河里。第二天早晨，他妻子来了，无意中说出那旅客的姓名。母亲上吊，妹妹投了井。

这是个从生存的背面切入而讲述的故事。不是说爱是人性吗？我们可以看到，没有用语言所维持的假象（因为旅客没有告知母亲自己的姓名），爱是多么容易得到消解。有趣的是，这是加缪在写作《局外人》之前的几年就在报纸上读到的真实报道。加缪很擅长举重若轻地运用真实事件，包括《局外人》的最后，默尔索说希望自己被执行死刑的时候，别人都来观看，也是不露痕迹地插入了从母亲一家人那里唯一得来的关于父亲的记忆。加缪一岁的时候，父亲就死于第一次世界大战，家里人也很少提及父亲，但有人告诉过他，父亲有一次去看行刑，一早爬了起来，看完之后吐了。所以加缪后来坚持无条件地反对死刑。

在法庭上，"巨大的电扇依旧搅动着大厅里沉浊的空气，陪审员们手里五颜六色的小扇子都朝着一个方向摇动"。这句话让整个诉讼场面一下子变得明朗起来：陪审员在"巨大的电扇"和"五颜六色的小扇子"之间摇摆——这是我们大多数人在所谓的同一和个体差异间所做的摇摆，但关键在于，"五颜六色的小扇子朝着一个方向摇动"，因此，陪审员形成了一致的整体，全都拥有同样的观点和看法，尤其在看待他人的时候。这个整体将默尔索彻底踢了出去，实际上只是因为他在母亲的葬礼上居然没有哭。以死亡开始的悲剧事件在这里彻底转向了喜剧风格：在这个将判处一个人死刑的沉重场面里，给我们留下更为深刻的印象的，是陪审员们自在闲适的态度。其实早在宣判以前，他们就已经判处了默尔索死刑。这使得沉重的审讯场面变得像是一场闹剧，一场默尔索已将自己置之度外，彻底完成第二个荒诞分裂的闹剧。

这个场面不知为什么，会让我想起苏格拉底被判死刑的场面，他当初也是被 280 票赞成、221 票反对的结果送上了不归路。民主并不见得直接导向永恒的公正，看似民主象征的陪审制度所说的不过是"五颜六色的小扇子朝着一个方向摇动"的笑话。

然后我们要谈到律师，民主的另一个典型象征——任何人都有为自己申辩的机会。律师和检察官一起，构成了第二部分舞台的中心场景。此时的默尔索几乎已经退场成为小说的叙事者：在这个小说结构里，从人物到叙事者的转换就这么完成了，和小说的情节本身相得益彰。他此时只是静静地看着人世间的表演。律师从一开始到监狱里来见"我"开始，"我"就已经意识到，他也从属于那个巨大的机构。因此，在法庭上，他开口言说——默尔索说，他觉得律师的才华远远不如检察官——尽管他一直以"我"代称进行陈述（又一个奇怪的，虚拟的"一致"），"我"很快就指出了律师存在的实质，默尔索说：

我想这还是排斥我，把我化为乌有，从某种意义上说，他取代了我。

在检察官滔滔不绝之后，律师也滔滔不绝地辩护，但是他们只是在从事情的两个方向说同样的话。律师的语汇与检察官的语汇奇怪得相似："我是个正经人，一个正派的职员，不知疲倦，忠于雇主，受到大家的爱戴，同情他人的痛苦。在他看来，若论儿子，我是典范，我在力之所及的范围内供养母亲"。因为这样，所以漏洞百出，加上置之度外的"我"，加上愚蠢的证人，检察官不费吹灰之力便可以证明"我"是律师所陈述的"我的反面"。

"我"就这样，如同一张正反两面都被打上红叉的纸飘到了中心舞台之外。法庭上只留下了一个"我"不了解的，在为别人提供唇枪舌剑的依据的默尔索。"我"不止一次地感觉到离这一切很远。律师陈述完——用的是默尔索几乎从来不使用的"长句"之后，我说：

由于人们一小时又一小时，一天又一天地没完没了地谈论我的灵魂，使我产生了一种印象，仿佛一切都变成一片没有颜色的水，我看得头晕目眩。

但是紧接着：

一个卖冰的小贩吹响了喇叭，从街上穿过大厅和法庭传到我的耳畔。对于某种生活的种种回忆突然涌上我的脑海，这种生活已经不属于我，但我曾经在那里发现了我最可怜最深刻最难忘的快乐：夏天的气味，我热爱的街区，某一种夜空，玛丽的笑容和裙子。

我们在一片"没有颜色的水"（这是社会、机构、法律、道德、种种虚假的感情的实质,是西西弗斯搬起的巨石的实质)中,意外地撞见了在第一部分中曾经出现过的,有如明晃晃的太阳一般的默尔索的激情。在他的回忆中,我们也回到了"在世生活的默尔索"。是啊,实际上,他是怎样一个人呢?他是一个在所有感觉上——听觉、视觉和味觉都相当敏感的人:夏天的气味,玛丽的笑容和裙子,夜空,还有喇叭。就是对这样一个具有敏锐感觉的人,我们指责他冷漠。这是怎样一种矛盾呢?

因此,在法庭诉讼结束之后,默尔索回到了监狱里,只有在那里,他得到了孤独和安宁。默尔索是一个从小说开始就很孤独的人。这是默尔索的抒情方式:他表达的是完全属于自己的情感,他从来不表达属于公众的、得到认可的爱与恨。

没有颜色的水,局外人的本质在此时已经建构完成。默尔索根本没有否认自己犯罪,这个事实本身对于律师、检察官和陪审员来说就是大大的羞辱。因此,他必将得到惩罚。

当然,他不是西西弗斯,因为西西弗斯是神,尽管他站在诸神的对立面。神有"避死性",于是他只能被判处"绝望";而默尔索是人,因此他被判处死刑。这是作为人的幸福所在:与神的避死性相反的是人的必死性。默尔索接受的惩罚只在于他被剥夺了生的权力。其实生命的长短或许就是作为社会机构所掌握的唯一武器吧。它并不涉及生与死的本质问题。因为我们知道,最终这惩罚是掌握在人自己手中的:自杀,或是制造事件的被杀。

而加缪作为小说家的高明之处就在于,他安排了故事,并且安排了故事的开始、发展和高潮。法庭辩论作为故事发展的高潮,在高潮中,在一片没有颜色的水中,我们迎来了默尔索生存的高潮:他将以何种方式来接受惩罚?惩罚的结果又将如何?

惩罚的结果相当失败,因为在惩罚中,默尔索仍然没有感受到一点悔恨之情。他所有的激情来自于回忆。回忆里的激情才是真正的、不带有任何生存功利的激情,因此他虽然有对生的留恋,但是仍然没有找到生的理由。最坏的日子无非是坐在枯树干里。死亡远远要比坐在枯树干里容易承受。

作为与萨特撇不清关系的荒诞作家,加缪用了将近一章的篇幅来拒绝上帝。默尔索的口气非常平淡,带一点幽默,然而充满了力量。他说:

> 对于什么是我真正感兴趣的事情,我可能不是确有把握,但对于什么是我不感兴趣的事情,我是确有把握的。而他对我说的事情恰恰是我所不感兴趣的。

于是,如果说法庭这一幕让人类的争议在喜剧和慵懒的氛围里得到了消解,在这一章里,上帝的正义又得到了消解。一个即将被剥夺生命的人,他竟然说:我对我自己有把握,对一切都有把握,比上帝有把握,我对我的生命和那即将到来的死亡有把握。是的,我只有这么一点把握,但是至少,我抓住了这个真理,正如这个真理抓住了我。

加缪是在这里又回到了西西弗斯的身上。他的默尔索就这样通过再次拒绝,在喜剧的氛围中承担了自己的命运。他是幸福的,无比幸福。可是,令人悲哀的地方是:这幸福原来竟是对生命荒诞本质的体验。我们在现实社会里或许永远没有得到这种体验的机会,因而我们也没有得到幸福的可能。

第五课

杜拉斯和《情人》*

---

* 本章所参考的译文有：上海译文出版社的《杜拉斯文集》；春风文艺出版社的杜拉斯丛书以及漓江出版社的杜拉斯小丛书。

第一讲 生命的文字游戏

在讲完两位男性作家和一位酷似男性作家的女作家之后,我们终于要讲一位女性作家,讲她的孤独、欲望、死亡和绝望。我希望自己可以努力,走出她的绝望来看她的绝望,走出女人的宿命来看女人的宿命,走出作家的故事来看作家。就像她自己在生命的后期,在《情人》取得出乎意料的成功之后,用第三人称来写自己,谈论自己。

我十八岁的时候第一次读杜拉斯,一见钟情,毫不犹豫地跳入她绝望的爱情。在将近十年的时间里,我在她的绝望中辗转,和她用第三人称来称呼自己正相反,我在她的文字里看到的竟然是自己,我曾经用第一人称来称呼她。

走到现在的人生阶段来回望她,我仍然能够感受得到当初的一见钟情,那种双手潮热,心怦怦直跳的感觉。看完剪得乱七八糟的电影之后,那个小女孩在汽车玻璃上留下的吻成了我日后用来定义爱情的标准:少女的无知和罪恶的欲望之间的浑然天成;向对方走去时那种不可企及的绝望。

无知、罪恶和绝望也许真的是爱中最动人、最难以让人忘怀的成分。

它表示我们总想凭借爱突破一些什么。很长的时间里，我一直在想，究竟是什么呢？是物质世界对我们的种种规定吧。是界限带给我们的疼痛。我想，在没有足够的辨析能力时，我们会认为，"欲仙欲死"的绝对可能让我们忘记物质和精神的对立。爱可以达到物质精神彼此不再对立的境界。

当然，还有杜拉斯用来成就这份爱和欲望的热带殖民地的气息，热带的灿烂，豪华别墅，刺眼的阳光和湿润的空气。夜晚，在浓密的树影之中的——无边的黑暗。

但是突然有一天，我不能够再爱她了。有一天，她的一生像电影一样掠过我脑海的时候，她的孤独、絮叨、破碎、谎言、斗争、酒精和绝望成了我避之不及的东西。和对她的一见钟情一样，这一次，摆脱她的决心也突如其来。因为无法再承受她不堪的一生，隐隐约约地觉得，在青春的时候，选错了人生的标签需要付出太大的代价。

我好像将她的书整整搁置了五年——自我译完那本杜拉斯传之后，五十万字的杜拉斯，五十万字构建起来的她的模糊、挣扎而黑暗的人生令我疲惫不堪。直到最近，我才又能将她的书放在床头，可是这一次完全不同，我不再在她的书中读到自己，我也终于能够和她一样，用第三人称称呼她，且不像称呼自己时那样带有一种夸张的语调。或许，这也是我想在我们的课上所做的事情，把她当成法国二十世纪重要的作家来看待，仅此而已。带一点怜惜地看她，看上帝呈现给一个和常人稍稍有所不同——但是她夸大了这张拉康所谓的"面具"，我想——的作家的黑暗命运，并且，如果可能的话，一起来解读这命运，目的是不让这命运成为自己的命运。

真的需要十年以上的时间才能够懂得不要把爱铸就成一个错误的道理。包括对男人女人的爱，包括对写作的爱。

我讲到怜惜。真的。那个十五岁半的小女孩现在能给我的只是怜惜的感觉。这是一个怎样的女孩啊。在杜拉斯前期作品中，一直都有这样一份简洁的作者说明：

没有上帝一般的母亲。

没有老师。

没有分寸。没有限度，不论是痛苦——她到处都觉着痛苦——还是对这个世界的爱情。

事情真的要从"没有上帝一般的母亲"开始说起。

很多女作家的痛苦，也许首先是从母女的矛盾开始的。今天我们能从杜拉斯留下来的家庭相簿里看到她的母亲：这张脸上同样有疯狂的痕迹。但是，一丝不苟的发髻又让我们能够隐隐约约地感觉到她在用怎样的理智控制自己的疯狂。杜拉斯不知道是从什么时候开始，看着母亲，宿命地知道自己再也无法摆脱这个人的影响。

绝望的确首先是母亲带来的，在《情人》里，杜拉斯说：

有一个绝望的母亲，真可说是我的幸运，绝望是那么彻底，向往生活的幸福尽管那么强烈，也不可能完全分散她的这种绝望。使她这样日甚一日和我们越来越疏远的具体事实究竟属于哪一类，我不明白，始终不知道。

《情人》的电影里，除了汽车玻璃窗上那令人无法企及的吻之外，母亲欢笑着，带着三个孩子冲刷地板的场景也是让人忘不掉的。这个母亲在情绪好的时候的确令人振奋，情绪激昂。但是更多的时候，她的运气没有这么好。关于家庭生活，关于这绝望的爱的根本，关于孤独的疯狂，《抵挡太平洋潮水的堤坝》做了很好的解释。

我自己在相当长的时间里都不能够完整地去读这本书，不忍卒读，就是这么几个字。对于绝望，也许再也没有一本书能够诠释得如此完美、丰盈，因而也是如此得让人无法忍受。是的，绝望无处不在，从书一开始的那匹老马开始，到美人蕉，再到每年都会被太平洋潮水冲垮的堤坝，到那一双等着被其他男人和女人带走的儿女。一年的努力，甚至一生的努力，换来的是在瞬间的灰飞烟灭和一片废墟。但是——母亲还要继续。

这本书的法文本，我记得自己是在巴黎老的国立图书馆看的。那是一座很老的建筑，走进去，就基本与世隔绝，只在属于自己的一角天地里，在那盏小小的绿色台灯的照耀下快乐和悲伤。我正是坐在那样的座位上，想象着自己如何被无边的黑暗一次次地吞没——那个时候，我真的还在用第一人称读她。只有每次抬起头，看到那盏小小的灯发出的光，我才回到我的现实之中。

然而，或许绝望来自于某种注定要幻灭的信仰，来自于抗争。杜拉斯的悲其实来自于她的抗争。毛主席说，与天斗，与地斗，与人斗，其乐无穷；但是杜拉斯说，与天斗，与地斗，与人斗，其悲无穷。这是男人和女人的差别。男人——好像加缪，好像萨特——一边斗争一边完成崇高化的旅程，他把自己放在神的位置，放在西西弗斯的位置，哪怕他一口一声地说着荒诞。男人面临人生荒诞结局的时候，宁可用粉身碎骨来成就自己的崇高，像西西弗斯的巨石，在滚落的时候也一定要发出那一声巨响，这是他们眼里的英雄主义啊。而女人大抵摆脱不了她的世俗化本性，托着她腔子里的那口气的，是对物质生活，对尘世温暖的无限眷恋，为此，她必须拿出超越自己的百倍勇气来面对灾难。面对毁灭，她会再次让她的世俗本质出场,挽救她的生命,让她再次投入可悲的抗争之中。

这就是杜拉斯的母亲,也是杜拉斯早已看清楚的自己的命运。

命运是很奇怪的事情。我想,大多数人面对命运的做法是将一切推给自己看不见、摸不着的存在,比如说上帝,比如说某种对于未来的理想。这是一种可以让自己轻松起来的做法,说到底,就是认命,就是不再承担自己。但是杜拉斯不,而且,她和一般作家不同的地方在于,她不仅要向命运提出问题,还要书写自己的命运。因此,她的一生,是她写出来的,是她通过写作的方式创造出来的。

有人说杜拉斯的作品始终只是在自我重复,重复那个殖民地的孩子的贫困、绝望和疯狂。重复那个不道德的故事。指责也许没有错,可是关键在于她为什么要重复,为什么要给相同的故事以不同的版本?

因为在杜拉斯的眼里,真实绝对不是唯一的,并且,真实是要通过虚构的方式来实现的。她说,"现实当中没有任何东西是真实的"。她在一生走过太多的灾难之后倒回头去看自己,看童年,看母亲,看两个哥哥,看曾经遇到过的,那个富有的来自北方的中国情人。

这个爱情故事里有罪恶——罪恶,我们所说的,爱情里最动人的东西。关于她的这场爱情,关于《情人》,我们放到下一节课去说。现在我们要说的,是在这个世界上她真的唯一爱的东西:写作。

她看到了自己的命运,从母亲身上,从太平洋的潮水中,从没有四季的殖民地的炎热里。

没有四季,如果你们还没有忘记,这就相当于坐在监狱里的默尔索面临的连成一片的日子。

她醉心于这绝望,但是抗争是奔着这绝望去的。抗争的方式呢?对于杜拉斯而言,与绝望抗争的唯一方式是写作,然而写作往往又让她陷入更深的绝望里。生命如是成了一个到不了头的循环。

杜拉斯开始写作的时间很早，早得和她的性觉醒差不多同时。她早期写过大量的小说和诗歌，只是撕毁了其中的大部分。

我对她的怜惜更多来自这里。一个决定以写作为自己生存方式的女人，她需要付出太多的代价。在这个前提下，她的絮叨、破碎、酗酒、善变和谎言都是可以被原谅的。因为她从有界限的物质生活进入了没有界限的文字的黑洞，疯狂地跳起文字游戏的舞蹈。这是独舞，是她后来居住的特鲁维尔，"洞城"。

在《写作》中，她说："写作，一开始就是我的地方。"——在选择了自己的命运之后，她又以绝对判断的形式选择了这种命运的形式。

自此之后，她与写作无法分离。她说：

我的卧室不是一张床，不论是在这里，在巴黎，还是在特鲁维尔。它是一扇窗子，一张桌子，习惯用的黑墨水，品牌难寻的黑墨水，还有一把椅子。以及某些习惯。无论我去哪里，我在哪里，习惯不变，甚至在我不写作的地方，例如饭店客房，我的手提箱里一直放着威士忌以应付失眠或突然的绝望。

没有写作的日子是绝望的，写作是孤独的。这就是将写作当成自己存在方式的人所必须承受的命运。

写作是孤独，是"自我丧失"（s'abandonner，如果我来译，我会选用自我放弃）。这个道理，我想是我们在青春时不能够明白的一个道理。放弃自己，放弃自己的真实的生活，放弃承担自己，放弃其他或然的命运的选择。

孤独是特鲁维尔——"洞城"：海滩，大海，无边无际的天空，无边无际的沙地。

自我放弃，是我一度想摆脱杜拉斯的另一个缘由。有一段日子里，我就过着这种"卧室不是一张床"的生活，与世隔绝。而那个时候，我甚至没有看过这本《写作》。我站在放弃自我的边缘，只是我犹豫了，并且离开。彻底放弃自己需要很大的勇气。

因为放弃自己所牵连到的下一个命题在于：在生活中，你势必也会被他人放弃。非常惭愧，这个道理我现在才明白。用它来反观杜拉斯的一生，的确如此。杜拉斯一生有很多情人，她自己在《写作》里说，"没有任何情人对我是少有的事"。但是她的这些情人最终都放弃了她。这里面也包括她的丈夫，进过集中营，杜拉斯曾为之奔走营救的罗伯特·安泰尔姆。

这种对自己的放弃，是从杜拉斯定义为"怀疑"的时刻开始的，她说：

生命中会出现一个时刻，我想是命定的时刻，谁也逃不过它，此时一切都受到怀疑：婚姻，朋友，特别是夫妻两人的朋友。孩子除外。孩子永远也不受怀疑。这种怀疑在我周围增长。这种怀疑，孤零零的，它是孤独所拥有的怀疑。它出自孤独。已经可以使用这个词了。我想许多人会承受不了我说的这些话，他们会逃跑。也许正因为如此，并非人人都是作家。是的，这就是差别。这就是实话。如此而已。怀疑就是写作。因此也是作家。所有的人与作家一同写。

女人之所以产生写作的欲望，往往不是要拯救这个世界，而是她说的这个"怀疑"，对世界，对自己。尽管杜拉斯在恶毒之中还是不无善良地将孩子圈了出去。她怀疑，怀疑一切，怀疑身边的人，身边的物，怀疑爱，怀疑自己。因此她产生了撒谎的需要，她要走遍万花筒的各个角度，她想看清楚自己的问题出在哪里。因为永远不会有答案，所以她就要永远地写下去。于是写作成了她唯一没有放弃、给她安全感的东西，幸运的是，写作也没有放弃她。

然而写作是什么？写作是沉沦。这一点，在作家掉进这个陷阱之前很少能够意识到。而在意识到的时候，一如爱情，哪怕能够意识到也已经为时太晚。杜拉斯其实知道，她终于通过写作和她在母亲身上所预支的命运联系到了一起。她说：

> 孤独总是以疯狂为伴。这我知道。人们看不见疯狂。仅仅有时能预感到它。我想它不会是别的样子。

或者说，这一定是自我放弃、孤独衍生出来的另一个命题：疯狂。她一直太在乎写作的结果，因为她知道自己为写作放弃了一切。所以，焦虑让她疯狂。然后，她再把这些疯狂的因素揉进自己的作品里。周而复始，形成一个永远逃不出的循环。

疯狂，在我的印象里，总是和圆、和循环连在一起。圆是一个封闭的概念，是看不到头的，让人觉得，人生的足迹和循环往复就是命定。写作、焦虑地等待人们的反应、失望、绝望、再写书。在这圆环里，唯一的动作也许就必然是沉沦。沉沦在令自己焦灼的种种欲望里。沉沦在绝望里。

从这个角度上来看，我们也许就非常能够理解她在《写作》中所描写到的这只苍蝇：

> 它想从墙上脱身，花园的湿气可能使墙上的沙子和水泥将它粘住。我注视苍蝇怎样死去。时间很长。它做垂死挣扎，也许持续了十至十五分钟，然后便停止了。生命肯定停止了。我仍然待在那里看。苍蝇和刚

才一样贴着墙,仿佛粘在墙上。

我弄错了：它还活着。

这几乎成为杜拉斯后半程生命的写照,以某种黏着的方式附在生命之墙上,并且几度停留在生命的极限处。以为要彻底撒手了,却仍然意外地醒来。

因为在她的一生中,还有一样她坚持到生命最后,甚至令她差点付出生命代价的东西：酒精。酒精中毒。她生命中的最后一个男人是杨,一个在她之前,喜欢男人的男人。两人之间的故事与酒精不能分割。杨第一次去看杜拉斯,就带了酒。他们一面喝,一面谈,如此整整一夜。因为酗酒,在杜拉斯生命的后期,她妒忌一切,妒忌杨的同性恋情,妒忌自己写的书,妒忌自己编造的人物。酒精已经让她彻底混淆了现实与虚构的世界。然而她是没有办法啊,至少比起男人来,酒精是不离不弃的。这是怎样的悲哀呢。

沉溺在酒精里,沉溺在自己的欲望里,沉溺在绝望里,最后,她只能沉溺在自我矛盾中,用绝对的方式。

杜拉斯的情人指责她撒谎,她的读者指责她重复。其实换了怜惜的目光来看,一切都是有缘由的：只是在这个世界里,我们的确没有权力要求别人可以有永远的、真正的怜惜与关注。杜拉斯的确在撒谎,在重复,可是原因仅仅是她不知道真相在哪里。她需要绕着同一个故事,绕着自己的灵魂走上一圈又一圈。这也是一个圆。走到哪里,她就说到哪里。所以一路都是自相矛盾的谎言。

是在看到这本《写作》的时候,我才突然明白,想要摆脱杜拉斯是不可能的。她用循环的方式所围起来的,不仅是自己的灵魂,还有当初毫不犹豫地跳入她绝望爱情的我,或是其他在不谙世事之时选择她作为自己生存标签的其他灵魂。她或许已在圈外,而这些灵魂却在那个圈内走着一圈又一圈。

喝多的时候,她甚至相信自己笔下的人物是真实存在的。只有在她老年时,杨可以迁就她。他安慰她,同意和她笔下的人物一起生活,"似乎这些人真的存在,就在他们的身边"。于是"这不是杨和玛格丽特的同居生活,而是杨、杜拉斯笔下的幽灵和玛格丽特的同居生活"。但是通常,没有人能够忍受她。就像她自己在《写作》里所说的那样:许多人会承受不了我说的话,他们会逃跑。一样样东西在弃她而去,情人、信仰、健康,直至生命。

但是千万不要以为杜拉斯是个小女人。我想,这是在众多对杜拉斯的读解中,我最不喜欢的一种误解。杜拉斯从来不是小女人,尽管出于误解(当然是她自己的错),出于她对自己生命的难以把握,她影响的是一代所谓私人写作的小女人作家——至少在中国如此。可杜拉斯不是小女人:她有她的写作追求,她有她的政治追求。这是她和小女人最大的区别。她痛恨资产阶级。她喜欢男人而又痛恨男人的压迫。她为了无数时髦的主义而战斗。她和男性作家一样向往传奇,相信自己可以成为传奇。

是的,她向往传奇。面对传奇的可能,她总是毫不退缩地听凭自己被卷入。她和有同样喜好的密特朗成为好友。关于她和总统密特朗的那个笑话流传甚广。在饭店相遇,杜拉斯傲然对周围人说,不应该是我和他打招呼,应该是他来和我打招呼,因为我比他有名。而密特朗走过来和她打招呼了,于是杜拉斯和密特朗:我不和你打招呼,因为我比你有名。密特朗说,是的,的确如此,你的确比我有名。

如果没有传奇,她只有靠自己来建造。这也许就是她所有作品的由来。她用一生的时间,用一生的写作在完成一个巨大的,建造传奇的谎言游戏。在这个游戏里,她所有的怀疑、孤独、痛苦和绝望都由她一手建构,一手炮制,从此和她不离不弃,甚至陪伴她到转世的生命中去。

因此,翻开杜拉斯作品的目录,你们将看到的是一张长长的单子。的确有些写滥了。她不一定是法国最伟大的当代女作家之一,不过她至少应该是法国当代最多产的女作家之一。从1943年的《厚颜无耻的人》到1995年的《一切结束》,她的创作生涯历时五十余年:创作小说将近三十部,除此之外还有二十多部电影和十多部戏剧作品。此外,她还是记者,写过许多掷地有声、前后矛盾的战斗檄文——传奇需要的不仅是质量,还有数量。她的文字生涯是一幅有关生命的文字游戏的壮观场景。

但是这场景是悲剧性的。我们前面提到过拉康,就让我们用让她不知所措的拉康来结束这一讲。拉康说,"她肯定不知道她在写她的东西。因为她会迷失方向,这将是灾难"。拉康是要说,写作将是人生的另一场灾难。如果说,杜拉斯的物质生活已经是一场灾难,那么,她选择的写作人生更是一场灾难。这场灾难,直到她七十岁高龄的时候,才凭借《情人》添上了一点喜剧色彩。

第二讲 一本舍我而去的书

今天我们所要尝试的第一件事情，就是脱离"情人"来看《情人》。

在我离开杜拉斯差不多五年的时间里，我一直在对自己做一个试验，是的，试验，就像杜拉斯自己在《情人》里所用的那个英文词：experiment。我在想，在我远离这本书的时候，我能想起来什么，关于这本书的？

奇怪的是，我竟然想不起十五岁半的女孩和那个来自中国抚顺的情人的故事。或者说，由他们俩共同演绎的镜头。单纯的爱情的镜头，哪怕是色情的镜头。

最先想起的，是在小说的最后，在大洋上，在黑夜开始的时候，我最不喜欢的肖邦的圆舞曲。想起小说中说：

她哭了，因为她想到堤岸的那个男人，因为她一时之间无法断定她是不是曾经爱过他，是不是用她所未曾见的爱情去爱他，因为，他已消失于历史，就像水消失在沙中一样，因为，只是在现在，此时此刻，从投向大海的乐声中，她才发现他，找到他。

在我自己的人生处在比较困难的时刻,我真的曾经站在人民广场地铁口,看人流不断地从地铁口冒出来,看他们把我吞没。在那个时候,没有肖邦的圆舞曲,你也会知道,什么是如水消失在沙中的感觉。

接着想起的,是小说的结尾,杜拉斯本人最不喜欢的结尾。在结尾处,那个男人给女孩打来电话,已是多年以后,他在电话里说:

> 和过去一样,他依然爱她。他根本不能不爱她,他说他爱她将一直爱到他死。

这永恒的意义来得那么突然,那么猝不及防,以至于它会深深地扎在记忆里。当你明白一切都不能永恒的时候,它就跳出来了。而且这永恒也是孤零零的,没有前因后果,没有你所向往的唯美的意味。

想起的还有那个少女的头发。她说,"我的头发沉沉的,松软而又怕痛,红铜似的一大把,一直垂到我的腰上"。这句话几乎给我一种错觉,热带雨林的气候也能养育热带雨林般的头发。不知道这把头发为什么会给我那样深的刺激,也许也带有太多的欲望的味道吧,欲望,并且沉湎于欲望,来自黑暗、潮湿、浓密的热带雨林的欲望。

在这样的头发上,出现了一顶男式呢帽。"一顶平檐男帽,玫瑰木色的,有黑色宽饰带的呢帽"。

一顶欲望的帽子。戴上它,"任凭什么欲念都能适应"。就好像《不能承受的生命之轻》里萨宾娜的帽子。所不同的是,萨宾娜的圆顶礼帽是她"生命乐章中的动机"。而对于《情人》中的少女来说,它没有那么多的历史含义,它只是单纯的等待。一张"耽于逸乐"的面孔对现实世界欲望的等待,对命运的等待。有了这张通行证,少女就可以无所顾忌地沉湎于罪恶的,对自己的欲望和绝望之中,置所有的道德于不顾。

最后，一定会回归到那张在十八岁时就已经老去，"备受摧残"、"支离破碎"的脸。（顺便说一下，尽管王道乾先生的译本广得推崇，在《情人》开头的这段里，那句"与你那时的面貌相比，我更爱你现在备受摧残的面容"，如果换作我，我会这样译："比起那时，我更爱你现在的面貌，备受摧残。"这才是典型的杜拉斯话语，短促，破碎。）这几个词让我滋生过太多的想象，想要忘却竟然是不能够。在我们的年轻时代，我们曾经心如明镜，映照出的爱情和世界都是一个有美好逻辑的整体——或者说我们会赋予这个世界以美好的逻辑——但是有一天，因为各种各样十年之后已经几乎想不起来的原因，镜子掉在地上，支离破碎。从此之后，这支离破碎的镜子便照出了"备受摧残"的脸，照出了"支离破碎"的世界。

　　十八岁就已经老去，除非我们有绝对的避处：这避处就是死亡。《情人》里到处弥漫着死亡的味道。死亡，或者是疯狂。那不仅仅是一张"耽于逸乐"的脸，在等待欲望的来临，它还是一张在等待酒精、疯狂和死亡的脸。连"逸乐"里都浸满了血腥的味道。

　　这个试验几乎让我相信，《情人》是一本爱情之外的书。什么都说到了，和爱情搭边的东西都说到了：青春，无知，罪恶，欲望，绝望，疯狂，贫穷，耻辱，家庭，性，暴力，就是没有爱情。

　　它也几乎让我相信，不仅仅是这本书中不存在所谓的爱情，生活当中也没有。当所有这些与爱情搭边的东西被一一解构了之后，爱情没有它的位置，没有可以自我建构的独立体系和术语。它离开使它堕落的所有反面之后，竟然无所依存。这真是爱情让人感到最无可奈何的地方。

　　然后，让我们回到杜拉斯，回到她最初写这本《情人》的想法。

　　拉康说，她肯定不知道她在写她的东西，因为她会迷失方向，这将是一场灾难。

拉康讲这句话的时候，还没有《情人》的成功。然而事情真的被他不幸言中了，因为《情人》提供了文本误解的最好例证。事实证明，杜拉斯的确不知道自己在写什么，写出了什么，读者又读到了什么。她迷失在自己制造的巨大谎言和巨大误解之中。到最后，她只有顺应着读者的意思，一道喋喋不休地述说着这个白人少女和中国富翁的故事。

这个故事差不多占去《情人》三分之一的篇幅，迷失在其他的叙事支线里。

只是后来的电影恰恰相反，庸俗的爱情故事占到三分之二以上的时间。男和女，在堤岸昏暗的房间里偷情偷欢，彻底成为关于种族和贫富差异的爱情故事。结束的时候，还有大海上女孩子的眼泪，让观众几乎要相信，这是一个和其他爱情故事没有差别的故事。只是有些不加掩饰的情欲的作料而已。

到电影的时候，杜拉斯更加不能够控制它的发展了。不仅杜拉斯不能，所有想要仍然控制自己笔下故事的作家几乎都在电影里遭受过失败。

我们知道，《情人》的起因是一本家庭相簿。这个初衷在书里留下了很大的印记。尽管在后来小说获得了它自己的发展规律，但是仍然是一个个画面连缀而成的。杜拉斯是一个很迷恋画面的人，为此她还拍很前卫的电影。所谓前卫的电影，就是那种画面的流动感和逻辑都不那么强的电影，有文字的破碎感，好像一个在现实世界里处处碰壁的人，每每伸出手去，都会有因为害怕而生的迟钝和犹疑。

于是故事从照片开始了，十五岁半的白人少女，戴着一顶男式呢帽，脚上是一双镶金条带的高跟鞋，身上是一件茶褐色的真丝连衣裙——这张照片其实是一张缺失的照片。也就是说，这个戴呢帽的小姑娘，"伫立在泥泞的河水的闪光之中"，"孤零零一个人，臂肘支在船舷上"的小姑娘，这个激发不伦之恋的形象却恰恰没有被拍下来，没有证明。

现在想来，这个故事几乎没有任何证明：然而读者还是毫不犹豫地将之定义为自传性小说。相反，这个故事之外的所有事件和人物都是有迹可寻的：母亲，两个哥哥，殖民地的热带气息，太平洋潮水和写作。

在渡船上，白人少女在等待。在等待男人前，她已经交待过很多东西：家庭、贫穷、绝望、暴力和对酒精、对写作的向往。交待了那么多以后，她也没有进入那个故事，相反，她写了一段自白，她说：

> 我的生命历史并不存在。那是不存在的，没有的。并没有什么中心，也没有什么道路、线索。只有某些广阔的场地、处所，人们总是要你相信在那些地方曾经有过怎样一个人，不，不是那样，什么人也没有。

是的，她是要说，不要去找。杜拉斯生命的历史完全存在于她的虚构之中。不要去找那个男人，不要到湄公河边去看，不要买《情人》的照片，不要去黑市买未经剪辑的《情人》碟片。

细细叙述了那个已经没有任何证明的形象：帽子、鞋子、裙子，甚至细到什么牌子的香脂、粉和口红，然后，这个形象就停下来了。她看见了一辆黑色的利穆新轿车和轿车里的男人。"风度翩翩"，杜拉斯使用的是这个词，虽然不是白人，可是风度翩翩，衣着讲究。尽管她转笔写道：女人美不美，不在衣装服饰——言下之意是用常人的目光看来，自己并不美，那个形象并不美，可是一切都是"个性的问题"。她不"自作、自受、自误"。她在十五岁半的时候就明白，希望绝不在某个男人那里。因此，她现在等待男人，那是爱情之外的等待，是等待自己的欲望，甚或在隐隐约约地等待一个所谓的有钱人，在等待自己走入早已圈画好的生活中去。

然后，那个男人向她走去。非常奇怪，这个女孩还什么都不懂，但是她有的是天赋。这天赋让她即便在什么都不懂的时刻也能够把握事情的进程，成为事件的主导。果然，那个男人走下汽车，恭维她并不存在的美丽，送她回家。

《情人》从这三分之一的故事上来说，是个再庸俗不过的故事，不知道你们想过没有。这里有贫穷对富有的向往，这里有无知少女在等待男人给自己肯定的可笑的"灰姑娘情结"，有对罪恶带一点兴奋的向往。是几乎每个少女都会产生的，经过各种"第二性"教育所带来的罪恶的欲望。

我们可以回到我们曾经在上节课提到过的关于爱情的定义：少女的无知和罪恶的欲望的浑然天成。然而，实际上，这个定义是电影提出来的。电影已经是一种解读，它把小说中所有不堪的破碎都滤完了。它把支离破碎的细节拼了起来，硬是给故事一个逻辑。

他们迅速过渡到了小姑娘所等待的欲望。堤岸单身套房里幽暗的光线，城市的喧嚣嘈杂。小姑娘说：我宁可让你不要爱我。小姑娘说，即便两个人在一起，还是一个孤零零的男人加上一个孤零零的女人，事情的性质并没有改变。而欲望，像小姑娘所期待的那样，是"无形的大海"，"无可比拟，简单极了"。

欲望之后，是钱的问题。中国男人说，别担心，钱我会给的。

然后又是欲望，"一切都在欲望的威力下被冲决"。

和欲望直接相连的是感官。那个房间里的欲望是靠感官的描写来成就的。杜拉斯是很善于写各种气味的：

房间里有焦糖的气味侵入，还有炒花生的香味，中国菜汤的气味，烤肉的香味,各种绿草的气息,茉莉的芳香,飞尘的气息,乳香的气味,烧炭发出的气味,这里炭火是装在篮子里的,炭火装在篮中沿街叫卖,所以城市的气味就是丛莽、森林中偏僻村庄发出的气息。

还有那个男人身上的味道:

英国烟的气味很好闻,贵重原料发出的芳香,有蜜的味道,他的皮肤透出丝绸的气息,带柞丝绸的果香味,黄金的气味。

读到这个时候,你会发现,杜拉斯的确是描写欲望的高手。在所有的感官里,味觉和触觉都是直接与欲望挂钩的。而《情人》里的爱的场面几乎都由味觉和触觉构成。这是杜拉斯描写欲望、却没有直接成为色情作家的原因。她的一切都停留在欲望的气息之上,并且仅止于此。欲望中的等待和色情中的满足从来都是两个境界。

《情人》于是在误会中走向了成功——像很多一不小心获诺贝尔文学奖的人一样。很多读者第一次从杜拉斯的小说中读到了故事。没想到那个一直在写"蠢东西",拍看不懂的电影的人还会写这样令人沉湎、令人疼痛的感觉故事,一个庸俗到底,能有强烈的爱、恨纠缠和无耻的故事,一个能够满足所有人好奇心的故事。

关键是,这个故事发展到后来,是真的离别。而且男女都知道离别的结局。人们总是更喜欢绝望的故事。从一开始就绝望。两个不可能在一起的男女,仅仅是为了欲念而爱。距离是无限的,这更增添了绝望的怅惘和过于美丽的悲伤。男人是黄种人,女人是白人,男人是富人,女人是穷人。女人总有一天要走的,换句话说,不走也不可能有什么结果:离别一向是成就不朽悲剧的决定性因素之一。如果不走,就是不堪说的琐碎与重复。

结果。是的,某种结果,杜拉斯也不能够免俗,在她的虚构世界里竟然也不能免俗。再读这个故事的时候,这令我有些吃惊。真正是女人的世俗本性。杜拉斯与众不同的地方只在于,她说,因为不能有结果,所以要更爱,所以要在这么短暂的时间里爱,所以要爱爱情本身。小说里面有一段很奇怪的话:

> 这里是悲痛的所在地,灾祸的现场。他要我告诉他我在想什么。我说我在想我的母亲,她要是知道这里的事情,她一定会把我杀掉。我见他挣扎(这个词用得真是好)了一下,动了一动。接着他说,说他知道我母亲将会怎么说,他说:廉耻丧尽。他说,如果已经结婚,再有那种意念他决不能容忍。我注意地看着他。他也在看我,他对这种自尊心表示歉意。他说:我是一个中国人。

小说是关于一对男女的爱情和欲望——错误的,不道德的,这本是没错。可是写着写着,只要是写这对男女之间的事情,杜拉斯总是有点没有办法继续下去。是的,她有点无法驾驭感情,一个中国男人和一个白种女孩之间的感情。她应该只是想当然地罗列一些种族的差别吧,种族的差别,贫富的差别。还有,不同的道德的差别。可是,爱情究竟是什么,怎样来写,除了孤独、疯狂和绝望之外,还有什么?杜拉斯不知道,男女之情远非于此——或许是知道,但是无法表达。不是这一点差别就能将一对男女送进刻骨铭心的,不是这一点差别就能令一个男人说,他爱她将一直爱到他死。

爱情里总是有些悲伤。这个道理杜拉斯懂。可这悲戚忧伤是爱情之外的悲戚忧伤,出自于女孩子本身,是最物质的悲伤。和欲望一样,它——杜拉斯说——是一种"沦落在灾祸中的安乐"。

有时候真是不得不相信，除了爱情，其余的一切在杜拉斯笔下都是那么完美。在叙述自己的悲伤的时候，女孩对男人说：在我的幼年，我的梦充满着我母亲的不幸。我说，我只梦见我的母亲，从来梦不到圣诞树，我说，或者她是这样一个女人，在一生各个时期，永远对着沙漠，对着沙漠说话，对着沙漠倾诉。

女孩的悲戚忧伤源于母亲。对着沙漠说话，这可能是人世间最悲惨的命运。再多的苦难归根到底也许都可以承受，但是一个只能对着沙漠说话的女人，一个只能将一切不幸、无辜、节俭、希望抛给沙漠，永远没有回应，永远都在被吞没的女人，这是怎样的荒芜啊——杜拉斯在这一点上毕竟要比母亲幸运。这是她写作的缘由吗？否则，她的一生，也有可能成为这样的沙漠？

回到这个故事。男人得到了女孩儿——不，这不是杜拉斯的口吻。应当说，男人顺着女孩，服从了她的愿望，做了她想要做的事情。是女人在掌握欲望的主动权，和后来《广岛之恋》的故事一样。他们交往了一年半的时间，绝口不谈自己。所谓不谈自己，是属于两个人的"自己"，对于他们而言，这个"自己"并不存在。杜拉斯说，"自始我们就知道我们两个人共同的未来未可预料"。但是，她并没有完全不在乎这个"未可预料"的未来。因为她竟然还是说到了，"我发现，要他违抗父命而爱我娶我，把我带走，他没有这个力量。他找不到战胜恐惧去取得爱的力量，因此他总是哭，他的英雄气概，那就是我，他的奴性，那就是他的父亲的金钱"。

男女的偷世偷生，当然是一切失败的爱情的根源。可是杜拉斯没有说，如果男人找到了这种力量，她会跟着走吗？会任凭男人把她带走吗，这个不知道为什么，深切地爱着爱情本身的女人？

故事在这个时候不可逆转地陷入俗套之中,成为金钱与爱情之间的矛盾。难道世间的男女之情莫不如此?! 不是爱和金钱,就是爱和地位,和权力,和一切的物质边界,和一切转化为道德准则的物质边界。作为一个女人,我想象不出答案。

很久以前,随口问过一个自己很喜欢的人,我说在你的道德标准里,张爱玲嫁了一个汉奸,这是有悖道德的吗? 对方很生硬地回答我:不知道什么汉奸,不做评述——我骤然明白,在爱情的问题上,最好的、将之进行下去的方法就是不做评述。可是写爱情的人逃不过的,爱情究竟要怎么写才好呢?

小说里接下来就是和家人吃饭,用中国男人的钱,在高价饭店吃饭。钻石戒指——杜拉斯各个版本的自传性虚构小说中,都有着一颗硕大无比的钻石。这颗钻石镶嵌在她童年悲苦、贫穷、为生活挣扎的记忆里,照耀着她对金钱、对温暖、对尘世的切肤的欲求。这才是可以逾越一切障碍的欲望。

杜拉斯想说,对那个男人,女孩应该是没有爱的。她无所谓爱的前途,无所谓分离。但是男人不行。"他每天夜晚从她那里得到的欢乐要他拿出他的时间,他的生命相抵"——这句话可能是这本书中最漂亮的、关于爱的词句了,尽管这仍然是在写男人一厢情愿的爱。爱的事情,说到底真是这样的,拿时间和生命相抵,不由自主。衡量不爱也很简单,如果有一天,不愿意再拿出时间和生命了,那就是不爱了。

然而对于杜拉斯来说,拿出时间和生命相抵的,始终只有一件事情,不是人,是事情,是她的写作。剩下的一切,对于她,都只是欲望、孤独和疯狂的衍生。这才是关键。而从这个意义上来说,《情人》更像是一本阐述写作的书。

他们最终要分离了。动身启程,女孩要回到法国。分离的场面在书中也有迹可寻。但是分离本身并不令人心碎，那个男人坐在车里，一动不动，只有沮丧。相反，心碎是出现在回忆里的，在渡船上，在肖邦的音乐中，在女孩怎么也学不会弹奏的肖邦的曲目中，她突然产生了投身大海的愿望。大海，无边的黑暗，无边的疼痛和无边的欲望。

也许这是爱情的另一个特点：只有在回忆中，它才能成为不复再来的美丽、疼痛，成为拿出时间和生命相抵的真正的爱情。爱情是人对自己的一个交代。

在最后，就有了杜拉斯的所谓败笔：男人来到巴黎，给女孩——此时她已经成长为一个女人——打电话的场景。之所以连杜拉斯本人都说是败笔，因为这才是最终的，对这个故事的葬送。终于庸俗到了极点：所谓生生世世、纠缠无终的爱情，所谓爱她一直到他死的爱情。

这就是《情人》里这对男女的故事。那么，《情人》剩下来的三分之二在说什么呢？

除了母亲，除了母亲带来的不可抗拒的绝望，还有哥哥。两个哥哥。一个爱到极点，一个恨到极点。杜拉斯经常是毫无缘由地在极端的感情中摇晃：这是她抵抗死亡和贫穷的力量源泉。对小哥哥，女孩可以爱他爱到死，而大哥是死神和暴力的代表，是她和小哥哥这个联合体的绝望的根源，女孩恨他可以恨到希望他死：因为她没有力量和大哥对抗。杜拉斯终其一生都是在和死亡、暴力斗争。也许正是在这抵抗的过程中，她竟然显示了这么顽强的生命力。

还有海伦·拉戈奈尔。这是个非常奇异的人物。杜拉斯相当奇怪地描写她的美，她说：

她比我美，比那个戴着小丑的那种帽子、穿镶金条高跟鞋、非常适合结婚的人要美得多，和海伦·拉戈奈尔比，我更适宜于嫁人，不过，也可以把她嫁出去,安排在夫妻关系中,让她生活下去,那只会使她不安害怕,可以向她解释,她怕的是什么;但她不会理解,只有迫使她去做,去看看,也只能是这样。

关于海伦·拉戈奈尔这个人物,历来就有很多争议和猜测。在我看来,或许,杜拉斯想写一个由单纯的欲望构成的人,海伦·拉戈奈尔显示出来的就是这样。单纯的欲望,杜拉斯在想,在虚构的小说世界里,也许能够有这样一个永远不会撞到物质边界的人存在,只是固执地拒绝理解一些事情,固执地守着自己的欲望,不等待,不疼痛。

或许她是杜拉斯的向往吧,就像《劳儿的劫持》里的劳儿,一个游离在世界之外的人。只可惜,这部被视为杜拉斯最通俗的作品历来都因为读者的好奇心被包裹在庸俗的爱情故事之中。杜拉斯的世界里,主要人物从来都是充满灵魂的倦怠和平静的绝望。从这个意义上来说,海伦才是小说的主人公。在这个世界里,镜子不再倒映出图像,土地下陷,身体和身影不再吻合。和她的电影一样,声音是懒洋洋的,身体是不由自主的,那样的一种晕眩,那样的一种狂喜。

《情人》成功了,可是杜拉斯已经不再拥有它。这是一本舍她而去的书。这或许才真的是杜拉斯关于写作的悖论吧。她不再拥有自己的书,她只好迁就读者的误读,并且,为他们的误读推波助澜。我们可以用她自己的话来结束这一讲,同时也回到她高唱不解,然而已经用自身的实践证明的,拉康对她的定义:

这本绝对相簿也许是不被当成相簿的,也许没有任何可看的东西。它不存在,但是它本应该存在。它被遗漏,被遗忘了,被弄脏了,被剥夺了起源。正因为它没有得以存在,它才代表这种绝对,成为自己的作者。

它抵住了时间的流逝。这是一张能动的照片。也许,在它合上的那一刻它就不再能动了。它的确停下了,结束了。把自己关闭在坟墓里。在坟墓里,我十五岁。①

是词语本身,是 image 本身,破碎、疼痛,在故事的边界里突撞着。然而,无论怎样的疼痛,最终一切都是不属于她的——和任何书的命运一样。自然也包括我们以为的,这个属于她的故事。故事只是跌跌撞撞地闯入了我们的记忆之中,闯入了我们曾经有的疼痛和破碎之中,闯入了我们因为镜子破裂而支离破碎的梦想之中。不论这梦想是缘何而起,写作,或者爱情,一切都不再重要。

---

① 出自《杜拉斯传》第七章"情人之园",劳尔·阿德莱尔著,袁筱一译,春风文艺出版社,2000 年,第 625 页。

第六课

罗兰·巴特和他的文论 *

Roland Barthes

---

* 除特别标注之外，本章所参考的译文有：《一个解构主义的文本》，罗兰·巴特著，
汪耀进、武佩荣译，上海人民出版社，1997 年；《罗兰·巴特随笔选》，罗兰·巴
特著，怀宇译，百花文艺出版社，2005 年。有小部分译文转引自《谁是罗兰·巴特》，
汪民安著，江苏人民出版社，2005 年。

第一讲 一个在解构中构建快乐的批评家

在八位小说家中，我插入了唯一的一位文论家。直接原因或许有两个，其一在于，罗兰·巴特绝非一位简单的文论家，当萨特的时代过去之后，他成了法国当代文学批评史乃至思想史上一个无法回避的坐标，小说家也不得不受这个坐标的制约和影响；其二则在于，如果不是他过早逝去，他有可能也会成为小说家。

在将他选进这门课里的时候，我也有过犹豫，我担心文论这样的东西会因其过强的理论性而将这门课带到不能预期的方向。但是我还是没有敌过罗兰·巴特带给我，同时也应该是带给整个文学批评界的快乐。摧毁传统的快乐，奇装异服的快乐，放纵自我情感的快乐，打倒作者——"作者已死"的口号对译者来说是非常容易听进的话——和相对客观的快乐。在谈到现代批评时，我个人非常喜欢的一位翻译理论家、哲学家贝尔曼曾经在《翻译批评论》里说过，"批评的现代形式是二元的：一方面，批评工作披着散文的外衣，而另一方面，它又是一种科学性的分析。文学批评正是建立在这种二元的模式之上……'文学性批评'和'科学性批评'可以共存于批评作品之中，罗兰·巴特充分证明了这一点"。①

在这门课的伊始,我们曾经谈到过阅读的方法,谈过怎样做一个合格的阅读者。我们说过,好的阅读者是善于受到作者和文本蛊惑的阅读者。但是,怎样受到蛊惑,在何种意义上沉浸于小说的虚构世界之中?又如何带着中性然而却不乏快乐的眼睛去看待这个虚构的世界?如何真正体会到阅读的快乐?我想,这些问题的答案,也许罗兰·巴特会告诉我们,会给我们带来精彩的示范。

当然,在开始我们的课之前,我们也许不得不交待一下罗兰·巴特的理论背景:尽管这是我不太愿意做的一件事情,但是它对于你们尽量避免片面地理解这位所谓的结构主义大师有一定的必要性。

罗兰·巴特所处的时代,是存在主义盛行的时代,是后马克思主义时代。盛行意味着将不可避免地走向衰落。罗兰·巴特比萨特小十岁,他当然会受到萨特乃至马克思主义方法论的影响。在我们所熟悉的巴特早期的作品《写作的零度》中,我们可以瞥见萨特的影子,他在对《什么是文学》做出回应,甚至沿用了萨特的一部分法国文学史观。

不过,和萨特不同的是,他的一生远离传奇——尽管在文学批评上,他也许毫不犹豫地选择了种种冒险,不断调换理论的衣衫——只是在他获得法兰西学院教授席后四年的某一天,他穿过学院时,被一辆卡车撞倒,这一场原本不至于致命的事故最终却将他锁定在六十五岁的生命线上。而且,罗兰·巴特和很多法国知识分子正相反,他大器晚成,在三十八岁时才出版了他踏入思想界的标志性文论著作《写作的零度》。

他的传奇是另一层意义上的。我们知道,如果说萨特奠定了一个时

① 《翻译批评论:约翰·丹纳》,安托万·贝尔曼著,伽利玛出版社,1992年,第41页,该段文字由作者自行译出。

代的思想基础,使得二十世纪的西方文学和哲学很难绕过他的身影前行,那么罗兰·巴特却用自己的文字树立并且重新定义了批评的"现代性",文字的"现代性",乃至思想的"现代性"。

不,和你们想象得不一样,"现代性"在它还没有产生的时刻,它意味着模糊、不确定、不可理解,因而也意味着承担这种模糊、不确定和不可理解需要一定的勇气和能力。在法国文学史上,抛却以前的"古今之争"不谈,第一个高唱"现代性"的人是福楼拜,他在继承的同时也结束了古典文学时代的现实和模仿意义,专注于文体与文字本身,毫无顾忌地投入写作——真正意义上的写作,而不是写这个世界——的疯狂之中。关于这一点,罗兰·巴特也曾经总结过。罗兰·巴特在日后的法国所掀起的浪潮并不亚于萨特,虽然他不是全方位的,但是,他可以达到一种只要和他沾上边的,就皆可以成为现代性象征的程度。

罗兰·巴特并不惧怕模糊和矛盾,在他的新批评中,他也和他所评论的小说家一样,充分使用了词语的张力,执着地爱着词语本身。有时候我在想,这可能是我喜欢他最主要的一个原因。我必须承认,一直以来,我在现代文学中所享受到的快乐要远远大于在古典文学中所享受到的快乐。但是在快乐的同时,也有无边的黑暗与挣扎所带来的快感和满足。海德格尔说,"词语破碎处无物存在",有的应该只是词语本身的碎片吧。碎片的确包含更多的抵抗、曼妙的姿态和梦想,让我们能够充分摆脱现实世界所带给我们的羁绊。

如果说,小说世界——就像我们前面读过的这些小说一样——可以容忍模糊和矛盾的话,到巴特之前,却还没有一种批评理论能够容忍模糊,容忍矛盾,容忍在黑暗与挣扎中所带来的快感和满足。每一种理论似乎都要用凛然的姿态来对待这个世界来提供一种阅读世界的新方式。有所谓的好与不好,而且好与不好之间有截然的标准。但是巴特不是这样的,他将读者彻底从这种凛然姿态中解放出来,任凭他们——并且纵容他们——沉迷在文字本身的性感里,与之肌肤相亲。

当然,能够成为现代性的象征,这里面必定要包含一个能够触及各个领域的方法论。虽然罗兰·巴特从未将自己的一生固定在一个理论外壳里,我们却能够清晰地看到他确定自己的方法论所走过的道路。《写作的零度》里所包含的马克思主义的方法论,萨特的文学史观在罗兰·巴特的笔下渐渐消失了踪影,只是这个淡去的过程也花了他将近十年的时间。在继《写作的零度》之后的《神话学》和一组论布莱希特戏剧的文论里,我们仍然能够或多或少地看到马克思或者萨特的影子:他们对社会的关注,对阶级的关注。然而在六十年代,罗兰·巴特明显在《符号学原理》和《服饰系统》中彻底转向了索绪尔的语言结构方法论。

在对索绪尔的继承和发挥上,罗兰·巴特比起另外几位结构主义大师显得更为平易近人,他选择的角度除了文学,还有符号学,因此也拥有更多的受众。的确,比起构建结构主义人类学的列维·斯特劳斯,构建结构主义精神分析的拉康,甚或比起索绪尔在语言学上真正的弟子雅各布森来说,罗兰·巴特都显然更为从容、平和一些。在他而言,方法论不应当是一种限制,而是一种出发点,一种容纳一切解释力的梦想。

我们也有必要用简单的语言解释一下索绪尔。这位几乎过着遁世生活的瑞士语言学家也许没有想到过,他的《普通语言学教程》竟然会在日后成为奠定现代语言哲学的方法论之一,与马克思、弗洛伊德三分这个世界二十世纪形而上的天下,并成为抵制存在主义的结构主义之根。但是归根到底,索绪尔为这个世界勾画了怎样的眼光呢?

索绪尔说,语言在观念上是二元的,它涵盖了语言/言语;能指/所指;历时/共时;语义/语用等等,正是这些二元的概念构成了语言这个自足的系统和世界。关键在于,语言不是对于这个世界的模仿和描述,它是独立的,它创建人的世界,它的构成不依赖于这个世界的其他物质存在:它有自己的物质存在。

罗兰·巴特充分运用了索绪尔关于能指(signifiant)和所指(signifié)的划分,并将它推广到语言之外的一切符号领域,指向了这个充满符号的现代世界。是的,能指和所指合起来构成了符号,因此,符号帝国的最高法令是意指的过程(signification),而不是我们一直以来孜孜追求的,以为一成不变的意义(sens)。

这一点对于我——也许这样说太自我了,但是我不知道对于整个文学界是否如此——影响深远。意义是永远在制约我们的道德,我们的行动的一个梦想,关于真实和真理的梦想。我想,人类所有的努力可能都是建立在唯一真实和真理存在这个假设前提之上的。为此,我们有了信仰,有了理想,有了为理想而付出的英雄主义。这个真实和真理放到文本和语言中来,就是意义。长期以来,我们的阅读、批评包括翻译都在追求这个不可能的"真",为此我们绞尽脑汁,衍生出这样或那样的方法和理论。但是,罗兰·巴特轻轻松松地告诉我们,事情也许可以换一个角度去想:真正具有意义的,是在能指往所指的方向去,并且尚未到达所指的过程中——即意指的过程中。词语破碎处,真的无物存在。关键在于享受这个过程中似是而非的快乐:所有的暧昧、犹豫、分岔、延宕乃至压抑的快乐。不变的,作为真相的唯一意义并不存在,意义即便存在,也只是众多意义中的一个:并不带有极致和终结的意味。正因为如此,在文本的阅读和解释上,没有所谓的对和错,也没有所谓的背叛与忠实。我们不用再留恋于我们的道德舞蹈和充满痛苦的姿态。一切都是物质的,具体的,是词语本身。没有高于词语本身的先在的含义。

但是罗兰·巴特说,不是语言学从属于符号学,而是符号学发源于语言学。就这样,语言成了世界的根本,语言的结构在某种程度上也成为世界的结构：不是用来阐释这个世界的工具，而是它所隐含的结构就是世界本身。

构建符号王国，一切以语言结构为依归的批评势必会引来一场充满暴风雨意味的论战。我们说过，巴特是优雅的。他的身上带有欧洲小布尔乔亚的闲适、快乐和实在——罗兰·巴特显然更加看重理论的实在性，对于他来说，拉康式的玄学色彩思辨显然是不合适的。罗兰·巴特的优雅也许来自于他个人，虽然他也许反对将作者与作品扯上千丝万缕关系的传记批评方式。但是，除了像巴特这么一个幼年丧父，跟随母亲长大，家境略微有些窘迫，青年时期为肺病（肺病，多么小资的一种毛病呀！想想看，那是《红楼梦》里林黛玉得的病，也是加缪得的病）所折磨，并且在如此黯淡的时刻为同性恋倾向所困扰，弹得一手好钢琴，对戏剧极端入迷的人，还有谁能够如此现代却又如此优雅呢？

作为现代性的标志，他势必要遭到攻击。六十年代对于巴特来说是论战的时代。他的《论拉辛》引起了法国文学批评史上一场激烈的论战。以皮卡尔为首的学院批评向他发起了猛烈的攻击，并且将他推上了新批评的领军人物的位置。我们看到，罗兰·巴特总是这样在经意和不经意间穿上一件又一件的理论流派首领的外衣。这和他的写作风格是那么契合，一切都不是故意而为之，因此他也没有必要声嘶力竭地捍卫，而是不经意地穿上，又不经意地再套上第二件。对于某些终其一生想要从理论中得到不朽的补偿的人，这真是一种讽刺。的确，罗兰·巴特的文字里一直充斥着这样一种优雅的讽刺。

但是，在对皮卡尔的优雅回击中，我们仍然能够看得见罗兰·巴特的梦想——或者是所有结构主义者的梦想，所谓的将人文学科纳入科学体系的梦想。这个梦想使得索绪尔被挖掘出来成为现代语言哲学之父。如果语言是一个科学的体系，它可以得到充分的拆解和重建，那么人的主体性就不再是一个困扰人类的话题。我们不再需要苦苦思索语言和思维的关系问题,语言和这个世界的关系问题,回到我们刚才所说的话,因为在这个意义上,语言就是客观世界的本身——罗兰·巴特在这个时候为萨特的存在主义对主体的探讨贴上了封条。

就这样,罗兰·巴特和列维·斯特劳斯、拉康以及阿尔杜塞一起,极大限度地推动了人文科学"结构化"的运动。从文学、人类学、精神分析一直到哲学领域,将世界切分成可以重组的碎片。六十年代的罗兰·巴特用文学批评的方式告诉我们,碎片本身没有价值,但是因为它有组成结构的可能性,它会在结构中得到价值的再现。稳定的"真"从不存在,是不同的碎片组合构建成不同的、不断变化的"真"。

当然,罗兰·巴特的魅力在于,他坐上了结构主义大师的坐席,那么轻松,但是这还没有完,因为他又亲手消解了自己的结构。在他生命终结前的最后十年里,他所做的事就是在结构中走得更远。我们总以为,理论的连贯性和坚持性应该是大师的道德和品格:罗兰·巴特告诉我们,事情并非如此——矛盾无处不在,而且矛盾非常合理。

他开始和德里达、克里斯蒂娃走近,令人猝不及防地进入了后结构主义的队伍。在《符号帝国》一书里,罗兰·巴特没有掩饰他的解构立场,他开始更多地沉湎于语言系统的差异性。能指到了解构主义时代,甚至不再有往所指出发的意图,它只是在延异、滞留、观望,并且满足于这份延异、滞留和观望:一切的意义在于此,此外别无他求。就这样,在解构中,词语,并且是不带"所指"意义的词语,开始群魔乱舞。当然,如果说到一贯性,罗兰·巴特所坚持的,是自己在生活态度上的一致性。《符号帝国》里的罗兰·巴特仍然没有成为哲学家,他还是在文学和文化的帝国里,而不是像德里达那样,成为语言哲学的领袖。《符号帝国》是罗兰·巴特参观完日本后写的书。他迷恋上了日本。当然,日本在他的眼里,不同于在任何一个社会学家、政治学家眼里的日本。这是一个充满色彩,充满符号的国度,从语言、饮食、城市建筑、包装、游戏直至艺术。

很多人都忘不了那段对筷子的著名分析:

这种用具,不用于扎、切或割,从不去伤害什么,只是去选取、翻动、移动……它们从不蹂躏食物:要么把食物慢慢地挑开,要么把食物分离开,因而重新发现质料本身所具有的天然缝隙。

一切是筷子本身所规定的,它的外表、形状、用途已然拥有一切意义,无须再想这个"筷子"的所指,它的含义是什么。这样,巴特就把文学最终锁定在隐喻上,是文字的 image 所隐含的张力,文字本身充满色彩和质感。

罗兰·巴特迷恋上了写作,迷恋上了文本。他不再使用作品这个词。因为作品是作者的生产物,但是文本不是。它不是某个个体主观意志的产物,它是从作者笔下流淌出来的,一旦完成,它就离开了作者,获得了独立的生命。而且这生命不是单数,是复数,他能够在阅读中一次又一次地获取生命。这是曾经震惊过文学批评界的"作者死了"的口号的由来。

我们或许会想起拉康对杜拉斯的评语:是的,拉康说,她不知道自己在写什么,她肯定不知道——作者没有能力,从而也没有权力决定文本的命运。作者(哲学中的主体)在写作的过程中成了一个工具,他只是负责把这些词语吐出来而已。在这里,尽管出发点不太一样,我们还是能够瞥见罗兰·巴特的理论身份。

或许是作为一个研究翻译理论的人,我对这简简单单的四个字极为感慨。"作者死了",个人化的主体从来不在,就像生活中没有上帝一样,就像道德中没有先于一切的真理一样，文学中也没有这个可以颐指气使的上帝存在。遵循这条令人快乐的阐释，译者终于可以卸下道德的重负，因为他所做的，只是创造复数的生命之一——从这个角度上来说，复译也必然并且合理地存在。

我们不耽搁在这件事上，因为罗兰·巴特并没有像德里达那样深地介入语言和翻译，继续用他来讨论翻译的事情可能有点强加的味道。而且罗兰·巴特的理论历程还没有结束。他没有太深地纠缠于语言的研究：这不符合他的气质——他已经被视为布尔乔亚的代言人，有思想，但是喜欢辗转于浮泛的物质表象世界。在他生命的最后几年里，他再度掀起现代的时髦话语：和多少有点艰涩的德里达、克里斯蒂娃相反，他穿过解构主义的大厅，最终却走向了文字的性感和肉欲。

这是一个最为虚幻的游戏，充满冒险的快乐，却因为是在文字的范围里，不至于堕落——罗兰·巴特和很多作家、超现实主义艺术家不同的是，他的身上充满现代性，但他本人的生活却与先锋的颓废无涉。我经常在想，非常可惜，罗兰·巴特没有活到今天，否则，他也许会对网络虚拟世界做出最完美的诠释。

我们越过《S/Z》、《文本的快感》和《恋人絮语》的具体分析——这会是我们下一讲的重点。我们只是可以一起看一看，在他生命行将结束之际，他彻底转向的所谓的文字的快感有什么意义。

生命应当是快乐的：这是青年时代为疾病所纠缠的巴特一直想说的道理。生命充满了令人快乐的符号：这些符号不应该被所谓主体的沉重的思想压垮。写作无须承担真理：过去不需要，现在也不需要。它只是个体的行为，个体的趣味，脱离了个体之后，它本身也不再需要置身于个体的主观意图之下，它游离开去，个体更无需承担它未来的命运。

享乐、快感这样的词多少含有生命稍纵即逝的感伤，我所谓的积极的感伤主义。人生苦短,所以要快乐啊。不要再树立精神和物质的人为对立:在文字的王国里也是一样。不要再纠缠于语言的物质性所带来的种种界限,就像在生活中,我们不要再纠缠于物性的界限所带给我们的疼痛。不要,罗兰·巴特说,不要。如果你有能力,你就要充分地利用物性带给我们的快乐,操纵它、玩味它,从而获得快感。在求真的英雄主义的破碎与完全坠入物质利益的堕落之间,罗兰·巴特稳稳地站在中央,他没有选择,因而也没有选择的痛苦。

问题只是,不是所有人都有这种站在中间的能力——应该说,几乎所有人都不具备这种站在中间的能力。甚至米兰·昆德拉都说,在忧伤和虚无之间,我们必须做出选择。在平常人中,最好的办法是选择分裂状态。就是在转向物质利益的堕落时,在另一个空间里维持着自己的英雄主义梦想。如果一意孤行地求真,最终,总是一个破裂完事。

在福柯的支持下,罗兰·巴特进入法兰西学院。他开设的研讨班再次掀起现代文学批评的狂潮,这个严肃的学术机构门庭若市。从年轻人到白发的退休工人,大家开始了文本的享乐狂欢:我们想象一下,怎样的景色呀。

到了最后的《恋人絮语》,罗兰·巴特说,让我们爱吧,爱是这样的,物质,但是充斥着游戏的性质,因而迷人,因而从文本的世界到现实生活,人们乐此不疲。不是文本在描述生活,而是生活在重复文本。是的,生活在重复文本,我们用一个现实的例子来结束这一讲。就在不久前,我改写过一段罗兰·巴特的"等待",全文如下:

场景:电脑桌前;我们约好晚上十点到十一点间互写邮件,我在等待。序幕出场的是这出戏的唯一演员(一个同样勤于思辨的人),对方迟迟未在虚拟世界出现。我三番五次地看位于电脑右下方的时间,并且使用电脑的刷新功能，一再看收件箱后那个括弧里红色的 0 是否变成 1。此时对方的延宕还仅仅是一个数字上的、可计的实体；序幕结束，我浮想联翩；我准备"豁出去了"。等待的焦虑一股脑儿倾泻了出来。第一幕由此开始，充满假设：是不是对方有事？或者身体不好？或者系统出了问题？我是不是应该离开？如果离开信来了该怎么办？第二幕是忧郁，我等待时，一切都蒙上了一层虚幻色彩——我什么也看不进去，什么也写不了。第三幕里，我进入了不折不扣的焦虑状态：担心自己被甩了；心如死灰。

我想，你们当中的大多数人爱过，或者正在爱着。这是罗兰·巴特《恋人絮语》的现代版本：当一个文本能够被改写成现代版的时候，你就会知道，为什么我们说罗兰·巴特已然成为现代性的象征。在如水般冰凉的夜晚，如果你在等什么人，或是当你充满热情，准备说"我爱你"的时候——用各种语言，你是否会想起罗兰·巴特？

罗兰·巴特死于车祸，最为遗憾的是，据说在他遗留的手稿中，有一部没有能够完成的小说。如果说《恋人絮语》已经很难让人对其文本的性质做出界定：我们有理由相信，如果他进入小说的领域，或许会给我们带来更大的惊喜。虽然，对于传统的小说界也许是灾难。

第二讲　十八世纪的贵族睁着眼睛听音乐
今天的资产阶级闭着眼睛听钢琴

罗兰·巴特也许会让我们感到困惑。他从一个马克思主义者、萨特主义者变成一个结构主义大师，然后，又走向解构，最终走向躯体哲学。然而，就像我们所说的那样，他并没有堕落。没有堕落，在这个物质空前显示其威力的世界里，应当说是一种天赋。是在他参与的运动中，我们彻底放弃了用精神抵抗物性的梦想，放弃了语言精神性的那一面——这种放弃不无痛苦。而他自己却每一次都是到此为止，不再前行，只是带着温暖的嘲讽和怜悯看着包括自己在内的世人。

但是也许他没有我们表面上看到的那么善变。理论的外衣可以随心所欲地脱和穿，因为说到底，那只是方法而已——方法这东西，只有对目的极端明确的人是重要的，比如说萨特。对于罗兰·巴特来说，这不是问题。关键在于这些方法的着落点。有了这个着落点，罗兰·巴特的事情就会变得简单很多。

大器晚成的罗兰·巴特在第一次公开报告中——那时他和后来另一位成了结构主义语义学大师的格雷马斯在一起，在埃及的亚历山大港做法语老师——说了这样一句话:"十八世纪的贵族睁着眼睛听音乐,今天的资产阶级闭着眼睛听钢琴。"很多人认为,这句话几乎就已经昭示了罗兰·巴特的一生,在他今后三十年的理论生涯中,"资产阶级"(bourgeoisie)成为他目光所在的焦点。或者,单纯地说焦点还不够准确,应当说,这种"bourgeoisie"的出发点,这种"bourgeoisie"闲适而温和的态度伴随了他的一生。尽管理论的外衣可以随意地穿与脱,身体始终未变:是带有极端的罗兰·巴特的"趣味"的温暖实在——"bourgeoisie"的生活方式、现象和迷惑,尽管,我们必须承认,对于这种大众化的趣味,罗兰·巴特也是不乏批评和讽刺的。

因此,我们在马克思主义-存在主义-结构主义-解构主义-无主义的躯体哲学这条线中,明显地看到他是在一步步地将"bourgeoisie化写作"的概念从理论的体系中释放出来:他感兴趣的始终不是理论体系本身,以及自己在这个理论体系中的位置。

最终,解构主义也不再能够保证他对于语言的解放——因为我们知道,解构与其说解构,不如说后结构来得更准确一些,也是基于语言系统的差异之上,因此,"趣味",乃至最后他所提出的"快感"足以解释一切。彻底放弃主体,回到物质本身,回到语言的物质本身,在语言的差异系统中寻求快乐,在延宕、阻搁和环顾中舞蹈。

在《文本的快感》中,罗兰·巴特一上来就说:

> 永远不要自我辩白,永远不要自我解释。[……]我将转移我的目光,今后,这将是我唯一的拒绝的方式。

是的,永远不要自我辩白,永远不要自我解释,这意味着一个根本的命题:放弃主体。如果说在精神的王国里不存在所谓的上帝,在文本的领域里同样不存在。唯一拒绝文本转向的方式是：转移"我"的目光，和在爱情中一样，转移在注视之下的所有快乐和痛苦。我想，这应该是文本能够产生快感的必要条件。不要试图将自己（不论是作者还是读者）揉进文本的句子和词语里，只是跟随它走向边缘和断裂，如果承受不住，拒绝的唯一方式便是离开：一无所见，闭着眼睛听钢琴。

快感是一个很物质性的词，它只昭示过程，不承担结果。如果主体在这里不被隔离，快感导致的必然结果将是痛苦：对于时光已逝的伤感和撞碎在约定俗成的道德底线的痛苦。

我们在上一讲里花了一定的时间来解释索绪尔，解释他的系统，解释能指与所指这对概念，以及在这对概念中有可能发生的事情。索绪尔还有一对著名的概念，所谓的语言-言语，这对概念对一切从结构出发的思辨人物同样不可绕过。因为，约定俗成的道德底线就是语言。

罗兰·巴特在《写作的零度》里已经很好地解释了这一对概念，他告诉我们：

（语言）是地平线，也就是说，既是一种极限，又是一处驻留地，总之，它是一种布局的可靠范围；对于写作者来说，语言更像是一条直线，逾越它也许将说明言语活动的超自然属性；它是一种动作的场域，是对一种可能性的确定与期待。它不是一种社会介入的场所，而仅仅是一种无选择的生理反射。

我们可以看出，罗兰·巴特的语言观并没有很大的变化。日后的快感来源于此：他很早就是一个生理反应论的支持者，只是他一直在找寻合适的外衣而已。而一旦发现所有的外衣都不适合自己，他就干脆走向直接。这就是文本的快感的由来。他要通过对语言、对文本的分析剖解这个闭着眼睛听钢琴的世界。

让我们从《文本的快感》开始,应该说,这是罗兰·巴特在明显带有解构特征的《S/Z》之后,不再用某种特有的方法论来规定自己的写作的开始。因而,也正是从这个文本开始,罗兰·巴特有些恣意了,他直接冲向了萨德。他告诉我们,建立在语言地平线上的个人化文本同样是充满了色情的意味,并且,这种色情的意味正在于对语言这种"极限",这条"直线"的冲撞,在所谓的"断裂"处:

语言被重新分配了。然而,这种分配是一直借助于断裂进行的。两个边缘出现了:一边是适度的、适宜的和抄袭性的(主要是指抄袭符合规则的语言,例如在学校里、在习惯上、在文学中和文化中确定的语言),另一边是活动的、空白的(适于采用各种外形),这种边缘从来就只是其效果之归宿:在此,隐约可见言语活动之死亡。这两种边缘,由于表现出相互的妥协,都是必不可少的。文化及其破坏都不具色情特点,是它们之间的断层变成了色情的文本引起的快感,就如同一种难以把握、不可能把握和纯属浪漫性的时刻,这正是放荡之任凭一时鲁莽之念在享受其乐时一边割断系着他的绳索一边体味的时刻。

是的,断裂。衣衫微开处的断裂。阅读的快感由此而来。有人说,这是因为享乐站在真理和利益之间。精神的高度一下子降低了,可是又没有完全堕落到物质的黑洞里去,于是站在了地面上。

抵抗、妥协、割断绳索、无法自持和浪漫。语言原来就是世界本身,在这个世界里,有我们最常见的,最为之心醉神迷的爱欲。摆脱了物质上的困窘,又不至于因为大富大贵需要固守某种统治阶级的秩序,布尔乔亚做什么呢? 当然,只有爱。不是柏拉图那种纯粹的精神之爱,也不是真正的放荡的肉体之爱,像那些超现实主义者一样——和我们想象的相反,萨德也不是。萨德的色情是被一批文学理论家平反昭雪的。因为他们在萨德的世界里发现了语言的色情：那种断裂之处的色情——在语言世界里的沉迷。玩味、沉醉、品尝，在希望和半推半就间将这种爱欲推向最高潮。

不，我们需要退后一步看。不要这样沉迷进去。我们需要问清楚罗兰·巴特的语言躯体哲学的根本逻辑所在。语言和爱的世界，这之间的联系得以存在的命题是什么？

西方的哲学传统经历了从柏拉图所建立的主体哲学和理性王国到后现代中主体的引退和词语的断裂的过程。这是一个让人颇为吃惊的过程，因为主体要渐渐消退的时候，哲学家们竟然选择了语言：他们发现语言不是对思维的描述，也不是对物质世界的描述，而是一个自给自足，一个和物质世界同质的世界。

罗兰·巴特特有的语言躯体哲学也建立在这个基本命题之上。他进一步将语言和文学推进到爱的世界里，这里会有几个根本的好处：

爱是感性而通俗的，躯体是实在而温暖的，它是享乐的温床。如果我们稍微回头去看一下罗兰·巴特的创作，我们知道，罗兰·巴特从一开始就反对所谓的革命化写作、政治化写作和介入写作。曾经，他把加缪看成零度写作的典范，但是他很快就否定了自己的论断。显然，那个一心向往不会留下阴影的太阳，那个把巨石推向山顶的西西弗斯不会闭起眼睛，忘掉自己将要在这个世界留下的足迹，只享受纯纯刺激感官的钢琴声的。纵然加缪凭着"外国人"的一腔野气冲撞了学院派的拘谨，凭着良知与正义试图摆脱任何政治先见的束缚，可终究还是摆脱不掉任何一个理性主义者都摆脱不掉的线性逻辑。

但是身体是怎样美好而温暖的事情啊。贴肤的纠缠和紧张，微微带一点罪恶的，反宗教、反伦理（不要忘记，这一切都是对人的事先规定）的快乐。并且，索绪尔在此时适时地来到罗兰·巴特的理论世界里，他告诉罗兰·巴特,语言就是这样一具温暖实在的身体。阅读无需像以往文论家那样,一定要将一件束缚身体的紧身衣套在文本上,把它裹得紧紧的,让"衣服和身体彼此叛逆"。

阅读就是和文本的耳鬓厮磨,肌肤相亲。人的精神不应当对那个物质存在的文本,那具自己在断裂处闪耀着诱惑的身体指手画脚。阅读应当用欲求的眼睛,去享受这种"表现状态在诱惑"。

如果你们做过翻译,我想,你们也许能体会到这种快乐,这种纯享受的过程,这种和语言,和字词本身的肌肤相亲。我几乎爱上过所有我翻译过的作家,在走向他们,却无法阻挡别离到来的伤感中;在抵抗他们对自己个性的消解,却不自禁地沉迷于他们接近于暴力的诱惑中。或许是翻译这个行为延长了从语言到语言的活动,延长了爱的时间吧,从而能够更加清晰地昭示这个爱的过程。

当然,罗兰·巴特说,可能还有点问题。既然是阅读的方法,设想它应当是适用于一切所谓值得阅读的文本的。不仅仅是现代文本,呈现这种断裂处的色情区域的现代文本,还有经典的叙事文,我们该怎么办?巴尔扎克,左拉,狄更斯,我们怎么读他们的文本?

他有很好的解决方式,他说:

我们不能以相同的阅读强度来读整部作品;一种处于建立之中的节奏,自然从容,不大遵守文本的整体性;求知的贪婪性甚至使我们飞跃或跨越某些(被感觉为"令人厌烦的")段落,为的是尽快找到故事最激励人心的地方[……]我们不受惩罚地跳过那些描述、解释、思考和会话;这样,我们便像是夜总会的一位观众,他登上舞台,迅速而按顺序地脱下自己的衣服,也就是说:他一边遵守细微的节奏,一边又加速这些节奏。

而如果用同样的态度来读现代文本就行不通了,因为现代文本不像古典文本那样,直接导向某个结果,所以,加快节奏等于"暴食",这个时候,罗兰·巴特充分暴露了他的资产阶级本质,他说,"要当富有贵族气派的读者":咀嚼时间、细心修剪、重新发现。

　　因而,所有标准所适用,或者说所必然导致的"好坏"的评判,那无异于把我们亲爱的萨德关进了监狱,没有优劣的座次。

　　最近才看过一部老片子:《死亡诗社》。罗宾·威廉姆斯在里面扮演的英语老师有很经典的撕书的一幕。以往的文学评论已经达到了某种量化的标准,有横轴和竖轴的值,用横轴和竖轴相乘的值来判断文本的得分。那位老师说,"shit!"他让学生把序言中的这位学院批评大家的言论撕掉。这和罗兰·巴特所做的事情应当是一样的。罗兰·巴特也是在说,撕掉,不要理会,只管快乐就行了。文本总是在试图越轨,在"强行甩开形容词的控制",甩开"意识形态和想象之物"。

　　同样是在《文本的快感》中,罗兰·巴特谈到了文学的"现代性":这个词最近给了我很多思考。我们从开始上这门"现代经典"课的时候,就一直在试图给出文学"现代性"以某种定义。而上节课结束之后,也有同学问,现代性究竟指的是什么? 这是个很大的问题,我想,可能到我们这门课结束的时候,会有一定的答案,当我们看完从加缪到杜拉斯到罗布-格里耶的过程。而罗兰·巴特也讲到了现代性,这是他这位"现代性"的代表所不得不面对的问题,就像当初哲学里的现代人物迦达默尔也写了"现代性面面观"的小册子一样,他总要告诉我们,如果说今天的哲学/文学与过去的不一样了,这种不一样,这种超越发生在何处?

　　只是罗兰·巴特的态度在这一次显得有些无奈。"闭着眼睛听钢琴"从本质上来说没有什么现代性,他不具备超现实主义那样明显的外部特征与激越态度。他的温和导致在对传统的反动上令人感到有些茫然：

> 文学的现代性为了超出交换而进行着不懈的努力：它想对抗作品的市场（同时排斥大众传播）、对抗符号（借助于排除异己，借助于疯狂）、对抗正常的性欲（借助于反常表现，这种反常使享乐摆脱复制的合目的性）。然而，却又没什么可做：交换在恢复一切，同时又引进似乎否定它的东西。

我们看得出罗兰·巴特想说什么。这和我们无法摆脱语言的约定俗成性一样无奈。对抗，这是现代性的一个根本特征。对抗传统，对抗那种庸俗的浪漫主义梦想，然而，罗兰·巴特还想对抗在二十世纪已经充分显示的物性。这种矛盾导致了一定的混乱。沿着历史走，却在历史之外的某一点上，想让历史停止脚步，我们知道，这是不可能的。

好了，我们进入《恋人絮语》吧。这是罗兰·巴特最后的一部作品，是最难被界定性质，同时也是作者自己号称"读者最多和读后最容易被人忘却的书"。他分割了爱情的种种情境，"呈发散型，而非聚合型"的情境，没有序列和逻辑的情境。

最后一部作品，也是最后一次变化。我们很容易发现从《文本的快感》到《恋人絮语》的变化。《文本的快感》中，一切都和具体实在的身体联系在一起，和身体所引发的欲望联系在一起，而到了《恋人絮语》中，却是被抽掉了肉欲的爱情。然而，这是怎样的爱情呢？为什么会有从肉欲到爱情，到浪漫主义的歌德的转折呢？

一切仍然是语言内的一场运动。从语言到语言，没有超越这个范围。或者我们也可以说,是在最后这部作品里,罗兰·巴特表现出自己意欲摆脱索绪尔带来的颠覆的想法。为此,他选择了一种有别于其他所有作品的写作方式。如果说,罗兰·巴特在临死前留下了一部未完成的小说手稿,我们可以发现,在《恋人絮语》中,罗兰·巴特已经开始若隐若现地构建自己小说家的形象了。但是它又不是小说,或者说传统意义上的小说,因为没有虚构,没有情节,没有故事,没有人物,没有诗,没有——用他自己的话来说——让人可以希望的结局。

和我们的思维定势正相反,没有什么私人生活的罗兰·巴特告诉我们,爱情不是一个故事。他让恋人自己说话,一切便昭然若揭。恋人絮语走出私密的环境,来到公共的结构之中,来到舞台上:

对恋人絮语的描述被模拟演示所取代,而且道白被重新赋予原有的人称,即"我",以展示陈述具态,而非条分缕析。这里呈现的是幅肖像画,着重于结构的勾勒,却不作心理描绘,和盘托出一个讲坛:有人正面对缄默不语的对方(情偶)在温情脉脉地喃喃自语。

或许我们可以忽略体裁的问题。关键是,罗兰·巴特为什么要在最后分析恋人的话语,他想告诉我们什么?

我想,我们可以回想一下加缪笔下的那个默尔索,和他男欢女爱的玛丽问他:"你爱我吗",他的回答是:"大概是不爱。"这场所谓的爱情游戏从此消散了,写不下去。幸好加缪不是要写爱情,因此这句话作为某种证明出现在小说中,证明默尔索哪怕在爱情中也不会说"假话"。可是我们仔细想下去,或者像罗兰·巴特那样,想遍了爱情的所有情境:沉醉、相思、可爱、执着、等待、灾难、快乐、痛苦、默契、交谈、献辞、依恋、怀抱之后,蓦然间会发现一个令我们自己有些尴尬的事实:如果没有语言,爱情竟然是不可能的！

"你爱我吗？"是爱情程序里的一个必然步骤。通常是能更多感受到社会规定的女人问男人的。在爱情的高潮到来之前，女人需要这样的延宕,她问:"你爱我吗？"问出这句话的时候,其实早已知道对方可能的回答。女人听到这句自己早已经在心里设想过无数遍的回答,得到了虚构现实化的欢喜。男人讲出了女人等待的这句话,他成就了女人的虚构,也得到了成就的欢喜。关键是,一切因此能够继续下去:美丽的色彩,漂亮的姿态,痛苦的抵抗和犹豫……

《恋人絮语》中有绝妙的,关于"我爱你"的分析,从发音,从表达的结构,到可能的答案。无论如何,一切都是"我爱你"这几个字,或者说,这几个字的变化构建起爱情故事。我爱你,我不爱你,我能爱你,我不能爱你,我不能不爱你,我等你爱我……所有的爱情故事几乎都能从这几个字的变化之中找到相应的模式——想来想去,这还是不脱结构主义的解释框架。而罗兰·巴特所要做的,就是揭示有关爱情的基本模式,再一次显示语言的极大威力:语言就是世界本身。之所以要呈现爱的世界,是因为,在爱的世界里,有主体,有客体,语言在连接主体与客体的时候显得格外夸张,因而也格外易解。当然,关键是,充满趣味。永远不要忘记罗兰·巴特的小资趣味。

让我们最后读一段《恋人絮语》中的"我疯了",和上一讲当中的等待篇一样,我们可以在怎样的程度上想起自己啊:

人们认为任何一个恋人都是疯子。但是谁能想象一个疯子恋爱:绝不可能。我的疯狂充其量只是一种贫乏的、不完全的疯,一种隐喻式的疯狂:爱情弄得我神魂颠倒,就像个疯子,但我并未和超自然沟通,在我身上没有任何神奇的东西;我的疯狂无非是不够理智,这很平常,甚至难以察觉,此外,它完全被文化所降伏;它并不使人害怕。

疯狂,爱情的必然特征:哪怕是在我们所圈定的精神之恋的范围里。并非只有肉欲能将人推向高温的依恋。可是,在真正的疯狂处,主体消散,爱情却不复存在。这里我的疯狂,却仅仅是"不够理智",仍然屈从于"文化",因而"并不使人害怕"。但真正的疯狂,却是当语言无法得以建立之时,此时,爱情不复存在。

第七课

萨冈和《你好，忧愁》*

* 除特别标注之外，本章所参考的译文有：《你好，忧愁》，弗朗索瓦丝·萨冈著，
余中先等译，人民文学出版社，2006 年；《你喜欢勃拉姆斯吗……》，弗朗索瓦丝·
萨冈著，李玉民、余中先译，人民文学出版社，2006 年。

第一讲　无法和解的青春

如果说在每一讲之前，我都需要用三言两语对所要讨论的作家进行定义，在萨冈身上，无疑我会有点迟疑。我可能要使用一个我最不愿使用的、断断不想套用在我喜欢的作家身上的词：才女。这个词在今天只会让人感到伤心，它意味着，这个世界上，的确有人在凭借自己瞬间闪耀的才华写作，赢得过成功，成为一代人的偶像，却又会遭到这代人的无情抛弃。它意味着，她会很早成功，而且在成功之后，再也无法超越自己的成功，除非用生命相抵。它还意味着，她的私生活永远都在和她的作品同等重要的位置上：她的容貌，她的情感，包括她注定悲伤的结局——如果说人生的确是有结局的话。

为什么才女的结局注定悲伤？很简单，这是一个和青春挂钩的词。一个韶华已逝的才女唯一的走向是枯萎。聪明的女人在这之前会尽量摆脱这个身份：她会选择平实的男人，平实的婚姻，平实的职业，把梦想，把苍凉而漂亮的手势降到最低的程度。

萨冈就是这么一个才女。她具备才女的一切必要条件：少年成名，彼时青春美貌，与若干大人物有一定纠葛，感情生活丰富，身上充满传奇色彩,喜爱酒精、赌场、跑车和勃拉姆斯,沾染过毒瘾,甚至还进过监狱,最后是晚景凄凉。这位曾经在成名头十年赚得五亿法郎的女人临了死在朋友家的房子里:因为她已经没有属于自己的房产了。

如果她不是小说家,一切也许只是生活态度的问题,是属于个人的。但对于萨冈来说,事情要复杂许多。从 1954 年,她跨进朱利亚出版社的大门开始,事情就已经变得复杂了;从她变成萨冈开始,事情就已经变得复杂了。

关于个人生活,法国另一位著名作家西奥朗曾经说过这样的话:

似乎没有什么必要,然而回忆纷纷跳了出来,是回忆告诉我们,随着年龄的增长,我们已经站在了自己的生活之外,这些遥远的"事件"和我们不再有什么关系,有一天,我们会知道,这就是生活本身的一部分。但是,如果回忆不是向我们揭示了这些,它们还能有什么用呢?

我相信,我们总是靠回忆生活。普鲁斯特洋洋洒洒地写了那么多字,只是为了告诉我们:在记忆这条绵延的长河之上,我们永远没有办法站在现时这一点上。然而有人告诉我,如果我们回望过去,过去里只有痛苦和背叛,我们是没有希望的。记忆里只有日落时分的人,不会对明天即将升起的太阳有任何憧憬。

这不是我们这节课的题外之语,因为,当我们谈论萨冈的时候,无法不从记忆里搜寻我们的青春,哪怕你仍然还在青春里,你也会转过身,望着就发生在昨天的"遥远的事件",是在这个时候,你感觉有一点"忧愁"吧。你会发现,在近似透明的青春之中,竟然已经孕育了死亡、黑暗,当然,还有已经成形的"孤独"——孤独是一个人的命运。无从逃避。从最传统的角度上来说,爱情、友情、婚姻都拯救不了我们孤独的命运。

萨冈是记忆里的青春的代表,她的《你好,忧愁》一举成名之时,她只有十八岁,还是个高中生,比早就慨叹"出名要趁早"的张爱玲还要早。

半个多世纪以前,绝对是只有在法国才会有的场景:这个瘦弱的女孩子踏进朱利亚出版社的大门,神情略带羞涩,在手稿外面的黄色信袋的右上角写着:弗朗索瓦丝·古瓦雷,马莱布大街 167 号,1935 年 6 月 21 日出生。

我们在讲萨特的时候,曾经谈起过这个日子,也谈起过萨冈。不错,这个早年就在花神咖啡馆和马尔罗的女儿一起如痴如醉地阅读《恶心》的小女子日后如愿成为最后一位"存在主义"作家——这位颇为沉溺于星象的女作家一定相信与萨特同月同日生总是昭示着一点什么。萨特去世时,萨冈说,在这个没有萨特的世界里,她无法再独活三十年。果然如此,萨特去世之后,她只活了二十五年,而且在这二十五年里,每况愈下,直至因为所谓的骗税案被判入狱。或许,这也是萨特不再存在的一种有力证明吧,他真的走了,再心有不甘。

我们还是回到半个多世纪以前的那一天,在朱利亚出版社,在填好信息卡片之后,她问:"我什么时候能够有你们的回复呢?"

回复很快,成功也很快,有些猝不及防,这或许是才女的另一个标志:成功和青春一样,稍纵即逝。朱利亚出版社的审稿人以极快的速度读完这篇只能出自十八岁少女之手、却又因为是出自十八岁少女之手才让人感觉有些兴奋的小说,做如下评语:

在这篇小说中,生活如泉水一般流淌着,尽管小说的心理描写有些过于大胆,然而却是行之有效的,因为雷蒙、塞西尔、安娜、爱尔莎和希里尔这五个人物具有特别的典型意义,看完之后令人再难忘却。①

当然,在一个传统的,曾经拒绝过杜拉斯和克里斯蒂娜·拉什弗尔的审稿人看来,小说还是充斥着语法上、文体上的不规范。但是和一心想与伽利玛比肩的朱利亚来说,这里所可能蕴含的商机是最大的诱惑。而弗朗索瓦丝·古瓦雷也就这样坠入了才女的圈套,成为弗朗索瓦丝·萨冈,并且,在生命最后的时刻,也迎来了自己早就撰写好,不乏悲剧色彩的墓志铭:

这里埋葬着,不再为此感到痛苦的,弗朗索瓦丝·萨冈。

《你好,忧愁》获得当年度的批评大奖。最关键的问题不在文体,而在于小说所可能牵连到的道德。简单地说,这是一个十七岁少女的自述。十七岁少女塞西尔和自己的爸爸过着一种放荡不羁的中产阶级生活,某一年夏天,他们在海边度假,和爸爸原本的一位年轻女友在一起。塞西尔也碰到了颇为吸引她的希里尔。但是,已故母亲的一位朋友,安娜的到来威胁到了这份原本"无忧无虑"的生活。因为安娜是秩序、优雅、成熟的象征。最可怕的是,她很可能要和父亲结婚! 塞西尔开始了激烈而恶毒的反抗,她设计了一个圈套,让爸爸原本的年轻女友凭借自己的青春美貌再把爸爸夺回来。在她的精心导演下,她达到了目的,然而,表面上坚强而善于安排的安娜失去了自己最为重要的爱情之后,恍惚之中出了车祸,死于非命。安娜之死让塞西尔和爸爸过了一个月"鳏

---

① 出自《萨冈传》(Sagan),让-克洛德·拉米著(Jean-Clande Lamy),法国墨丘利出版社,1987年。

夫和孤女"的生活,随即,他们又任凭自己在原先的生活轨道中滑了下去。

一个没有分量的故事,配上没有分量的、"泉水一般流淌"的清新文体,但是,在半个世纪前的法国,它搅起了轩然大波。为这里面蛮不讲理的黑暗的青春,为最后冲向了死亡的秩序、优雅和理智。

我们在下一讲中会仔细来阅读这个故事。在这一讲里,我们暂且搁一搁。

自此之后,这个在成名之时尚未有资格签名领取自己支票的少女就已经带给人无数的想象了。这些想象无一例外地超出了她的文学天赋。

没有人记得她是从普鲁斯特那里,从萨特那里接受的最初、并且也是影响了她一生的文学教育。没有人会注意到那种记忆中带一点蓝色的忧愁色彩来自何方。在后来的《我最美好的记忆》中,萨冈这样慨叹道:

> 我发现(写作)没有界限,没有根本,我发现真理无处不在,人类的真理可以得到理解,到处绽放,我发现这才是唯一值得欲求、同时又是无法得到的……我发现写作的天赋是命运的礼物,它只属于很少的一点人,所有那些试图将写作当成事业和消遣的傻瓜所做的只是可能的渎圣行为。

然而,悲哀之处或许真的在于没有人会在意她将写作当成多么严肃的事情来对待。她在法国文学史上留下的,始终是那个十八岁的、略带忧愁、略显轻薄和疯狂的影子。人们把她和塞西尔混作一谈。她用了一生的时间去成长,仍然是那个无法和自己和解的青春的代表。

"我想和自己和解",这是《你好,忧愁》当中唯一让我心动乃至心疼的句子。所有的青春都必然包含一定的赌气成分在里面。无来由的抗争,和成人的世界,和秩序的世界,和这个约定俗成、长大后需要付出很大代价才能够抗争——并且得不到胜利的结果——的世界。然而,不是很明白为什么,也许萨冈的一生都没有和自己和解。

在日后的写作生涯和人生中,萨冈真的是任性的,她延续了那个任性的形象。她在后来的日子里,写遍了少女有可能坠入的情感陷阱;而在她后来的人生之中,她也经历了几乎是所有的可能性。

我不太愿意去想,萨冈就是《你好,忧愁》里的塞西尔。因为我相信,少女作家并非一定要经历过什么才能够写出什么。当然,或许会和她当时某种强烈的情绪有关,但这是另外一回事,不足以成为被指责的证据。

二十岁的萨冈又写了《某种微笑》。这一次,即将参加毕业会考的中学生和萨冈一样,成长为一名大学生。这位女大学生觉得生活很无聊,尽管也有爱情什么的。男朋友是很英俊的年轻人,但是,像很多女孩子在年轻时候所感觉到的那样,总觉得和自己的同龄异性有一定的距离,他们不能够给自己的心灵带来满足。于是,她爱上了男朋友的舅舅,就是因为这位舅舅的眼睛里带一种"灰色的忧郁"。男朋友的舅舅和《你好,忧愁》里的爸爸雷蒙一样,富足,安定,家有贤妻,只是不知哪里来的一点忧郁,使他更加平添三分的魅力,小说里这样描写舅舅吕克:"他有一对灰色的眼睛,神色疲倦,几乎显得忧郁,透出一种独特的美。"他也是个花花公子,游走于女人之间。因此大学生多米尼克和吕克毫无新意地坠入爱情之中。这个故事当然和人世间绝大部分的爱情一样收尾,那就是不爱了。男人发现女人并没有什么不同之处,女人同样发现男人也没有什么不同之处。于是,有一天,多米尼克无意间照了照镜子,情不自禁地微笑。虽然,在她的身上,"某种东西已经泯灭"。

萨冈最大的好处——也许是最大的坏处——在于她从不追问,泯灭的究竟是什么。女作家的问题，尽管她是最后一位存在主义的女作家，然而她连默尔索那句"大概是不爱"都说不出来。只能模模糊糊地说某种东西泯灭了，并且是泯灭在"某种微笑"里。这也许是她最终无法不遭到指责的原因吧：没有人相信她也同样会有严肃作家的野心。她也是在存在中挣扎着想要表现什么。可是，人们到头来还是要说她"主题狭隘"，"只会描写中产阶级无聊而腐朽的生活"。因为她的小说里，既没有古典小说的严肃性，也没有现代经典小说的毁灭性。她是轻的，俏皮的，戏谑的，而且是女性的。

而她的挣扎，在《你喜欢勃拉姆斯吗……》里却非常明显。这里有古典主义的失败——尽管萨冈本人非常喜欢勃拉姆斯。但是，她安排了这位古典主义最后一位大师的失败。这里面的西蒙和宝珥完全是勃拉姆斯和克拉拉·舒曼的翻版，一段纯粹的精神之恋。年轻英俊的西蒙可以做到"像圣女守护圣火一样守护着宝珥的睡眠"。可是问题在于，在这个社会里，若问出这个问题：你喜欢勃拉姆斯吗？答案多半是不。相当的一部分人不会理解勃拉姆斯那种超乎寻常的严苛、古板和禁欲主义有何意义。的确如此，宝珥不能够理解，她宁可重新投入十足的浪子罗杰的怀抱。这已经是一个不再有古典精神存在的社会。

不会有人理解勃拉姆斯的痛苦：他在这个社会里所表现出的隐忍，他唯恐刺激感官所避之不及的美。甚至有人因此指责他恰恰是违背了古典的精神。但是，十九世纪也已经不再是莫扎特的社会，他除了隐忍地维护心中那一点点可怜可笑的梦想，还能做什么呢？否则，他将失去他永恒的爱情。

当然，在生活上，萨冈不会再成为勃拉姆斯第二。恰恰相反，她从不禁欲。

《你好，忧愁》在一夜间洛阳纸贵之后，萨冈似乎拥有一切：青春、金钱、美貌和疯狂。这个在严苛的中产阶级家庭长大的孩子成为自由的代名词,她拥有一切,但是她知道自己会失去一切:说到底,这是忧愁的来源吧——并不见得是无病呻吟。因为,她从此再也无法和自己的青春和解:别人可以,她不可以。青春是她的一切。从而也预言了她将失去一切。

不知道为什么会对她有那么深的同情:也许叨在同行、叨在同性。也许因为她在得了奖之后说的那句:"我突然成了一个作家,我只有继续下去,别无选择。我很不幸。我想成为普鲁斯特或者司汤达,但是我没有这个能力。"

没有这个能力:女性作家多么无奈的推诿啊。但是也真的如此,女性作家——除了极少数——很少会去争取自己的意义和地位。她们不要承担能力,所以喜欢说:我没有这个能力。

她以为有能力把握自己的人生:实际上也没有。写小说的人应当最明白这一点。反正她是挥霍上了,置任何利益、羁绊于度外。在她二十二岁的时候,她开着用稿费买来的一辆二手的阿斯顿·马丁跑车冲进沟里:从此,她的身上更带有一份与死亡擦肩而过的传奇。因为生命悬于一线,她染上了毒瘾,需要大量的吗啡镇痛。

在人的生命中,可以成瘾的东西很多:酒精、香烟、毒品、爱情、写作……凡是可以挑起人欲望的,能够给人以暂时的安慰的,都可以上瘾。萨冈染上毒瘾——虽然日后她为此遭到不少指责——多少有些迫不得已,在车祸之后她还是进了戒毒所。她对毒品其实有清醒的认识:

人们吸毒,因为生活令人厌烦,周围的人令人疲倦,不再有主流观念可以遵循,因为活得没劲。必须在生活与自我之间放上一小片硬纸板。我觉得合适的东西——如果我们想要通过某种稍微聪明一点的方式逃避生活的话——就是鸦片。

没有人再喜欢勃拉姆斯了，这个世界让人有些无所适从。那么我们又还能怎么样呢，只能沉沦。像塞西尔那样，像雷蒙那样，辗转于灯红酒绿的世界里，浮泛地掠过生活的表面，不去深想。现代人在反对主流道德的时候曾经那么英雄主义，那么义无反顾。革命完了，竟然又是那么迷惘。

大家当然更不会放过萨冈的爱情生活。这个自由的代言人注定不会缺少爱情，因为她拥有一切让男人着迷的本钱：自由、聪明、才气，甚至美貌，还有青春——永远的青春——仅仅一本《你好，忧愁》就将她彻底锁定在青春的平面上。如果说杜拉斯是十八岁就老了的话，也许萨冈到八十岁也还不老。从另一个角度来说，我们也就很能够理解她为什么不适合婚姻。她的第一任丈夫是成功男士的经典代表，四十多岁，举止高雅，富有，体面，出入上流社会。故事也足够感动人，她因为车祸昏迷之时，这个男人在她耳边喃喃低语：如果你醒来，我就娶你。这个和小说中的雷蒙、吕克和罗杰颇为相似的大出版商恪守了自己的诺言，但是，这桩婚姻只维持了十八个月。其实萨冈在结婚前已经开始犹豫。她和自己的哥哥在意大利的城市间飘荡，到处打电话说自己不要结婚，不会出现在婚礼的现场。结婚的场面也颇为戏剧，尽管有成群结队的新闻记者，但是两个人竟然忘记邀请双方家人，忘记互换戒指。

我们总是在生活中心存幻想，觉得爱情可以帮助我们逃避孤独。然而，婚姻会令我们更加清醒地意识到一个无奈的事实：哪怕是爱情，也无法让我们逃脱终身孤独的命运。因为这是命，套用萨特所说的话，人是被判孤独。

她和第一任丈夫离婚不久就再次结婚，这一次，是为了即将到来的孩子。第二个丈夫年轻、英俊，和第一任丈夫完全不同，萨冈的传奇就在于她从来不复写自己的故事。一年以后，她再度离婚，虽然仍然继续维持着和第二任丈夫的同居关系——这也一直是为关注她的人所津津乐道的话题。

关于爱情，她曾经和朋友说：

当两个人开始互相厌烦，因为厌烦而发抖，那就跑掉算了。我有的时候会突然结束某些事情，就是为了不让它们朝更坏的方向去，就是为了逃脱两个人一言不发地吃饭的场面，我觉得真是可怕极了。不再有向对方倾诉一天以来发生的事情的欲望……是的，就是这样，爱情就是想告诉对方一天以来发生的事情，就是你所有的生活里的桩桩件件只在于逗对方开心，让他笑，这才是爱情。①

这是萨冈关于爱情的定义，或者更确切地说，是关于不爱的定义。婚姻里一蔬一饭的实质就在于维持和重复。如果人们不撒谎，这日子是没有办法过下去的。传奇的才女可以，别人不可以。因此传奇的才女在死的时候，法国的文化部长说，"在她生命结束之际如此孤独的境况，令人侧目"。

绝大多数人都会选择和自己的青春和解，这就是成长。但是萨冈没有。她不是女权主义者，但是她却提高了女人的地位：不做主流道德的牺牲品，不做社会制度的牺牲品，不做家庭的牺牲品，面临变化时，敢于用青春的勇气和残酷面对。

---

① 出自《萨冈传》(Sagan)，让-克洛德·拉米著(Jean-Clande·Lamy)，法国墨丘利出版社，1987 年。

是的,残酷。能够致安娜于死地的青春是残酷的。但是这份残酷并不只针对他人,它更多指向自己。这也是青春令人心生怜意,可以得到原谅和宽恕的地方吧。

还有她和大人物的纠缠,和萨特,和密特朗。萨冈的生活里从来不乏耀眼的大人物,除了文人的圈子,还有政治人物。马尔罗的女儿和她自小形同姐妹。密特朗曾经带着她两次出访——尽管她在和杜拉斯的唯一一次对话中,把票投给了戴高乐,而不是密特朗。而且,萨冈晚年的骗税案也因牵涉到密特朗而更加显得扑朔迷离,波涛汹涌。

当然,最为引人注目的是她和与她同月同日生的萨特的关系。在萨特晚年失明之时,萨冈给他写了一封情书,后来公开发表。自此之后两个人每隔十天吃一次饭,用萨特的话来说,像两个偶尔在火车站相遇的陌生人那样说说话,并不涉及彼此的生活。

其实一切都无所谓,因为一生传奇的才女的命运自然需要这样的点缀。哪怕她是自由的代言人,她始终不曾摆脱的,是自成名之日起对自己命运的指认:拉康的所谓镜像吧。真是悲凉。

我想,我讲到这里,你们可能也会和我一样,不自觉地想起中国文学史上的典型才女:一个和萨冈一样不伟大,然而却很难绕过的才女;一个和所谓的文人圈或者大人物也多少有些纠葛的才女;一个也有过两度婚姻,可是到最后只有"萎谢"的才女;一个生平和作品一样为人们津津乐道的才女;一个同样用冰冷的语调和色彩去写爱情游戏和婚姻琐碎的才女;一个终身想摆脱什么,甚至去做了《红楼梦魇》,可是最终也没有能够摆脱什么的才女;一个晚年的孤独境况也同样"令人侧目"的才女;一个终生也没有能够和自己的青春和解的才女。

这是命,还是时代?没有人知道。只是,当女人在青春年少的时候,都不再为爱情说谎,都不再相信——不是不愿,而是不敢——勃拉姆斯对自己近乎严苛地不放纵，都觉得向爱着的对方讨一个天长地久的说法是近乎荒唐的事情，这是怎样的悲凉啊。在这悲凉之中，的确需要有一个人来轻轻地告诉你一声：不要再和自己赌气了。在这样的悲凉当中，我们所要做的只是远离才女华丽而苍凉的命运，带着深刻的同情。

第二讲　你镌刻在天花板的缝隙
你镌刻在我爱人的眼底

　　畅销女作家的特点,在于她们几乎从来不问生存背后的东西:从这个意义上来说,大众原本不想了解太沉重的问题和答案。知道为什么爱,为什么不爱,或许爱从此不复存在。同理,知道为什么存在,为什么不存在,或许命从此也不复存在。爱情,生命都需要一种义无反顾、不加追问的盲目性。因此,畅销女作家在本质上更接近于诗人:她们创造情绪和意象;她们没有责任说清楚这情绪和意象来自何处。

　　在《你好,忧愁》里,十八岁的萨冈为我们创造的就是这样一种没有来由的情绪。它的名字叫做"忧愁",是不解青春、不解人生、不解结局的忧愁。

　　小说的故事情节比较简单,文字更加简单:十七岁少女的眼光看出去的世界,她只将世界分成两部分:喜欢的和不喜欢的。但是,成人的世界里,远远大于喜欢和不喜欢的,是应该喜欢和不应该喜欢的差别。或许,是这样的差别造成了小说的戏剧冲突,造成了塞西尔和安娜的冲突。

塞西尔和她的爸爸过着闲适、放荡的生活,不愁衣食,灯红酒绿,随遇而安。这应该算是典型的现代人生活吧:爱也寂寞,不爱也寂寞,华丽的生活背后是更大的寂寞。从这个道理上来说,忧愁换成寂寞,应当也是可以的。但是在我们青春年少的时候,也许总还有某种希望,以为寂寞是可以排遣掉的。即便不能够寄希望于爱情,也可以寄希望于某种激烈的情绪吧:比如反叛、疯狂什么的。

回到《你好,忧愁》的故事。这是一个属于十七岁少女的故事,到这个第一次让她体会到和死亡如此近距离接触的事件发生之前,她一直沉浸在"幸福"里。从寄宿学校回来,她很快就习惯了父亲那种"为人轻浮、善于经商、对事物充满好奇心,但也很快丧失兴趣"的性格,因为在这轻浮的性格之后,是"善良、慷慨、快活,对我充满爱怜"的另一面。

这当然是与勃拉姆斯的古典主义完全背道而驰的精神:所谓的中产布尔乔亚的精神。和萨冈的音乐口味不同的是,她的小说完全是法国香颂的情调,有一点忧愁,这忧愁好似在心中"展开了一匹绸缎,有什么东西在轻轻地撩拨我,让我遁离了他人"。因此,忧愁是一种——像小说里用的那个很到位的词说的一样——很自私的情感。

在一个女作家的成名作里,我们往往能够读到非常到位的感觉,因为这个时候,她们是在凭借自己超乎寻常的感觉写作,在技巧之外,始终是一种无法解释的灵性在起主导作用。这里面所包含的宿命性悲剧就在于:如果在日后,她仍然在文字里辗转,她懂得了技巧,懂得了设计,她或许就必然要失去最初让她闪耀光华的灵性。

没有这样超乎寻常的感觉的人,是不会如此到位地描述爸爸雷蒙的性格的。我们在更加传统的作品里读到的经常是所谓"鲜明"的人物:善,或者恶,美丽,或者丑陋,浪漫或者现实,聪明或者愚笨,成功或者失败——不,十八岁的萨冈告诉我们不是这样的。不是这样,轻浮与善良会同时存在；美丽与罪恶更像是一对彼此不能分开的恋人。人生是这样的道理，当一切都是蜻蜓点水的时候，你不会伤害到别人，同样也不会伤害自己。没有唯一，没有绝对，因而也就没有选择。而古典主义，尤其到了勃拉姆斯的时代，在隐忍和不放纵之后，是被深深压抑的激情。因为被压抑，在精神的世界里这激情才更加磅礴，从而也更加能够置人于死地。

当然，选择也许是迫不得已的。因为作为社会的道德标准和约定俗成来说，轻浮与善良只能是矛盾的概念，不能同在。在塞西尔、爸爸雷蒙、爸爸的年轻女友爱尔莎以及塞西尔在海滩边遇到的男友希里尔的度假天堂里，来了一位代表秩序、优雅、道德、智慧的人物：安娜。她威胁到了"无忧无虑"的幸福世界。

安娜是塞西尔已故母亲的朋友。如果说爸爸雷蒙到了四十多岁还在过孩子一般的生活，安娜不是。她是真正的成人世界，而且，她还想凭借成人世界的魅力——凭借已经得到公认和首肯的美丽改变那个轻浮而善良的世界。

于是矛盾在瞬间显现出二元对立、你死我活的本质。作者凭借这一冲突告诉我们，哪怕是在青春的绝对中，我们也许也不得不做出选择：反抗，是选择的一种。

青春的世界，尽管是相对弱小的世界，有的时候却能爆发出极度的能量。安娜的到来也许正是激发出了塞西尔的所有能量：黑暗的能量。这是人生的无可奈何，有的时候，井然的秩序所调动出的，竟是不顾一切想要破坏这秩序的罪恶。尤其让塞西尔不能容忍的是，事情竟然像她隐约担心的那样，爸爸和安娜相爱了。那个优雅、道德、智慧的化身要挽救沉沦在灯红酒绿里的浪子。塞西尔说，生活不应该是这个样子的。

这里面的人物关系从表面上看来再简单不过。五个人物，一个人在对抗另外的四个。塞西尔、雷蒙、爱尔莎和希里尔在塞西尔的精心组织下对抗着安娜：因为安娜代表"将要走向完善的生活"，她将把塞西尔和父亲带向完善的生活。塞西尔不能够甘心，因为在安娜到来之前，她将王尔德的那句话当成自己生活的座右铭：

罪恶是在现代世界中延续着的唯一带有新鲜色彩的记号。

并且她说，我考虑着，要过一种卑鄙无耻的生活，这是我的理想。

看上去，这的确有些像两代人之间的矛盾：安娜和塞西尔。但是事实也许不完全是这样，不要忘记，爸爸是安娜的同时代人，可是爸爸雷蒙却教会了塞西尔对于爱情的现代观念，他换了一个又一个女人，是他"启发起我心中对爱情这类东西产生的一种大彻大悟般的厚颜无耻，在我这种年龄和经验的人看来，爱情中消遣的成分多于感人的成分"。

什么是对于爱情这种东西所产生的"大彻大悟般的厚颜无耻"呢？

萨冈的世界，也许从她成为萨冈开始，就是——尽管她是一个畅销女作家——一个古典传统和现代精神交战的世界：这就是安娜与塞西尔的斗争，斗争的结果是两败俱伤。

因此，安娜与塞西尔的斗争，在某种程度上并非两代人的斗争，它更像是一个人的两种分裂状态：人或许一直是这样，堕落、罪恶、放纵，这一切显得如此"色彩鲜艳"，可是，在心里的另一端，永远都有个声音在说，不，不应该是这样的，真、善、美应该存在，你应该相信它们的存在。

当然，在萨冈的笔下，这个声音是来自外部，来自不期闯入罪恶世界的安娜。而"大彻大悟般的厚颜无耻"却早就已经在塞西尔的灵魂深处安营扎寨。

为了这个声音，塞西尔调动了一切因素与之抗衡：在那个四人集团中，其实剩下的三个都是塞西尔的帮凶，放纵的青春的帮凶。塞西尔甚至不惜求助于恶毒的诡计。她精心导演了一场戏，安排爱尔莎重新出场。她要证明，再多的优雅、道德、智慧都抵不过最物质的东西：爱尔莎的青春美貌。物性世界的诱惑就在这里，当你拥有它的时候，你或许可以假装高尚，希求所谓的高贵、气度什么的；然而你一旦失去它，它就会如一条毒蛇一般紧紧地缠着你，让你不得安宁。果然，雷蒙受不了，他在矛盾中渐渐丧失了抵抗力。他又不自禁地回到了那个物质诱惑的身边，不自禁地回到了原来的生活里——尽管，由于安娜的到来又离去，他究竟还和女儿一样，有一种"丝绸一般"的忧郁，有了那种不属于他的高贵而自私的情感。

除了爱尔莎这个帮凶，在塞西尔的毒计里，还有另一个帮凶希里尔。这是一个接近于没有大脑的少年俊男的角色。虽然赛西尔和希里尔之间的故事绝不是《你好，忧愁》里的重点，但这却可能是《你好，忧愁》能够为萨冈带来成千上亿法郎收入的关键所在：一个十七岁的少女，被安娜这样的成熟女性（就像母亲那一代人总是要对女儿说的那样）告诫说：这种玩闹到最后往往是要上私人诊所去的。可是，当塞西尔受到安娜的刺激，更加发疯般地冲向希里尔的怀抱之后，她竟然没有落得进"私人诊所"的下场。

法国是一个到上个世纪六七十年代，女性才拥有合法的堕胎权的国家。因此，赛西尔和希里尔的故事虽然并非是《你好，忧愁》的主体，但却足以在法国乃至美国这样的西方世界挑起轩然大波。

堕落和沦丧会是一件非常快，非常容易的事情：世界的变化，原本在半个世纪不到的时间里进行完毕。

我们可以想象，也许萨冈如果不是最后一位"存在主义女作家"，倒有可能成为最后一位"浪漫主义写手"，因为，她不无痛苦地在表现着这种充满热情的崇高之爱与毫无分量可言的现代爱情游戏之间的较量。

无疑，从结局来说，传统不会有好的下场——这一点，我们从勃拉姆斯的严苛和禁欲中已经得到了答案。如果说有人指责这最后一位古典大师恰恰是在违背热情、浪漫的古典主义精神，我们应当能够明白，这种超乎寻常的压抑却证明热情、浪漫在现代社会已经不再有属于它的土壤和空气。我们应当能够明白，所谓的最后说明的是什么。

是我们再也不能够相信人的本性中有对真、善、美的向往；是我们不再能够相信，我们的热情，我们以为美好的东西不需要靠道德的约束也能存在；是我们不再能够相信，罪恶和美丽是反义词。

罪恶是与生俱来的，几乎不需要怎么学习就可以拿王尔德的话来当作一生的座右铭，而帕斯卡却是怎么读也读不进脑子里去。"柔顺而固执"的青春也无师自通地学会了自编自演，一定要将人生牵引到自己所设想的方向上去。

《你好，忧愁》会让人突然想起张爱玲的《心经》，一篇其实在张爱玲的小说创作中几乎不占什么地位，可是主题却相当西化的中篇：恋父。而且也是同样黑暗、绝对、伤人伤己的青春。

《心经》的恋父相对更加明朗一些，因恋父而产生的冲突从小说的一开始就在舞台上色彩鲜明地展现出来。在某种程度上，它有些像《你好，忧愁》的补充。虽然，我们一贯将萨冈定义为情爱小说的写手，可是我们会看到，和所有的感情一样，爱在《你好，忧愁》里是苍白的，没有热情的，无需捍卫和斗争的：塞西尔和希里尔之间，爱尔莎和雷蒙之间，甚至雷蒙和安娜之间。只有塞西尔对父亲雷蒙的感情除外，因为雷蒙是她生活的起源，是她对于这个世界的认识的起源，就是她生活方式的一部分。爱尔莎和安娜其实都是外来的因素，不同的只是，爱尔莎不会威胁到"我"和父亲的世界，她是顺从的，依附的；安娜则不同，塞西尔知道她的到来会彻底地破坏她与父亲之间，破坏原来包裹着她和父亲的同一种空气。因此她才会凛然抗争。

不想提弗洛伊德，但是，弗洛伊德的确在这个世纪初，和马克思一起平分了看待这个世界的方法论的天下。文学作品上会留下最深的印记。

如果按照弗洛伊德的观点，恋父和恋母几乎在所有少男少女的心底里埋藏着：因而连带着会有很多母亲与女儿、父亲与儿子的冲突。母亲自女儿出生之日起，就会暗暗地将女儿置于竞争者的地位：很多文学作品也从另一个方面展现了这类情结。和萨冈一样，我们不深入。但是，我们有必要回想一下萨冈在青春时代所写下的小说中的典型的情爱关系。

《你好，忧愁》里的塞西尔和雷蒙，《某种微笑》里的多米尼克和吕克似乎都是这样的关系。只是到了《你喜欢勃拉姆斯吗……》中，西蒙和宝珥的关系因为映照着勃拉姆斯和克拉拉·舒曼的感情，正好是年轻的男子和成熟的女性之间——倒有些像是恋母了。作为女性作家，萨冈更加不可能深入这类情感的心理描写，因此，只是停留在所谓灵与肉的冲突上，几乎让人忽略了其中奠定这类性心理的弗洛伊德解释。

对于这样的感情，在《你好，忧愁》第一部第一章里，萨冈就轻描淡写地加以定义了：

我不喜欢青春。比起青年人，我更喜欢父亲的朋友。那些四十来岁的男人，他们彬彬有礼地跟我说话，满怀爱怜，体现出一种父亲兼情人般的柔情。

很有意思的是，《心经》里的父女都意识到这种不正常的情感的存在。父亲用了极为不正常的方法来化解：他故意爱上了和女儿有几分相似的同学绫卿；而女儿小寒则打算和追求过自己，因自己不爱想塞给绫卿的男同学龚海立结婚。这个冲突还是在某一天的大雨滂沱中被母亲制止了，以母亲最终将女儿送往舅母家而告终。

在张爱玲的笔下，很西化的主题，但是很古典的写法：大量的对话，描写(从外貌开始到人物的衣衫——当然,这是张爱玲最擅长的),第三人称的叙述,人物的冲突,心理活动在人物行为细节上的影射。对照之下,我们似乎反而能够清楚地看到萨冈从十九世纪小说传统转型到现代的写法。

的确,问题不是出在主题上。萨冈的问题在于,这么沉重的一个命题,她竟然用了这么蜻蜓点水的语言来写,蜻蜓点水的故事,蜻蜓点水的结构。所有的一切到还没有深入的时候就中止了,然后,再滑向另一段曲折,流水一般。

《你好,忧愁》用的是第一人称。第一人称叙事曾经是小说史上一个重大的发展——当然在萨冈这个时代,早已经不乏这一类的小说了。第一人称叙事的好处在于可以用"我"的嘴和眼睛来摒弃文学中那个至高无上、仿佛上帝一般无所不在的叙事者的地位。这双眼睛从此有了具体的居身之处,它和所有个体的眼睛是一样的:萨特告诉萨冈(我们知道,《恶心》是日记体的小说,而从文学的形式来说,给萨冈最多影响的普鲁斯特更是一个第一人称叙事的高手),不要回避作为个体的主体性,因为这才是真正的主体性所在。

对物和人的外在世界的描摹也在萨冈的小说中渐渐隐退:但是她并没有完全摒弃,这就是为什么无论如何我们很难注意到萨冈作为小说家的野心,因为她显然不愿意让小说因为骤然脱离传统手法、彻底打断读者的阅读期待而显得生涩、难读。但是,如果我们合上《你好,忧愁》,是没有办法画出这五个人物的形象的——这可以成为传统小说与现代小说之间的巨大差别之一。你不会知道现代小说里的这些人物长着什么颜色的眼睛,什么颜色的头发,多高,多重,多美丽。在萨冈的笔下,一切描写只是到漂亮、美丽、冷漠、唐璜式的外表(注意,唐璜式的外表更多趋向于一种气质性的描写)和拉丁人为止。黑色或者黄色的头发,蓝色或者绿色的眼睛从根本上不能改变生存的本质。

不过，也许"灰绿色的眼睛"是例外，因为那是忧郁的色彩。

同样，传统小说作品中的事件依然存在，一点点出发去高潮，不同的只是，每一个事件都发生得猝不及防而又在意料之中：安娜和爸爸雷蒙相爱结婚；爱尔莎的离去；塞西尔和希里尔之间所发生的一切；塞西尔所导演的恶作剧的每一点进展；安娜的离去和事故；塞西尔和爸爸的忧愁……铺垫手法不见了踪影，一切以最快的速度冲向结局，然后，开始下一幕。

和我们想象的也许略有不同，描写结局的人并不必然在乎结局。《你好，忧愁》中的安娜之死和波伏瓦《名士风流》里安娜差一点死去截然不同。安娜撞见了父亲和爱尔莎，像塞西尔所预料的一样，以最快的速度离开，并且车子翻在最危险的地段：像是自杀，又像是事故。

这倒并非败笔，而是现代的年轻女作家不得不做出的人物命运的选择。因为这里面没有强烈的爱情——不像《名士风流》里的安娜，在刘易斯那里发现了强烈的爱，这份具体的爱对她而言就是生命的动力。然而，和男人不相信上帝一样，女人也不相信爱情了。还不如任爱情中物的一面将自己带走：一蔬一饭的婚姻，或者是盲目的肉体之爱。萨冈对爱情也同样有些无能为力。我们甚至能够读到我-塞西尔在爱情面前的无能为力：哪怕是在写优雅、智慧、秩序，应当能掌握爱情的安娜和爸爸雷蒙相爱，她似乎也无从下手。

因而这破灭，她是掌握不了的。只有让安娜彻底离去。这样才能够成就如此高贵、丝绸一般的忧愁。

在小说的结尾，萨冈当然会用现代的方式拒斥古典悲剧的到来：

整整一个月，我们俩足不出户地生活着，像一个鳏夫，还有一个孤女，一起吃晚饭，一起吃午饭。偶尔我们也稍微谈论谈论安娜："你记得，那天……"我们小心翼翼地谈论，眼睛盯着别处，生怕伤害我们自己或者有谁心中爆发出什么，蹦出不可收拾的话来。这类谨慎，这类相互的稳妥，自然得到了它们的报答。我们很快就以一种正常的调子谈论安娜，如同谈论着一个我们本可与之一起幸福地生活，但却被上帝召去的亲爱的人，我提到上帝纯属偶然，我们不相信上帝。在这种环境里，相信偶然的机遇也就已非常幸福了。

塞西尔有了新的男人，雷蒙有了新的女人。这个故事，仍然是永远没有尽头的故事。这才是现代人真正的绝望：因为如果说事件仍然在继续，它们已经不能够改变我们的生活，不再能给我们惊喜。在这个意义上，所有的事件和平滑流动的时间，和流水并没有差别，我们不再能够有希望，不再有悲痛，日子和默尔索所面对的日子一样，是不分白天黑夜的。再套用我们即将阅读的昆德拉的话，应该就是"生命中不能承受之轻"吧。

第八课

阿兰·罗布－格里耶和《橡皮》*

* 除特别标注之外，本章所参考的译文有：《橡皮》，阿兰·罗伯－格里耶著，林秀清译，译林出版社，2007年；《吉娜·嫉妒》，罗伯－格里耶著，南山译，上海译文出版社，1997年；《弑君者》，阿兰·罗伯－格里耶著，湖南文艺出版社，2011年；《在迷宫里》，阿兰·罗伯－格里耶著，孙良方、夏家珍译，湖南文艺出版社，2011年；此外，还参考了《阿兰·罗伯－格里耶》，罗歇－米歇尔·阿勒芒著，苏文平、刘苓译，上海人民出版社，2004年。罗布－格里耶亦译作罗伯－格里耶。

第一讲 零度写作的典范

在《文学理论》中，韦勒克在肯定可以对文学进行科学研究的基础上，提出了一个重要观点。这个观点是针对做文学理论的人提出的，他说，做文学理论的并不必定要是创作家。之所以说这个观点很重要，是因为这个观点的提出一下子就把文学和其他科学区分了开来，它让我们联想到：在人文科学的领域，在实践与理论之间，在可遇不可求的个体因素与规范之间的确存在着一条难以描述清楚的鸿沟。而且，这条鸿沟并不一定需要填平。

在我们讲述阿兰·罗布-格里耶之前，我们有必要反过来思考一下这个问题：如果说做文学理论的并不必定要是创作家，而创作家更不必是文学理论家，那么，假如在必定之外，真的有一个人，身兼创作家和理论家的角色，事情会怎么样？他在文学史上又会占据怎样的位置？

阿兰·罗布-格里耶恰恰是这样的一个作家——或者，用昆德拉喜欢的词来说，是这样的一个小说家。于是，可能和我们在这之前所讲的萨冈截然相反，他不是等别人来定义自己的：才子之类的悲剧不会发生在他身上。他一边定义自己一边写作，一边构建他的文学主张，一边将之完全实践在自己所控制的小说领域。正是因为这样的原因,罗布-格里耶成为实际上拥有最少读者,然而却拥有无上知名度的法国当代最重要的小说家之一。

如果一个人的写作,可以让所有人都舍去不读,却不能让人舍去不谈论,应该说,这真的是现代小说的幸运。因为阅读被作者自己开启了,它成了当然的未完成。

罗歇-米歇尔·阿勒芒在《阿兰·罗伯-格里耶》一书的引言中这样说:

一方面,学术批评界对其作品持一般的欢迎态度,而科学家则不断地予以分析。另一方面,他的作品在广大读者中只引起微弱的反响,而这位艺术家、讲演家的警句,他在报刊上采取的旗帜鲜明的立场,他多次参与的广播或电视对话,都使他过早地声誉鹊起,超越了知识界封闭的小圈子。罗伯-格里耶很快成名,而其作品往往未被真正认识。①

这段话中有几层意思值得我们深入思考一下:

首先,如果说罗布-格里耶是一位小说家,显然,他没有得到过真正的,来自读者的喜欢和理解。那么,他带给读者的究竟是什么? 在这样的一个时代里,小说的功能又是什么?

其次,这一段话的开头让人颇为不解:何谓"学术批评界对其作品持一般的欢迎态度,而科学家则不断地予以分析",这里的"科学家"确指怎样的人群?

———————————

① 《阿兰·罗伯-格里耶》,罗歇-米歇尔·阿勒芒著,苏文平、刘苓译,上海人民出版社,2004年,第1页。

最后，当我们说罗布-格里耶"超越了知识界封闭的小圈子"的时候，我们也许需要更确切地知道，一位小说家，如果不像萨特那样，让一个时代的思想和他无法脱离干系，他如何还能"超越知识界封闭的小圈子"？并且，是在"作品未被真正认识"的前提下？

当然，在谈论罗布-格里耶和他的作品前，我们必须提到的一个概念是"新小说"。假如我们将新小说视作某个流派，这个流派的代表人物无疑就是罗布-格里耶。除了他之外，我们熟悉的人名还有米歇尔·布托（Michel Butor），萨缪尔·贝克特（Samuel Beckett），克洛德·西蒙（Claude Simon），娜塔丽·萨洛特（Nathalie Sarraute），罗贝尔·潘热（Robert Pinget），克洛德·奥利埃（Claude Ollier），当然，或许会再加上后来无意之间成了畅销作家的玛格丽特·杜拉斯。

这是一群写作风格迥异的作家。不过，埃米尔·亨利奥特在1957年某一日的《世界报》上首次将他们聚集在"新小说"的概念之下时，我们不得不认为，这些作家之间是有一定联系的。最为显而易见的联系是他们都从属于一个出版社：法国的子夜出版社。而出版商吉罗姆·兰登在某种程度上可以与两次世界大战期间的加斯东·伽利玛相媲美。

既然是"新的"小说，它宣告的是和旧的小说世界之间划清界限。这些作者都有破坏小说传统的野心——不论他们在实践中体现出怎样完全不同的风格与面貌。旧的小说世界是巴尔扎克式的小说世界：是可以预见的、符合既定小说道德的和布尔乔亚式的小说世界。在那个小说世界里，最重要的是按时间顺序组织的小说情节、小说人物和人物的心理活动；是我们一直在强调、而新小说人物齐心协力在破坏的事件的因果链，曾经让我们充满好奇、等待和希望，并且从中得到安慰的因果链；总之，就像新小说另一位重要的批评家里卡尔多（Ricardo）所说的那样，是"建立在人格类型学基础之上的'伪现实世界'"。如果说古典小说追求的是小说人物的"奇遇"，新小说的这些写手高唱的就是"写作本身的奇遇"，和杜拉斯那句著名的"爱着爱情本身"是一个道理。

小说于是成了语言的试验场，写作行为本身的试验场——因此，与现实中的人物无关，与他们怎么想这个世界，对这个世界持有什么样的感情没有关系。于是，物质、时间、空间成了小说颠来倒去玩味的对象，还有记忆和反复。

阿兰·罗布-格里耶的成名作是我们即将要做解读的《橡皮》。在解读之前，我们很难对这个故事进行陈述。总之，这个看上去一团乱麻、不知所云的所谓侦探故事在1953年引起了评论界的兴趣，从此这位农艺工程师成为新小说的领军人物。

两年之后，他出版了《窥视者》。《窥视者》引起了一场风波。这部花了两年时间才销售掉一万册的小说在法国著名文论家布朗肖（Blanchot）的力荐之下，得到了文学批评大奖。然而，其他一些评委都相继表示了愤怒，甚至，有一位评委在《世界报》上撰文说，罗布-格里耶的书应当交给轻罪法庭审判，而不是交给文学评审委员会来评审。然而，罗兰·巴特和布朗肖给予《窥视者》高度评价。我们知道，罗兰·巴特在发现了罗布-格里耶之后，立刻"抛弃"了加缪，转而将罗布-格里耶奉为零度写作的典范。

《窥视者》同样是一个"无法复述"的故事。我们只知道，小说里的主人公叫马蒂亚斯，他身上有一个假设的犯罪案件——之所以说假设，是因为罗布-格里耶的所有小说情节都是不确定的，里面所牵连的谋杀（比如说《弑君者》和《橡皮》）都是不确定发生的。我们甚至可以设想，作者对即将在他笔下发生的一切，并不比读者更有把握。如果一定要加以简述，从时间的角度来说，《窥视者》的故事分成三个部分。在第一个部分里，手表推销员马蒂亚斯下了轮船，到达一个十字路口。第二个部分里，马蒂亚斯耽误了回程轮船,而原则上他应当在小岛上度过六个小时的时间。第三个部分是从他凝视一则电影广告直至他第二天重新上船。但是在第一部分与第二部分之间有几个小时的时间空白,而在这空白的几个小时里,有一个小女孩儿死了:所有的疑点集中在了马蒂亚斯的身上。

小说采取第三人称叙事:我们曾经讲过,第一人称叙事是小说史上一个重大的创举,因为第一人称叙事破除了无所不在的"上帝之眼"的叙事者神话。但是罗布-格里耶破除的是另一个神话,即所谓的心理的神话,是另一个"人眼"的神话。巨大的客观世界并不为"我"的心情而美丽或丑恶。他的第三人称叙事让我们同时站在马蒂亚斯身旁,并且身处马蒂亚斯"之外",跟着他,坠入小说家所散布的"空白"之中。

情节被完全地毁灭了,因为没有任何直接的证明可以告诉我们事情按照某种逻辑在发展,并且得到某种结果。没有故事。正如罗兰·巴特所说的那样:"不再有可以称得上故事的东西了:故事趋于零,人们只能勉强地称它为故事。"故事因而成为一个巨大的隐喻。隐喻,这是自卡夫卡、乔伊斯和普鲁斯特奠定下的现代小说的样式。小说根本的内容需要靠读者的猜度进行构建,以其故意散布的空白为出发点。而我们知道,巴尔扎克式的传统小说总有一个明确的叙事中心:线性发展、逼近真实的情节成为小说坚硬的核心,读者要做的事情就是一层层剥开包裹着核心的大量描写,直接逼向所谓的"中心思想"。

而与那三位现代小说之父相比,除了隐喻之外(比如说《窥视者》中关于男性性暴力幻想的隐喻,马蒂亚斯对于时间的纠缠,那个相应的数字图形"8"所代表的循环往复,没有止境),罗布-格里耶的小说却更像是个阅读的游戏:事实上罗布-格里耶也一向是文字游戏的高手。在《窥视者》里出现了大量的文字游戏。窥视者(le voyeur)与旅行推销者(le voyageur)只差两个字母：a 和 g。

1957 年（又是事隔两年之后），罗布-格里耶又发表了《嫉妒》。《嫉妒》终于摆脱了在此之前罗布-格里耶所钟情的那种伪侦探小说的外在形式，它在论述一个传统的题材：通奸。人物关系比较简单：一个已婚女人和一个已婚男人之间的故事。可是这不是一个普通意义上的通奸故事，因为故事的叙述者是小说中一直存在然而缺席的人物——已婚女人的丈夫。丈夫的眼睛看到了一切，自己的妻子和被他怀疑的男人（自己的妻子在书中只是简单地被称为"A"，遭到怀疑的男人叫弗朗克，彼此间都是朋友），随着视角和时间而改变的柱子的阴影，香蕉树的排列，已婚男人与已婚女人的动作与表情，还有蜈蚣。但是他同时又什么也没有看到，所有可以称得上是通奸证据的东西通通没有看到。

当然，所有在等待爱情故事或是伦理故事的读者注定仍然要失望。因为罗布-格里耶的叙事重点根本不是爱情。他甚至一直在小心翼翼地避免爱情的词汇。重点仍然在于叙事方式的实验。而书名所显示的情感征象仍然只是一个借口。正是这种情感使得丈夫成为又一个窥视者，从而成为观察者，最后成为这个故事的叙述者——在某种意义上也就是这个故事的创建者。嫉妒是一种"惶恐不安而又冷酷无情的欲念，扭曲着人们所察觉的事物"。在《嫉妒》中，有一个反复出现的蜈蚣的形象，这个形象像柱子投在地面上的阴影一样，随着视角和时间的变化而不断变化。开始时：

A（已婚女人）正前方淡淡的隔墙上，一个长短适中（和手指差不多长），呈盾状的东西在柔和的光线下出现了。现在它没有动，但它身体的方向在护墙板上指出了一条斜向的路线：始于走廊柱子的勒角，一直朝天花板角的方向延伸。这只爬虫易于辨认，因为它脚的伸展幅度很大，尤其是身体后部的脚。再注意观察,可分辨出另一头的触角两端一起一落摆动向前的曲线。

　　．

　　蜈蚣因丈夫嫉妒情感的加强而扭曲、变大。于是,在妻子和另一个男人弗朗克外出的时候,蜈蚣会变得"特别大:在这种地带所能遇见的最肥大的一条。它的触角伸展着,无数的步行肢在身体两旁撑开,它几乎盖住了一个普通餐盘的表面。这条蜈蚣的阴影在毛糙的画面上将它们已经相当可观的步行肢扩大了一倍"。

　　蜈蚣——嫉妒,在丈夫的想象中最终被碾死——而且是被弗朗克碾死的。我们可以猜度到丈夫对于永远没有证据的通奸行为所感受到的无边的痛苦。

　　一般来说,罗布-格里耶的小说中并不容纳情感的浪漫表达:爱、恨或者快乐、痛苦。但是"嫉妒"的情感成了他又一次的试验场所。他日后果然在小说中自己解释道:

　　　　如果存在一些情感纠葛、一些心理活动的话,[……]这一切首先是由一些物质承载的。

　　这一次,读者是随着那个无所不知、无所不在的缺席叙述者——丈夫,进入这个故事的。但是这个叙述者,读者却极少能够意识到他的存在,而且他没有身体、没有面孔、没有姓名。

　　再次事隔两年,1959 年,罗布-格里耶完成了《在迷宫里》。迷宫中的人物是在做一件看上去永远也不能够最终完成的事情:一个士兵坚持运送一个包裹,然而神秘的收件人不知道是谁,似乎也永远不知道是谁,士兵迷路了,最后自己却成了收件人。小说一开始,同样,人物没有出场,就已经有一大堆物质出场了:屋外的风、雪,屋内的桌子、地板、炉台上的大理石,"暗淡无光"。有痕迹,但是,"这些印记的部分重叠在一起,有些已经模糊不清,或者被抹布之类的东西擦去了一半"。而屋外,是和屋内的尘埃有着异曲同工之妙的雪,抹去了脚印的雪,覆盖了一切的雪。雪使得环境不再有任何标志,只剩下"同样没有车辆的马路,同样高高的灰色大楼,同样紧闭的窗户,同样杳无人迹的人行道"。小说当然很容易让人联想起卡夫卡,尤其是到小说最后,盒子里的"这些信件就是寄给这个士兵"的荒诞结局。但罗布-格里耶自己在小说的题记中说,"这个叙述是一种虚构,不是一种见证",倒像是人为地要撇清和卡夫卡的关系。作为人物的士兵仿佛是从屋内一幅题为《莱曾费尔兹的失败》的画面上走出来的——尽管画面上有三个"与周围人群相隔离"的士兵。现实又怎样呢?虚构又怎样呢?雪和"橡皮"一样,抹去了现实中的"现实性",成为"纯粹物质意义上的现实","没有任何寓意"。

1961 年对于罗布-格里耶来说同样重要。因为他完成了第一个电影剧本《去年在马里安巴》,从此在电影创作界也占有相当重要的位置。《去年在马里安巴》同样引起了一场骚乱,影片由著名的新浪潮导演阿兰·雷奈执导,并恰好被选中代表法国在威尼斯电影节上参展,在激烈的争论之后,获金狮奖。这又将阿兰·罗布-格里耶再次推到公众面前。甚至连萨特在一次内部放映时也表示全面支持罗布-格里耶。此后,罗布-格里耶又参与拍摄、执导了包括《不死的女人》、《欧洲快车》、《撒谎的人》、《欲念浮动》、《玩火》、《美丽的女俘》、《使人疯狂的噪音》等多部影片,并且形成了一套自己的电影理论。我们当然可以想象,在电影的工作中,罗布-格里耶同样也是反传统的,他有意识地采用了大量的情节分离和内部冲突,从而构述出新浪潮电影的基本特质:看不懂。换句话说,正如他对读者提出的要求一样,他要求观众一起参与到构思游戏中来。阿勒芒非常到位地评论了电影人罗布-格里耶，认为他极善于"运用摄像的停顿，把发展中的场面固定下来，以一组不连贯的、脱离电影连续性的光学场景取代情节的发展"。因而他的电影更像是被拍摄下来的戏剧，在动与不动之间对峙着。

而在电影之外，作为一个时刻在捍卫自己写作的理论家，阿兰·罗布-格里耶在 1963 年出版的《为了一种新小说》彻底标志着他成为新小说的领军人物。在《窥视者》风波之后，《快报》为他开辟了专栏，他发表了九篇关于小说创作理念的文章，这就是 1963 年《为了一种新小说》的由来。罗布-格里耶将自己定位为一个不断开拓、不断进行新试验的人：理论的目的也是游戏。在他看来，文学理论不应当"是一个预制的、用来浇铸未来作品的模子"。他说：

> 我喜欢理论，但我的印象是，当我写作的时候，我又一次发现，好像理论没有发挥过任何作用，好像我没有相信过依理论而创作的可能性，除非与之相反，创作出理论所说的东西之外的东西，而不只是它要求的东西。

因此，被传统小说视为最为重要的"求真"不再是新小说的目的。罗布-格里耶因此既没有将自己看成一个"诚实之人，也没有把自己视为一个说谎之人，这也许是一回事"。而且他也一直在试图改变，从开始的论战和破坏一直到后来，为争取读者的理解而做出的努力。因为他相信，理论不应当是一成不变的固定系统，而应当是"一种经常受到重新审议的理论"："事物总是处在不断运动的、不稳定的状态和探索之中，真正的理论精神总是为重新审议既有的成果而不安，它不停地向某种可能的未来开放。"因为，"一旦理论探索变成了教条，理论立刻就失去了它的魅力,它的冲劲,从而一下子失去了它的效力。它不再是自由和发展的酵素了;它老实而轻率地为既有秩序的建筑物又增添了一块石料"。

似乎相较于他的小说,罗布-格里耶的理论更为易解而明确一点:或许这就是为什么他能够拥有最少的小说读者,却拥有大量的理论听众。我们或许应该回到罗布-格里耶的创作环境中来。罗布-格里耶出生于 1922 年,如果我们稍微回想一下我们在这门课上讲述的这些小说家,我们会发现,在他开始尝试新的叙事手法的五十年代,正是法国在各个方面要挣脱传统的时代,是萨特的时代,是革命的时代,是现代向传统发起总攻的时代,是萨特推翻普遍存在的"人性",充分张扬个体存在,强调个人总负其责的时代,是要打倒一切精神导师和领袖的时代。新小说的叙事固然在某种意义上和结构主义一起中止了萨特的时代,萨特的个性因而渐渐让位于"无个性的人",然而小说传统过渡到新小说,也是经历了一切充分准备的。

正是在这个时代里,文学也还在寻找它的突破方式。文字的线性,古典主义的三一律,对于"单一意义"的追寻,这一切已然成为制约阅读习惯和审美习惯的牢笼。读者习惯在文学的世界里得到一个完整的、在某种程度上可以替代自己去实现生活中不能实现的真实而令人激动的故事,习惯在文学的世界里体验外部世界和内心世界的冲突——并且,不要承担任何真正的,来源于外部世界的压力——在新小说看来,毫无疑问,这是"坏的",偷懒的读者。

于是,现代作家从小说的技巧和形式入手,彻底打破了这样的阅读习惯。经过半个世纪的准备,形式的翻转在罗布-格里耶这里发展到了极致。不仅没有故事,没有线性的、依据时间的发展构成的情节,而且,作者、叙事者和读者之间的关系也发生了颠覆性的变化,从而,作者、叙事者和读者所处的这个物质世界也发生了深刻的变化。作者、叙事者都不再能够控制局势,不再能够控制在小说世界中那个巨大的物质世界。而读者被规定的角色也发生了变化。他被邀请参与到这个巨大的游戏中来,和作者、叙事者一起,在没有出路的迷宫中漫游,他不知道出路在哪里,不知道可能的结果是什么。

叙事者的隐身,使得"人"的目光和情感不再能够左右这个客观的世界。有人说,罗布-格里耶有恋物癖。是的,他似乎总是纠结在这个巨大的物质世界中,不厌其烦地描写一段小细绳,一个具有象征意义的数字,一段木头等等。而这些物质却并不因为承载过快乐的记忆而变得温暖和美好,也并不因为承载过悲伤的记忆而变得令人痛苦和忧伤。所有的情感都被所谓的"零度语言"滤去了,所有的物质都随着叙事者的隐身而变得中性。

于是现代小说摆脱了求真的任务,那么,它应当具有新的使命。这个使命是什么呢?堂吉诃德走出家门,他陷入了巨大的、时时让他感到荒谬的世界中,他再也回不到自己的家中。然而,他的出发本身具有划时代的意义:因为他走出了自己,他打破的是"意义的专制",他看到的每一个物件不再激起他的情感,他的梦想,他的痛苦。他在出发走向情节的零度,语言的零度。

第二讲 走出虚假主体的"新"小说家

2003 年 3 月 25 日,81 岁的阿兰·罗布-格里耶当选为法兰西院士。在公告上,我们可以看到这样的文字:

　　81 岁的阿兰·罗布-格里耶以 19 票对 8 票和 6 票分别击败保罗·康斯坦和弗朗索瓦·苏洛,成为第 38 号在世的不朽者,占据了孔蒂桥边,因莫里斯·兰斯去世而腾空的座椅,而莫里斯·兰斯当年接替的则是诗人阿尔弗雷德·德·维尼。阿兰·罗布-格里耶 1922 年 8 月 8 日出生于布莱斯特。这位前农艺工程师一向被视为五六十年代盛行一时的文学运动"新小说"的主要理论家。新小说的写手包括聚集在吉罗姆·兰登的子夜出版社麾下的一批作者:米歇尔·布托,萨缪尔·贝克特,娜塔丽·萨洛特,克洛德·西蒙等,他们对十九世纪心理写实小说的传统线性叙事结构提出了质疑。他们受到现象学和结构主义理论的启发,尝试着没有结构、没有人物的崭新的小说形式,人们将之定义为"客体文学",因为这样的文学拒绝主体性。阿兰·罗布-格里耶在 1963 年出版的《为了一种新小说》里充分阐述了关于自己小说实验的理论。他出版了十几部小说,执导或参与拍摄了一系列关于性暴力的电影。在1955年至1985年间担任子夜出版社的文学顾问,曾经在美国大学担任教授,曾出任布鲁塞尔文学社会学中心主任。他的作品被翻成多种文字(四十种),是在世的,被翻译得最多的作家之一。

这应当算是罗布-格里耶一个比较完整而简洁的生平。之所以罗布-格里耶的生平相当重要,首先是因为我们应当了解,在六十年的创作生涯中,其实并没有一个一成不变的罗布-格里耶以及"新小说"的固定理论体系的存在。其次,我们知道,如果不读他的一点理论解释,我们也许很难将这种实验性的小说一读到底。然而,如果读了他的理论,也许,我们将彻底地误入歧途:和《在迷宫里》的士兵一样,不断重复着迷失的道路。

可是无论如何,搞清楚《橡皮》在整个罗布-格里耶创作中的位置,这对我们来说至关重要。因为误解也是理解的一种方式。

《橡皮》是罗布-格里耶的成名之作,也应该是罗布-格里耶被翻译得最多的作品。但是,这并不是他的第一部作品。他对自己的第一部真正意义上的作品《弑君者》始终钟爱有加,以至于在成名之后,到底还是把曾经屡遭拒绝的《弑君者》出版了,而且没有改几个字。

《弑君者》是从一个看似传统的题材——"革命"入手的,但是,小说一进入实质就显示出了作为革命者的作者的野心。罗布-格里耶用主人公鲍里斯似是而非的回忆来否定了他要写的革命的发生:

大概在十年或十二年前……很多人都想弄清真相,但都枉然;再说,在那个遥远的时代,像这种想要刨根究底的人已经是太少了……

这个"大概"以及后面一系列表现不确定的条件式告诉我们，谋杀案是否确实发生（虽然它有发生的基础，亦即国内的政治环境），我们永远不得而知。关键不在这个"不得而知"，而在于这个"不得而知"的叙述方式。我们的阅读习惯基本上会让我们认为，作者总应当确定一点什么之后（这一点什么或许是我们不知道，没有认识到，没有想象到的东西），再将他所确定的这点东西放在一个叙事结构里。但是在这部真正意义上的处女作里，罗布-格里耶就已经破除了无所不知的叙事者与作者的神话。

现代文学批评或文学理论家从理论方面对这样的阅读习惯进行破坏，好像我们读的罗兰·巴特。然而从理论的角度所进行的破坏，最终达成的结果不是完全解构这个"真"的存在，而是解构单一的"真"的存在。他们说的是，如果小说是有用的，它之所以有用，是因为它用合适的形式告诉我们，在游戏的参与过程中，读者可以发现，"真"具有复数性。形式因而成了小说的本质，它不站在本真的对立面，它本身就是容审美性和有用性于一体，是这两"性"无法彼此脱离而单独存在的有效载体。

但是罗布-格里耶显然走得更远。他要埋葬的，不是罗兰·巴特所说的"作者"，也不是单一存在的"真"，而是小说之"真"的本身。作者没有死，但是作者和读者一样，不知道事件将往哪个方向去，他迷失了。作者是在这个角度上和读者、叙事者一起身处迷宫之中的。

罗布-格里耶最喜欢引用阿尔都塞译的一句马克思是：观念是一种我所保持的，与在世的"真实"处境之间的想象性关系。阿尔都塞在翻译的时候将"真实"两字去掉了。马克思和阿尔都塞所译的马克思之间的关系在某种程度上也很好地诠释了传统小说和罗布-格里耶所倡导的新小说之间的关系，我们在这里所要做的，仅仅是将"观念"替换成文学，将"我"——一个思想者替换成"小说家"。去掉真实，是因为在罗布-格里耶看来也是一样，在世的"真实"处境并不存在。

或许我们会问，从《弑君者》开始，到《橡皮》，再到后来的《窥视者》，罗布-格里耶为什么会选择谋杀作为其小说实验之初的叙事外壳？

因为谋杀事件里所包含的因素与罗布-格里耶所要思考的小说的因素有着惊人的相似。谋杀事件的本身包含实施行为的主体、作为行为受动者的客体、事件本身；而对谋杀事件（尤其对可能发生、却又无从考证的谋杀事件）的侦破包含着"一种我所保持的，与在世的'真实'处境之间的想象性"关系，于是其中很显然包括了时间和空间这一任何现代小说都不能错过的根本因素。

因此，有一点毫无疑问，在罗布-格里耶的笔下，小说仍然是作为一种想象性的关系存在，一种"虚构"，而且，"并不确定的在世处境"也并不比小说的虚构更加"真实"。

《橡皮》就是这样的一个故事：谋杀、侦探、取证。老的故事形式里装着全新的疑问。但是，《橡皮》在某种程度上的确比《弑君者》更好看，因为它在某种程度上还算是有情节的。在一个木材业发达的省城（因为有人将经济学教授杜邦与木材出口商杜邦混在一起），恐怖集团按预定计划要暗杀一个经济学教授杜邦。但暗杀未成，杜邦只是手臂受了轻伤，他通过自己的朋友医生放出消息说，他"在昏迷不醒中死去"。从巴黎来的特派员瓦拉斯受理这个案件。瓦拉斯在城里东奔西跑了一天，于暗杀事件的第二天傍晚来到杜邦家，糊里糊涂地打死了正好偷偷回家取重要文件的杜邦。预期的谋杀没有发生，调查进行不下去——而且演变成了所谓的谋杀。侦探的角色在向罪犯转换，罪犯没有得到惩罚，最后是连谋杀者自己都不知道自己干了些什么。谋杀失败了：尽管那个恐怖集团已经接连杀了八个人。调查失败了：因为这根本是在调查一桩并不存在的谋杀案；不仅如此，更甚调查走向了凶杀。受害者的伎俩也失败了，他本来是想通过散布假消息来逃避死亡,结果恰恰为自己的死亡埋下了陷阱。

这种转换会让我们感到很害怕,因为我们能够确定的只有一点:如果作为读者我们有所期待,我们的期待将永远不能够得到满足。小说中唯一明确的事件是造成所有人失败的杜邦的死亡。但是罗布-格里耶在小说的结尾还没有忘记给出最后一击,就在他打死了杜邦,给警察局的罗伦局长打电话的时候,罗伦局长抢在他前面告诉他:

"我正要找您。我是罗伦。我发现一个情况——您绝对猜不到的!丹尼尔·杜邦!他根本没有死!您明白我的话吗?"

和谎言终结事实或者事实终结谎言的套路不同,《橡皮》里,总是事实在否定事实。然而可怕的是,因为不在因果链上,所以,下一秒即将发生的事实永远无法预知。

是时间出了问题吗?对时间的探究是新小说里一个重要命题。小说的序幕里,杀手格利纳蒂按照波那的详细指示,在7点钟潜入杜邦教授家,在7点30分,杜邦教授回到楼上来时举枪射击。而瓦拉斯却在24小时后的7点30分开枪射击,送在前一次只被格利纳蒂打伤了胳膊的杜邦教授归了西。杜邦实际是于当天死亡,24小时之内。而在他举枪射击之前,瓦拉斯的手表在7点30分停了,但随着杜邦的死亡,"子弹爆炸的声浪使表重新走动",从而为事件赢得了5分钟的真空时间。与一头一尾的杀人相对照的是,24小时反倒成了一段多出来的空白:这个白天是由无聊的,失败的重复构成的。

首先是侦探瓦拉斯游荡于所谓的环形大道上。我们已经知道罗布-格里耶对于迷宫一般的循环往复,对于永远没有尽头的"8"字状的事物的迷恋——大概是因为他本人在 8 月 8 日出生的缘故。在《橡皮》里,这种循环往复——24 小时在很大程度上本身就是一种毫无意义的循环往复——导致的是没有出口的哀伤。

和瓦拉斯不同的是,杀手格里纳蒂却并不惧怕失败和循环。他得知行动失败的时候,积极地要求重来,他说:

> 从来都不会为时太晚。一次行动失败了,还可以回到原来的地点,再来第二次……钟上的指针转了一周,那被定了死罪的人又重新开始演戏似的动作,又再指着自己的胸脯说:"士兵们,朝着心脏打!"这以后又重新……

如果不是因为他人来打破这种时间上的循环,从某种意义上来说,格里纳蒂的失败也将永远进行下去:自动回到原来的地点,再来第二次,其结果当然是失败。正是因为瓦拉斯的荒诞介入,循环发生了戏剧性的变化,于是,"24 小时趋于自我消亡了"。

空间和时间的循环性成了现代人挣脱不了的一个魔咒。为什么?因为空白。当空间里的景致因为重复变得没有任何标记的时候,当时间因为缺乏事件变得没有意义的时候,循环就成了失败和死亡的魔咒。而打破魔咒的,只能是生存的荒诞性,一如瓦拉斯的荒诞介入,反向的、意料不到的介入。

瓦拉斯陷入这种循环之中,而且,这种让人麻木与疲惫的循环最终导致杜邦教授遭到枪杀,四五米的距离,事情就那么发生了,在没有任何目的的情况下。小说中的所有人物都不受明确的目的牵引完成行动:格里纳蒂有明确的杀人目的,但是他没有能够成功地建立他的行动,要求他打三枪,他却只打了一枪,甚至他射击时都没有发生什么可以预见的响动，"像打汽枪"；瓦拉斯作为侦探介入这个事件中，但是他调查的是一桩根本没有发生的谋杀案，因为杜邦教授没有死；而杜邦教授在躲避谋杀案，为此他甚至向外宣告自己子虚乌有的死亡，他却在躲避死亡的明确目的下踏上了真正的死亡之旅。所有人都仿佛堕入了一个巨大的圈套：荒唐的是，这个圈套竟然无从解释！一切都互为因果，但一切又颠倒了因果本应有的秩序。

从情节的角度来说，当然我们——包括罗布-格里耶本人也多次提到——会想起索福克勒斯的《俄狄浦斯王》。在小说的题记中，罗布-格里耶引用了索福克勒斯的话，"时间，自己决定一切，不由你做主，它已提供了问题的解决方案"。而在小说将近高潮处，瓦拉斯杀人之前，在咖啡馆里，一个醉鬼靠近他，以循环的方式一再地重提《俄狄浦斯王》的故事：

先是：说说看，是什么动物在早晨杀父……

然后是：是什么动物早上杀父，中午淫母，晚上瞎掉眼睛的？

再然后是：早上杀父，中午瞎眼……不对……是早上瞎眼，中午淫母，晚上杀父。怎么样？是什么动物？

然而，新版的《俄狄浦斯王》却承担了与古典悲剧完全相反的任务：它彻底颠覆了小说不自觉遵守的三一律。弑父不再是行动的主体的行为，而是人被时间决定的、无意识的行为。人的行为不受目的性的控制。时间的停顿、开启，完全是自动的。

如果说罗布-格里耶借助了古代文化的意义，借助了这个经典的古典文化原型，他的目的却在于"重新创造（他）生活于其中的那种文明神话"。不，他要做的事情和索福克勒斯完全不同，他所承担的小说任务也完全不同，他不是要解释人类的命运如同俄狄浦斯王所经历的一切那样，是如此的荒诞和悲惨，是如此的错过而沉重。不，他是想破除这个压在人类身上这么多年的神话模式，从结构上，从而破坏人类的"元故事"、

"元结构"。"真"是一开始由语言布下的天罗地网——并不存在的死亡,瓦拉斯掉了进去,他完成了这个必须以死亡结局的事件。从这个意义上来说,谁说不是生活摹仿虚构呢?

调查一件并没有发生的事情,而且在调查中,逻辑——代表了人的思维理性的逻辑——在破碎、重复、不知所云的话语中被消解。小说开始于离杜邦家不远的咖啡馆,并且终结于咖啡馆。咖啡馆里,身份在一天一夜之间产生了倒置的瓦拉斯与格利纳蒂都在,老板和安东还在谈论着并没有发生和已经发生的谋杀,绕来绕去,连究竟是经济学教授丹尼尔·杜邦还是木材出口商阿尔伯·杜邦却始终都没有搞清楚。《橡皮》里,所有的对话都无法完成沟通直至弄明白真相的作用。谜语永远都没有被猜中,最后,老板接了警察局长罗伦的电话,这两个对事实真相一无所知的人发生了一段彼此根本无法沟通,不断偏离对话初衷的对话:

"我就是老板。"

"啊,您就是! 对一个侦缉人员胡扯什么杜邦教授有一个儿子的是您吗?"

"我什么都没有说过,我只讲过有时候有些青年人到店里来,各种年纪都有——其中有一些年轻得可以当杜邦的儿子……"

"您说过他有一个儿子吗?"

"他有没有儿子,我怎么晓得!"

"行啦。我想找老板讲话。"

"我就是老板!"

"啊,您就是! 是您胡扯什么杜邦教授有一个儿子吗?"

"我什么也没有说过。"

"您说过他有一个儿子吗?"

"我不晓得他有没有儿子。我只是说过,有各种年纪的青年人经常到我店里来。"

"胡扯这些事情是您,还是老板?"

"我就是老板!"

"是您说什么青年人——胡扯,教授,到咖啡馆里来?"

"我就是老板!"

"行啦! 我很想有个儿子,很久以前,据说是,一个年轻女人死得古怪……"

"我就是老板,我就是老板,我就是老板,老板……老板……老板……"

瓦拉斯在枪杀真正的杜邦教授之前,警察局长罗伦与老板之间发生的真正通话就这样在小说的尾声中变成了一段萦绕在老板脑际,最终绕成了"8"字结构的对话。这很容易让我们想起"山顶有座庙,庙里有个老和尚……"的故事——只是后者更像是个"0"。对话的每一方都在说自己的事情,重复自己说的话,最后,咖啡店老板在回答讯问时干脆玩起了自我重复的那一套。在破解神话的情节结构的过程中,对与思维同步存在的语言世界的逻辑破坏成了很重要的一环。它不仅没有从仇恨的因到谋杀的果的线性链,连语言的沟通功能也被全盘消解。几乎在罗布-格里耶的所有小说中,人物都有这样答非所问的对话。对话,或者说,只是由音节所构成的声响,和《嫉妒》里各种各样的声响(蝗虫的叫声,马达的声响)一样,具有不可解释、无法沟通的特性。

语言不能够帮助我们解开那个始终不存在的谜团,更甚,它让这建立在并不真实的在世处境之上的想象性关系横生出更多的枝枝蔓蔓,从而,人类的命运更加扑朔迷离,更加不知将导向何方:除了死亡这个极端的结局是确定的,而抵达死亡的方式却不再重要。

最后,我们当然要谈谈小说的隐喻问题。现代小说无论如何逃脱不了卡夫卡的魔咒,它必须承担起隐喻的责任。而小说题为《橡皮》,我们当然地会想到,"橡皮"扮演着怎样的角色?如果物质不再承担人的感情,它要承担什么?

我们最先想到的也许是它或许能够帮助我们解开事件的谜团——像所有的侦探小说里那样,通过一个物证,一个线索,倒推出一连串的因果。橡皮在第一章中第一次出现时,是瓦拉斯在出发去警察局的路上,走进一家文具店,要买一块橡皮。罗布-格里耶对小东西一向迷恋:于是,他细致地描绘了这块橡皮的样子。之后,橡皮又出现过四次,瓦拉斯从酒馆出来之后,警察局调查结束之后,瓦拉斯从马尔萨家中出来,以及瓦拉斯在确信找不到合适的橡皮后,决定去杜邦家看看。小说读完之后,我们知道,橡皮和谋杀之间没有任何关系。它不是线索。因为瓦拉斯要调查的谋杀并未发生,真相也并不存在,自然也就没有导向所谓已在的真相的所谓线索。

即便是在追寻这所谓的虚构关系时,橡皮在每一个情节转折之处的出现,其根本的意义,竟然是将虚构的连贯性抹去,使得虚构的逻辑也无法直线地进行下去。于是小说只能是像侦探瓦拉斯本人说做的那样,在不断地循环着,做着徒劳无益地回到原点的工作,重新再开始徒劳的追索。抹去过去,重新开始。一夜过去,瓦拉斯"比起昨夜循着同一条路来到时,仍然一无进展"。而小说的情节,就其线性结构来说,也仍然没有进展。

我们或许有理由相信,罗布-格里耶作为小说家,他的野心并没有那么大。如果说到隐喻,他在五十年代的这五部小说几乎都只是关于小说的隐喻。因而,归根到底,这五部小说也成为他从各个不同的角度(政治事件、古典悲剧、现代的无聊生活、违背常理的不伦情感和彻底的无目的的迷失）切入的小说实验。这种实验，说到底，是在探讨小说本身。从每一个口进去，罗布-格里耶瓦解的都是小说作为文字的一种形式，所不得不接受的，由时间和空间所决定的小说的线性命运。它和人类的命运无涉，但是，在这位小说家的眼睛里，小说的命运却并不低于人类的命运。

不低于人类的命运，是因为，如果说小说是一种关系的呈现，它不比个体之间的特殊关系来得更低。而在这之前，关于小说的根本定义就在于：它一定是人类意识的产物，而且是主观产物，是作者个体的产物。在《为了一种新小说》里，罗布-格里耶用全大写着重强调了那么一句话：

新小说所瞄准的只是主观性。

主观性的破灭，也就是说，自巴尔扎克之后，这个物质世界已经不再是一个能够受到人类意识控制的物质世界。罗布-格里耶不厌其烦地描写一块橡皮，或者一小段毫无用处的细绳子，是因为它们存在，而且将以各种形式重复存在，包围我们，不会因为我们的快乐悲伤而变量、变性、变质。我们也不再能够依靠小说这样的神话来对自己撒谎，相信自己的主体性能够高于一切，掌握一切，甚至改变一切。即便是通过意识求得在物质世界的"真实存在"，说到底也只是一个虚幻的梦想。

第九课

勒克莱齐奥和《流浪的星星》[*]

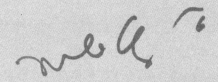

[*] 除特别标注之外，本章所参考的译文有：《战争》，勒克莱齐奥著，李焰明、袁筱一译，
译文出版社，1994年；《流浪的星星》，勒克莱齐奥著，袁筱一译，花城出版社，
1998年。

第一讲 我找到了我的永恒

　　不可否认，在众多的当代法国作家中，选择勒克莱齐奥作为我们法国现当代文学中的一讲，在很大程度上有个人的原因在里面——我真正的翻译生涯是从他开始的。他为我奠定了一种翻译的方式：无条件地走近一个人，为他的文字力量所俘获，用一种别样的方式把自己的文字交付给他——并且，这个交付的过程需要相当的努力。而对于我来说，交付出自己的文字，也许就是交付出了人生的大半。在这当中，最初的那个自己距离他远，或者近，事实上都已经不再是一个必要条件。在翻译中，必要条件就是无条件地走近，走得再近一些，直至自己发生了改变。

　　在这个包括爱情在内，一切都已经变得非常容易和快速，甚至动不动就能够自动的时代里——一如勒克莱齐奥为我们描绘的现代文明，如果能有一个人让你体会到有最难的事情存在，让你体会到有些事情的过程将会非常漫长，而且耗尽你的精力和心思，过后去看，你会觉得自己非常幸运。我喜欢的德国人本雅明曾经说过，世界的不存在对于我，并不比它的存在更让我感到怀疑。因为这个原因，我想，人生当中需要一些"痛，并快乐着"，让你感觉到存在的欢愉，让存在得以对不存在"眉来眼去"。

虽然到目前为止[①]，勒克莱齐奥在中国的影响一直不大，但是，1994年，在法国《读书》杂志发起的"谁是当代（仍然健在的）最重要的作家"的调查中，勒克莱齐奥以13％的票数占据了第一的位置。[②]

和萨冈一样，勒克莱齐奥也算是少年成名，23岁的时候，他的《诉讼笔录》在与龚古尔奖失之交臂之后，荣膺当年的雷诺多大奖。而叙述流浪汉边缘生活的《诉讼笔录》从此成了这位作家流浪的起点。

其实勒克莱齐奥是一个真正的流浪者。不知道为什么，流浪对我来说，仿佛首先是在语言世界的流浪。在二十世纪，我们开始拥有越来越多能够在两种语言世界穿梭来去的伟大作家：黑塞、纳博科夫、贝克特……还有我们即将谈到的昆德拉。关于这一点，我觉得昆德拉在《相遇》中说得很好：一个小说家不能被囚禁于一种语言的牢笼里。勒克莱齐奥不是被迫流浪，他本身就在双语的环境里长大：父亲是英国人，母亲是法国人，而且家庭都来自于毛里求斯。勒克莱齐奥自小就受到多种文化的影响，童年时代的大部分时光他是在尼斯的后方，在德国占领军和纳粹的阴影下度过的——我们当然会联想到《流浪的星星》里那个美丽而残忍的夏天。

七岁，他踏上了去非洲的旅途，去找战争期间在尼日利亚做医生的父亲。也是在七岁的时候，他开始写作，这个早熟的孩子在写"看不见的

---

① 此处维持原版中的时间点，原版成书于2007年，出版于2008年1月，而在当年的11月，勒克莱齐奥荣膺诺贝尔文学奖。此后勒克莱齐奥在包括中国在内的世界范围的接受有了很大的变化。——新版注。

② 1994年的法国《读书》（*Lire*）杂志上，曾经刊登过题为"谁是仍然健在的法语文学最重要的作家"的问卷调查，《读书》有13％的读者把票投给了勒克莱齐奥。这位语言纯净的小说家的小说片段甚至被选进中学教材里。

东西",他写了一本名为《长途旅行》的书,在书里,"我谈到了一位去非洲的人——但那是别人"①。

影响勒克莱齐奥的不仅仅是基于出身的多重文化,除了英国文化——只是很遗憾,他在写作之后彻底放弃了用英文写作的念头——毛里求斯文化,非洲文化,勒克莱齐奥还在旅行中不断探索、发现新的文化。他一生都在旅行,年轻时对南美发生了极为浓厚的兴趣,在1969年到1973年间,他每年都要在墨西哥住一段时间。他还经常去毛里求斯的罗德里格斯岛。对于南美土著文明的发现也的确改变了勒克莱齐奥的写作。他曾经在1997年出版的《欢歌的节日》中写道:"这经历彻底改变了我的人生,改变了我对世界和艺术的看法,改变了我和其他人交往的方式,改变了我的衣食住行,改变了我的爱,甚至改变了我的梦。"

应该说,是从他开始,我能够相信,也许出走、离开、流浪是回家的一种方式,至少,在出走、离开和流浪的背后,都藏着回家的愿望。勒克莱齐奥的好,是他在流浪的过程中真的发现了自己的家,并且用文字一砖一瓦地搭建起了这个家。哪怕他很清楚,这个搭建起来的家很有乌托邦的意味。

他成了少数的,能够回到"自己家"的人。

超越作品之外,我对他的喜欢,也许正是因为他对于我来说,像一个成功遁世的童话:遁世、却能够直面这个物质世界的现实,当然,是用文字的方式。和我喜欢的德语作家黑塞一样。黑塞写纯真的童话,主人公可以浪漫到极致,弹着琴到处去流浪,经过朋友的窗下就讨一杯酒讨一点食物的那种。勒克莱齐奥写新童话,写骑着摩托车,戴着墨镜,一声不

---

① 与热罗姆·加尔辛的对谈,"非洲童年",转引自《寻金者及别处——勒克莱齐奥的乌托邦》,雅克琳娜·杜顿著,阿尔玛唐出版社,2003年。

响地在高楼林立、充满符号的城市间游走的新童话。他们都用温和的方式抵抗，并且远离这个让人越来越无所适从的世界。

然而，和浪漫主义作家对于文字的认识以及对于文字所寄予的希望有所不同，勒克莱齐奥并非要逃向文字的象牙塔里，拒绝认识这个社会：我们从他的作品里看到的是他对这个物质世界的清晰描绘——就这点而言，他传承了介于古典和现代之间的福楼拜的"以物质世界原本的方式描绘这个物质世界"的方式，虽然抵抗不了心中强大的抒情和浪漫的欲望，却要用另一种方式来呈现这种愿望。他是在清醒认识的基础上，用一种优雅的方式慢慢地向后退去，直至退进神秘、悠远、美丽和充满力量的远古神话。勒克莱齐奥的成名是在六十年代，并且也进入了六十年代的文坛。法国的六十年代是信仰动荡的年代，是萨特的文学观和他所代表的一代知识分子面临土崩瓦解的年代。一方面是在物质丛林中的迷失，另一方面是不能够有强大的精神体系来驾驭物质丛林，给自己开脱，给自己生路。

小说家与哲学家不同的地方就在于，小说家——不论他怎样来看待这个物质世界——会趋向于相信语言世界的真实性。相信语言世界的真实性，不是像萨特那样，相信语言世界的功用性。二十世纪法国文学出现的转折其实把我们带入了一个三角关系中。如果语言不是媒介，不是对于这个世界的描述，它以其不可抗拒的本体性介入这个世界，我们应当如何来看待这个三角关系：语言、现实和真实？

年轻的勒克莱齐奥曾经对此做出过简单的回答，他说人要么会被文学吞噬，要么会被自己吞噬，两者必居其一。如果被自己吞噬了，那就是疯子，如果被文学吞噬了，那就是作家。可能一大半的作家在开始时，都是为了逃脱疯子的命运而转向写作。他们在精神与物质、主体与客体的抗争中逃向了语言世界。至少在索绪尔跳出来指认语言也是一个物质系统之前，我们以为自己可以逃跑。在对现实世界感到恐惧的时候，可以逃到语言的世界里去，可以一厢情愿地以为，在语言的世界里，我们得到的是绝对的自由，快乐、悲伤都将是我们自己的选择。我们不再像现实世界里那样被动，那样伤痕累累。手伸出去，到处撞到的都是黑暗中的界限。

当这个世界呈现出二元对立的本质时，作家的逃避是绝对的。因此，倘若在逃避中受到伤害，也会是绝对的。

逃避应该是勒克莱齐奥早期的写作动机，在他还年轻的时候，在那个时代精神整个儿地呈现出一种对深深陶醉在自己技术进步的物质世界的拒绝与恐惧的时候。物质世界的迅速发展已经远远超出了语言世界的发展。这个时候，也许我们会突然间觉得，语言世界虽然也是历时和共时构成的物质系统，但至少，它可以保留所有古老的美丽神话和浪漫。它是不必然走向进步，从而走向死亡的。它可以为我们提供暂时的避处。

当然和同时代的所有作家一样，勒克莱齐奥也已经充分意识到语言也是一个物质系统。作为六十年代出道的小说家，勒克莱齐奥在文字世界里追问的，也许和他这个时代自认为肩负着小说使命的其他小说家并无差别：他在找存在的本源，在找真实的"居住地"。这种寻找总是会表现出对于语言与现实、真实之间的关系的破解。这种寻找也总是起源于某种具有颠覆性的迷失。的确，假如我们还没有麻木到一定程度，我们望出去的现代社会充满了让人不解的力量：

有那么多东西在摇晃，在说话，在涌动。到处都是，那么多的机器：电动剃须刀，电动弹子房，混合搅拌器，电扇，冰箱和电子计算器。有那么多马达。[……]马达的力量。热力，铝热法。活塞，可卡因树，阀门，蜡烛,喷气发动机燃料,内燃机气化喷嘴,内燃机气门摇臂。这一切都被覆在发光马达罩里,拼着它105马力在低吼,然后全部集聚在轮盘上。有那么多的轮胎和车轮。

从这段描述中,我们能够回忆起我们读过的罗布-格里耶,他细腻地描绘物质的手法使得我们能够大致瞥见新小说的影子。年轻的勒克莱齐奥在他年轻的作品里表现出了对现代文明、对其"异化"的指征的强烈排斥。我们知道,六十年代是新小说在罗布-格里耶《为了一种新小说》的宣言推进下,沸沸扬扬的时刻。事实也的确如此,初涉文坛,一举成名的勒克莱齐奥和新小说的重要人物之间都有交往。虽然勒克莱齐奥始终没有成为新小说的人物,但是,在主题上,在对语言和世界的关系的思考上,他基本没能够超脱新小说的影响。

而在勒克莱齐奥早期的小说创作中,小说的结构也同样显现出了与传统小说的决裂。我们有理由相信:革命总是与青春挂钩的。勒克莱齐奥最初的小说中,传统小说的四大要素被限制在几乎失效的范围内:时间、地点、事件基本上被消减为零,人物也只起到引领我们在物质世界游走的作用,而不再作为被描摹和建构的对象。《诉讼笔录》里的亚当·波洛,《洪水》里的弗朗索瓦·贝松,《战争》里的Bea. B,《逃遁书》里的年轻人奥冈都是如此。他们的名字不重要,做的事情不重要——因为他们几乎在现实的社会里是没有身份和位置的。他们几乎只是一双眼睛,一双不曾也不该遗漏这个物质世界点点滴滴的眼睛。他们是属于语言世界的人物。

《洪水》是勒克莱齐奥早期非常重要的作品之一。在这部小说里,贝松从一个大学生变成了一个流浪汉,他历经人类生活的各种经验,最后厌倦了,疼痛了,于是他一直对着太阳看,直到把自己的眼睛看瞎为止。

光明和黑暗的极端悖论、人类出发往文明去所付出的代价在这个故事里得到完美的诠释,既不是从这个地方换到那个地方能够解决的问题,也不是从这个身份转到另一个身份就可以找到意义的问题。当世界变得令我们无法承受的时候,我们也许真的只能用永远沉入黑夜的方式来得到记忆里的光明。而且,记忆的光明不在未来,只在能够溯记忆之河而上的过去。

《洪水》会让我想起一些电影,《早晨37°2》或是《春琴抄》什么的。在爱情里,在对这个社会的抵抗里,绝对的方式竟然是对这个世界一无所见,对对方一无所见。当然,电影故事,或是谷崎润一郎的传统小说更像一个故事,有男女主人公,有刺瞎眼睛的合理缘由,有浪漫主义的理想、崇高与极致。不过,勒克莱齐奥笔下的人物没有,并且也不是在故事的高潮里沉入黑暗,而是朝着太阳望去寻找黑暗。如果一定要给出原因,借用顾城的诗体,那就是"曾经期许给我的光明给了我黑色的眼睛,我却用它来寻找黑暗"。

如果我们真的相信对于小说的定义,真的相信,好的小说家都是魔法师,好的小说都是寓言性的小说。勒克莱齐奥的所有小说几乎都是这样,作为个体的故事,一切显得匪夷所思,然而,作为人类命运的探索,一切却又令人胆战心惊。在小说结构上,勒克莱齐奥至少在创作的初期表现出与新小说的某种亲缘性,可是阻止他最终成为新小说人物的关键因素,也许首先是语言。喜欢他,因为他也是一个相信词语力量的人,并且,完美地体现了这份力量。和女作家不同的地方在于,男作家总是更倾向于寻找某种绝对的力量对充满悖论的小说世界进行幻觉式的澄清,使得悖论在这个迷人的空间里被暂时悬置。这就是为什么女作家往往会呈现出迷人的悲伤姿态,而男作家却往往能够呈现令人向往的力量。

勒克莱齐奥在语言上的探索并没有走得像罗布-格里耶或萨洛特那

样远,他的语言标准、规范而优美。优美到在翻译时要让人心焦的地步,唯恐找不到合适的词语和意境。这或许和他在双语环境中长大有关。在两个语言世界犹豫和选择的人往往会对语言本身表现出一种更为积极和肯定的构建愿望,希望维持某一类语言中特有的因素。不知道勒克莱齐奥是不是出于这样的原因,他对于传统的挑战仅仅到消减传统小说的要素为止,甚至,在八十年代之后的小说创作中,连对传统小说要素的挑战也已经不再那么激烈了。他在八十年代以后创作的小说已经有了真正意义的主人公,并且,有了历史背景衬托之下的所谓故事。虽然,小说仍然保留着现代小说的某些特征,比如说复调——我们借用昆德拉的语汇——比如说情节和人物的相应淡化,比如说叙事时间链的截断和错位,但是,完整的叙事者视角,完整的故事,开始和结束,这些似乎是传统小说所着眼的因素较之其青年时代的小说创作有明显的增加。

也就是说,勒克莱齐奥进入中年之后,在小说主题和手法上出现了转向。如果说从《诉讼笔录》开始,一直到《洪水》、《战争》、《逃遁书》,小说在勒克莱齐奥的笔下是对现代文明的一种质疑和否定,从八十年代以后,勒克莱齐奥却趋向于一种肯定的写作。转变当然和二十世纪七十年代中期勒克莱齐奥去到南美,并且沉浸于有别于西方主流文明的其他文明相关。创作于1980年的《沙漠》①将视线转向了北非沙漠的"蓝面人",这一转变看来也吸引了评论家的目光,因此,小说获得了第一届保罗·莫朗奖。

肯定的写作并不是一件非常容易的事情,尤其在今天这个时代。在小说领域,包括在小说以外的领域,减法无论如何都比加法好做。尤其,

---

① *Le désert*,第一个中文译本译为《沙漠的女儿》,2008 年勒克莱齐奥获得诺贝尔文学奖之后,人民文学出版社的新版本更名为《沙漠》。

我们愿意相信小说家的使命就是对世界产生怀疑，甚至质疑已在的"合理"，就是不"媚俗"——用昆德拉的小说概念来说。

肯定的写作所要求的，是信念。勒克莱齐奥在一次访谈中曾经谈起过十八岁的时候，他读萨特、加缪、莫里亚克的专栏，谈到那个时代的"介入作家"相信可以凭借文字的力量改变世界——我们称之为"理想"——凭借一本小说，凭借一组专栏文章就改变世界。然而法国的当代文学是绝望的文学，是一点点把我们曾经相信的东西毁灭掉的文学。现实的世界坍塌了，可是文字的世界并不能用来替代现实的世界，因为它也是不完整不完美的，因为它在描述现实世界这座废墟时，自己本身竟也几乎成了一座废墟。不能够听凭这个世界这样坍塌下去，我们应当做点什么，这是勒克莱齐奥在日臻成熟之后所体会到的作家的使命感。因而在八十年代之后，我们清楚地看到，写作对于勒克莱齐奥来说，既非逃避之地——逃避个人的，情感性的深深的悲哀——亦非试验之地，而是一砖一瓦的构建之地，是给人以梦想、以希望的构建之地。

八十年代的这次转向让勒克莱齐奥脱离了六十年代群、七十年代群甚至是八十年代群作家，因为他选择的逃离方式是独一无二的：南美世界的史前文明。他翻译出版了——这在西方也是第一次——两部南美的神话传说，并且开始在未来的小说创作里，在面对现代物质世界经历了焦灼和欲喊无声之后，开始精心构造一个他所向往的童话世界。因为这已然是一个令人绝望的世界。或许，四十岁以后的勒克莱齐奥终于找到了自己的家吧。他对南美土著世界的发现和迷恋帮助他及时地抽离，逃脱了流派（以及归属于某种流派之后，有时不得不表现出的极端与夸张）的规定，永远在寻找"真"的路上。

随着主题的转向，勒克莱齐奥的文字也显得更加美丽、流畅和辗转，充分显示了标准法语的魅力。他的句子开始变长，笔下世界的色彩更为艳丽,能够给读者以充分的感官享受。

《流浪的星星》一开篇,是这样一段战争前的幸福:

在夏日的灼热里,在这碧蓝的天空下,她感到有那样一种幸福,那样一种盈溢了全身,简直——叫人有点害怕的幸福。她尤其喜欢村庄上方那一片绿草萋萋的山坡,斜斜地伸往天际。

碧蓝的天空,耀眼的阳光,浓密的绿色草地——我们在这样的语言里的确能够感受到,原本我们有一个纯净而美丽的世界,在我们不懂得仇恨,不懂得利益,不能够感受到物质世界的存在之时。

很有意思的是,和这个物质世界相适应、能够展现这个物质世界的断裂、疼痛的语言文字往往也是断裂而疼痛的。唯美的语言竟然还是在童话,或者神话里,在我们已经遗忘的传奇里。

真的拒绝了抒情和浪漫,真的拒绝了理想与热情,就像昆德拉在《不能承受的生命之轻》里所说的那样,轻就是真的美丽吗?世界被消减为废墟之后,有的小说家还是不忍,承担起寻找和建构的工作。

勒克莱齐奥的工作,就好像是要在这座废墟里建造一座童话的城堡,用的是美丽的词语砖石。(尽管出现转向,勒克莱齐奥仍然使用的是词语,而不是传统小说中与理性的思维逻辑世界保持一致的话语。)后来他曾经简单地描述过对写作的根本看法,他说,作家要做的就是,到乡村去,就像一个业余画家,带上笔和纸,选择一块没有人的地方,嵌在群山间的山谷,坐在岩石上,久久地看着周围。看好了之后,就拿起纸笔,用词语把所看见的一切描绘出来。因为找到了家,八十年代以后的勒克莱齐奥的创作变得尤其稳定,曾经淡化的人物和故事开始慢慢地在他的小说中找到了位置。正是在这个基础上,幸运地逃过流派规定的勒克莱齐奥曾一度被贴上新古典主义、新新小说或是新寓言派的标签。古老的印第安文明和神话给了他形式，从而也给了他灵魂的居住地。1985年，他出版了《寻金者》，次年，又有了《罗德里格岛游记》。

1992年，他出版了《流浪的星星》。这是一个讲述回家的故事。什么是家？对于犹太人来说，他们的家园在哪里？次年，对南美大地充满感情的他出版了一本传记《迭戈与弗里达》。1995年，他出版了讲述自己外祖父家故事的《检疫隔离》。在世纪末，他又相继出版了《金鱼》、《欢歌的节日》、《童年》等作品。这位虽然不能被纳入任何流派，却已经成为法国现代文学不能略去的一页的作家至今已经出版了三十多部作品，作品涉及小说、散文和翻译。

但是，如果说我们谈到了勒克莱齐奥中年之后在创作中出现的主题和文风的转向，我们却不能忽视另外一点：一个堪称伟大和重要的作家再有转向与变化，也必然会显示出作品的整体性。这整体性既是主题性的，也是文风上的。发现南美的世界或许是勒克莱齐奥幸运的起点，幸运，或者说是命。然而一切都是从对这个技术高度发达的西方现代文明社会的怀疑开始的，后面的转向并没有改变这个根本的前提：速度，丰富的物质真的给我们带来了幸福吗？而在这样的社会里，我们的情感何在？我们的家园何在？我们的灾难又究竟源自何处？为什么在高度发展的物质世界里，人类永远避免不了似乎是远古神话就已经奠定下的悲剧模式？西方现代文明社会已经如同巨石一般横亘在世界的中央，堵住了欢愉的生命的通道，我们该怎么办？

于是他向后退去，退一步，一方面是为了看清楚这个吞没自己的世界——或许，这也是相信语言世界的人所必然做出的举动吧。而另一方面，退一步，竟然心甘情愿地退到了一种史前的文明里，"大洪水"到来之前的那个人与自然、环境和平相处的状态。这种状态，想象中的非主流文明还为我们保留着,虽然,我们几乎都知道,这种状态必然,并且已经遭到现代文明的毁灭性的吞噬。

在勒克莱齐奥的身上,我再三使用"童话"这个词,我想,他和我一样明白,其实他逃遁其中的史前文明并不存在,南美或者非洲的美丽原始世界说到底在今天的社会里也不可能成为真正的世外桃源。于是我们又要回到我们在绪论中的话,所谓"用文字的性感来对抗生存的死感"的问题。而我也是在阅读之中,尤其是在这一年的阅读之中,渐渐明白一个道理,其实或许人类的误区就在于一直在寻找着什么。寻找美丽,寻找爱情,寻找家,寻找真实。可是,神话所奠定的模式就已经告诉我们,寻找注定了"永远在别处"的悖论。是在寻找的过程中,我们有了《流浪的星星》里的这首诗:

在我弯弯曲曲的道路上
我不曾体会到甜美
我的永恒不见了

然而有一天,有人对我说,如果真实是一种构建呢?如果它可以是一种构建,童话就是它的外衣,它的居所。勒克莱齐奥所创建的世界,就是用美丽的词语盖了一座与现实隔离的透明屋子,在现实的存在废墟之中,它是那么耀眼,给每一个相信文字力量的人以安慰和避处。因为它的完整和坚固,它不会破碎,它所包裹的真实也不会破碎。勒克莱齐奥完成了那首题为《天真的预示》的诗歌。诗里的最后一句说——把永恒在刹那之间收藏。我们有理由相信,如果记忆是痛苦,未来是虚无,语言这种经历现时的唯一方式可以为我们提供不再心碎的理由。

第二讲　看见疼痛,不再流浪

这一讲,我想用加西亚·马尔克斯的《百年孤独》模式来开头:多年以后,我在人生的道路上已经转了一个小小的圈子,站在某一个临界点时,我想起了十年前曾经译过的这段话:

> 我不知道自己在找寻什么,想要看见什么,就好像是心里有一道伤口,我想要看见疼痛,想要弄明白我失去的是什么,想要知道究竟是什么把我抛到了另一个世界里去。我觉得如果我找到了这疼痛的痕迹,我就终于可以离开了,忘掉这一切,重新和米歇尔,和菲利浦,和我爱的这两个男人开始新生活。而我也终于可以再次开始旅行,谈天说地,去发现新的风景和脸庞,在现在这个时空里存在。我没有多少时间了。如果我找不到这疼痛来自何方,我便丢失了我的生活和真理。我将要继续流浪。

我不知道自己是否会继续流浪,因为我不知道自己是否已经发现了疼痛的痕迹。只是,我突然间想起这段话的时候,我发现,译过这么多文字,却是在这部小说里,我体会到接近一个人,和他站在差不多的地方,看见自己以前不曾看见的风景,是怎样的一种感受。或者说,只有这部小说,作者为我提供了一个融合的空间,使我能够将我曾经的、现时的、梦想的一切放进去。每每到我需要感觉自己存在的时刻,我只是会想起这一部小说。

这是一部关于流浪的小说。流浪之前的幸福时光,流浪,逃亡,永远找不到家的悲剧。结束流浪的希望仿佛神话里珀涅罗珀在纺车边织寿衣,等待奥德修斯的归来,她白天织晚上拆,生存所呈现的循环方式如此在重新开始里得到希望。如果我们相信神话模式的毒咒,人也许是注定要流浪,而一旦走出家门,就永远也回不去了。

流浪如是成为人的一种生存境遇。而具体到《流浪的星星》里,流浪的背景放在第二次世界大战以及第二次世界大战才结束时的背景中。从主题上说,这里有一个用理性和逻辑解决不了的悖论:犹太人在二次世界大战中惨遭屠戮,失却家园,然而,当他们终于得到所谓正义的垂顾,出发往自己的家园走去之时,又有另一批人不得不面临流浪的命运。为什么在这个世界,就连上帝的选择也是如此"非此即彼"呢?

事实上,出生于二十世纪四十年代,青年时期在冷战氛围中度过的勒克莱齐奥深谙这个问题背后的历史。《流浪的星星》虽然从二战开始,却不仅止于二战。人类一场大劫难的结束,往往蕴含着另一场大劫难的开始。二十世纪的六七十年代,犹太人与周围阿拉伯邻国的斗争达到高潮,与其说与信仰相关,毋宁说与强权的角逐相关。苏联、欧洲——尤其是法国——美国出于各自的政治与经济利益,立场变化多端,于是中东局势变得越来越混乱和复杂,直至成为战争的一个巨大可能性。当然,勒克莱齐奥的高妙之处,在于他并不直接书写,从而避免了直接回答的尴尬。

回到《流浪的星星》。

1943 年夏天,法国尼斯后方的一个小村庄成了意大利人管辖下的犹太人聚居区,艾斯苔尔,小说的第一女主人公就是从此时开始慢慢明白过来,做一个犹太人意味着什么——总是在悲剧发生的时候,我们才能清晰地感觉到自己的存在与他者存在的不同:宁静而美丽的生活被打破了,接下来便是恐惧、耻辱、逃亡和父亲的离去。还有逃亡中如梦一般的爱情和爱人的离去。

《流浪的星星》的开始显然是一个故事,我们说过,和勒克莱齐奥在六七十年代的作品已经有明显的不同。时间、地点、人物的交待都已经在,甚至人物开始有了社会身份,可以和我们记忆中的历史发生某种经验性的联系。虽然这一切传统小说的因素,仍然是淡的,朦胧的。

小说的开头也一直在我的记忆里。美得如同我们在梦想(随便什么梦想,关于生活,关于爱情,关于我们不曾经历过的一切)没有破灭的时候所能够感受到的那样一种叮叮咚咚的欢愉:

> 而水就这样从四面八方流淌下来,一路奏着叮叮咚咚的音乐,潺潺流转。每次她忆起这片场景,她总是想笑,因为那是一种轻柔而略略有些异样的声音,宛如轻抚。

流浪前的美好家园:从我们的生存境遇而言,在我们没有被逐出家门之前,我们都以为自己是有家的孩子。然而家在哪里呢?家和爱情一样,无论幸福或凄美,都只能作为记忆里的美丽而存在,仿佛勒克莱齐奥笔下这一段可以调动起所有感官的春天。

春天转瞬即过——在生活中与在勒克莱齐奥的小说中都是如此。其实在冰雪融化之后,小说在瞬间里直接进入夏天,强烈的色彩扑面而来,用小说里的话就是"那样一种盈溢了全身,简直——叫人有点害怕的幸福"。而这样的幸福后面所掩藏的事实是,"他们还不知道,他们当中的许多人将眼看着他们的假期以死亡而告终"。而且,这是一个"绝无仅有"的夏天,就像是大洪水到来之前的美丽田园:

太阳灼燃着草地,连河里的石头都要烧着了,群山在深蓝色天空的映衬下,显得那么遥远。艾斯苔尔经常到河边去,在山谷的深处,两条激流交会的地方。在那里,山谷变得十分宽阔。环抱着山谷的群山于是更加遥远。清晨,空气依旧还平整、清凉,天碧蓝碧蓝的,然后到了下午,云聚集在北面和东面,垛在山峰的上方,卷起令人晕眩的漩涡。光影在河流清波的上空轻轻摇晃着。所有的一切都在轻颤,转过头来,水声,还有蝈蝈的叫声,一切都在轻颤不已。

意大利人管辖之下的犹太人聚居区。艾斯苔尔是这个管辖区里的一位少女,我们看到,小说大部分是以她的视角展开的,没有那么多哲学的思考,关于战争、生命、死亡的直接追问,一切都只是一个即将丢失生活、家园、真理的少女的无辜。如果说在勒克莱齐奥六七十年代创作的小说里,人物和叙述者都是游荡于这个世界上空、可以无处不在的幽灵,在《流浪的星星》里,人物和叙述者却成了这个世界里的一粒尘土,在我们看不见的力量的驱使下四处飘摇。他们的视野是局限的,只是被逐出家园的这一路。尽管如此,作为存在的根本境遇而言,这局限的视野却已经相当完整。

是在这个意义上,我们可以说,文字的力量就在于,它可以描述一种模式,这种模式我称之为命——文字意义的宿命和其他意义的宿命有很大的不同——它规定了我们的人生永远也挣脱不了的一些边界和方向。

于是你在看到好的文字的时候，一定会情不自禁地问，怎么好像似曾相识呢？于是归根到底，有了罗兰·巴特的那句话：不是文本模仿生活，而是生活模仿文本。

艾斯苔尔，父亲眼里的小星星在这个村庄度过了她最后一个幸福的夏天。虽然一切已经有所改变，可是动荡之前的美好总是或多或少会掩盖暗流汹涌的本质。在这幅暂时静止的画面上，我们看到的是最传统的描述：费恩先生和他的钢琴所遭受的命运；美丽的，有着一头红发，与意大利宪兵队长私通的拉歇尔；温和、善良，偷偷帮助犹太人逃出法国的父亲；和父亲在一起工作的马里奥；和艾斯苔尔一起疯，对包括爱情在内等即将来到的一切似懂非懂的小伙伴；什么话也不说，深爱着自己的家的美丽母亲。

在战争的笼罩下，哪怕是这幅看似静止的画面上，日子的节奏也变得紧张起来，所有的矛盾都会凸现在能够意识到存在的层面里。仿佛因为有恨，我们才更需要爱，而因为爱，恨会不断产生，不断激化。小说里有一个细节可以很好地诠释关于人生的这种悖论。那是某一天清晨，艾斯苔尔跟着游击队员马里奥上山，看见了两条蛇纠缠在一起。艾斯苔尔问，它们是在打架吗？马里奥说，不，它们在相爱。

于是艾斯苔尔更加仔细地望着那两条蛇彼此相缠在河滩上，在乱石间滑动的蛇，它们显然没有意识到他们的存在。这一切持续了很长很长时间，蛇有的时候一动不动的，冷冰冰的仿佛几块木板，然后会突然颤抖起来，抽打着地面，紧紧紧紧地交织在一起，根本看不见它们的脑袋。最后，它们的身体终于安静下来，脑袋耷拉着，各自垂在一边。艾斯苔尔看见它们的瞳孔直直的，好像死人一样，随着喘息，它们的身体上下起伏着，蛇鳞也一闪一闪的。一条蛇极为缓慢地解开了结，向远方游去，沿着河岸,消失在草丛中。

接着马里奥告诉艾斯苔尔,原本他是会弄死蛇的,可是刚才却不能够,因为要是这样,他会"非常难过"。

也许是因为这样的原因,萨特说,爱情并不存在,只要有第三者的眼睛,一切就很清楚了。仇恨也是一样,仇恨本身表明他者无法划去,无法取消。所以爱与恨的此消彼长在最为物质的需求过程中会让人尤为无奈和不忍。

德国人逼近,父亲离去——从此再也没有回来,艾斯苔尔终于要开始流浪的旅程。放在存在境遇里,我们会明白,无论有没有灾难,有没有战争,大写的历史是否投下或怎样投下它的阴影,我们总有一天会明白,家园并不存在,人生是以出走为根本前提的。

家园并不存在,这是怎样让人痛苦的领悟呢。艾斯苔尔在被父亲疼爱地叫做"小星星"的时候,她并不能领会到。人类唯一可以自我安慰的地方在于,社会性体现为幻觉的时候,人是可以自欺欺人的——只要有足够的幸运,只要幻觉还没有遭到来自外力的冲击,还没有被消解。

艾斯苔尔开始流浪,她周围的人和她一样,踏上了流浪之路。流浪注定是人类的悲剧命运,原因在于:当我们因为这样或者那样的原因意识到家园并不存在的时候,我们总会一厢情愿地认为,在世界的某个地方,仍然还有"家"这样的地方在等待我们的归去。家的形象和珀涅罗珀的纺车一起出现在我们的憧憬之中,为此,我们踏上流浪的旅程。艾斯苔尔的流浪,一直是以那个"光明之城"耶路撒冷的存在为前提的。仿佛所有的苦难和眼泪,都会随着抵达光明之城而烟消云散。当然,前提是珀涅罗珀没能完成寿衣——死亡没有在我们抵达家园之前降临:

我简直不能够想象，一个像云一样的城市，有大教堂，还有清真寺的大钟（我父亲说那里有很多清真寺），周围都是起伏的丘陵，种满了橘树和橄榄树，一座奇迹一般的城市，在沙漠上方漂移，一座没有平庸，没有肮脏，没有危险的城市。一座时间只被用来祈祷和梦想的城市。

　　因为有光明之城的诱惑，流浪会显得那么美丽。而且流浪在勒克莱齐奥的笔下显得尤为美丽。不知道是不是因为受到了他的蛊惑——我情愿相信是这样的——我在面对自己的存在束手无策时，就开始寄希望于流浪，为了那个用文字铸就的苦难征途和所有苦难到头时以为会必然来临的光明。我们能够忍受现时，在很大程度上是因为我们有记忆和憧憬。然而，我们从来不曾真正生活在现时里过。这就是现代哲人总是执着于时间和存在的关系的原因吧。

　　在流浪的路上，的确，除了对光明之城的憧憬，还有对原有家园的回忆。艾斯苔尔想父亲，她想着父亲就在山里的某个地方：

　　在那高高的地方，他可以看见她。他不能下来，因为时刻还没有到，但是他看着她。艾斯苔尔可以感觉到他凝视她的目光，那么温和，可又是那么有力，像轻抚，像微风，和树间的风混在了一起，和卵石滩上水流的轻颤混在一起，甚至和乌鸦的叫声混在一起。

　　这是天堂里的目光，从上而下的，悲怜的目光。勒克莱齐奥在《流浪的星星》里的慈悲在于，他没有借艾斯苔尔的眼睛和嘴亲述死亡。他也没有直接从艾斯苔尔的眼睛里看到光明之城并不存在的绝望。因此，流浪的这一路，风景尽管残酷，在回忆和未来的轻烟的笼罩下，一切却只是忧伤而平静的。

在流浪的这一路里，有宗教，有爱情。这也是六七十年代，忙于否定这个物质世界的勒克莱齐奥所不会有的内容。当然勒克莱齐奥笔下的宗教不是真正笃信宗教的作家笔下的宗教，他不要写观念，只是要写自己相信的那些东西。或许是因为这一点，他的宗教才更能够打动人，因为更接近于我们所说的"命"，更接近于一种神秘的力量，是和大海，和词语一样的力量，摆脱了理性和逻辑的束缚：

艾斯苔尔坐在舷梯台阶上，一边听着，一边望着越来越大的海岸。这些话语再也不会消失了。约埃尔念的是和牢房里一样的句子，在说善与恶，光明和正义，还有着世界上人的初生。而今天，正是这样的，是创世。大海也是崭新的。大地刚刚出现在一片混沌之上，阳光第一次普照人间。天上，小鸟在船的前方飞翔，就是为了将他们的初生之地指引给他们看。

包括爱情。在我们迷途的过程中，爱情即使在最美好的时刻也只能是一种力量，和宗教、大海、词语一样的神秘力量。它不是能够挽救我们于水火之中的避难所，它不代表光明，它和这个世界一样脆弱，抵挡不了死亡的来临。《流浪的星星》里，我们可以看到，爱情是自然发生的，没有先在的关于爱情的概念，没有刻意的规定，只是自然而然的接近、交缠和不能分离。在流浪的途中，艾斯苔尔与牧羊人雅克相爱，对于她来说，这爱情能让她继续流浪下去：

我将耳朵贴在雅克的胸前，我听见了他的心跳。我想我们真的还只是孩子，那么远离尘世，那么幻想连篇。我想这一切都是永恒的。蓝色的夜晚，小虫的低唱，还有我们在一张狭窄的行军床上交缠的身体，那热情,还有渐渐浸淫了我们的睡意。

艾斯苔尔和雅克有了孩子,在战争的危险还没有完全离去的时候。而雅克也没有能实现他的梦想,学医,带着自己的妻子孩子去加拿大,他甚至还没能看到自己的孩子就已经死了。肉体的流浪暂时告一段落,已经知道自己结束不了流浪的艾斯苔尔此时已经没了眼泪。所有在那个不复重来的夏天迸发出的强烈感情和色彩经历了漫长的疲惫,经历了向往、等待和绝望之后,终于渐渐隐去,成为要找寻"疼痛痕迹"的平静。

从艾莲娜到艾斯苔尔——艾莲娜是艾斯苔尔的本名,而她出发去流浪之后,就真正成了父亲嘴里一直叫着的艾斯苔尔:小星星——这个流浪的故事只完成了一大半。就在艾斯苔尔即将达到圣地时,她遇到了萘玛。这是故事之外的相遇,因为艾斯苔尔与萘玛的相遇,只是主题性和结构性的。

艾斯苔尔到达圣地,到达想象中的光明之城时,萘玛却是在出发去往难民营的途中。这个世界似乎永远有战火,并不因为一场战火的平息就能得到永恒的安宁。人类在没有找到疼痛的痕迹时,战争也许就将永远继续下去。

萘玛与艾斯苔尔自此相遇,小说于是自然地转到第二条线上,萘玛的故事。萘玛,在奴尚难民营的萘玛。在难民营里,绝望是更底层的,是没有生存条件的绝望,饥饿,干渴,还有鼠疫。最底层的生活要求很容易将人的精神消减为零。人们只晓得等联合国的运粮车,所有的记忆和憧憬都让步给了眼下,眼下对于生存的基本要求:

在人们的眼里,开始出现一缕轻烟,一片云,让他们变得越来越轻,越来越漠然。再也没有仇恨,没有愤怒,再也没有眼泪,没有欲望,没有焦灼。

在奴尚难民营,乌伊雅的神话故事是唯一的精神安慰,只有在她的故事里,花园、天堂、纯净而美丽的水才得以存在。然而,也正是听了这样的故事之后,我们才知道,我们已经永远失去了这一切,失去了我们的伊甸园。因为"神灵对我们动了怒"。

难民营就是一个被神灵彻底抛弃的世界,虽然有爱情,虽然还有过新生命——乌伊雅姨妈将这个新生命视作奇迹。为了生存,荼玛和萨迪跑了,这个故事没有结尾,只是在没有尽头的路上,萨迪指着雾后的群山说:"我们大概永远都到不了阿尔穆基了。永远看不到神灵的宫殿。也许他们,神灵也已经离开了。"

也许,我们永远也回不到自己的家园了。

我的翻译,是从勒克莱齐奥开始的。是勒克莱齐奥在七十年代写的《战争》。这是一个很奇怪的巧合。《战争》和《流浪的星星》其实有一样的主题,都是在追问战争的根源,伤口的根源,疼痛的根源,只是问的方式不同而已。《战争》与《流浪的星星》的最大不同在于,如果我们这节课讲的是《战争》,我没有办法叙述这么一个故事。勒克莱齐奥早就对故事、传奇产生了迷恋,就像小说里荼玛,乃至难民营里所有的人发现了乌伊雅姨妈的神话故事的魅力一般。他们会成群结队地来到乌伊雅姨妈的住处,听她讲故事。他们甚至相信她所说的每一句话,当他们听说新生命的诞生是个奇迹的时候,他们就会真的来看这个奇迹,以至于奇迹让鲁米亚——新生命的母亲——都蒙上了一层光辉。

这光辉,也是文字的光辉。文字就是这样一种奇迹,串起来,不论是不是以故事的方式,都能让每个字闪现出奇异的光辉。

和我们想象的也许正相反，口述的故事、传奇是小说的传统，有薄伽丘的《十日谈》或是拉伯雷的《巨人传》为证。二十世纪小说的一个重大趋势就是重新连接上口语——而不是已经落入思维窠臼的书面语言。但是发现故事的魅力并不代表勒克莱齐奥真的回归古典。因为故事始终只是他小说中的一个部分，一种形式。我们不难发现，即便是在勒克莱齐奥小说创作后期重新获得地位的情节较之于古典小说里的情节，也有很大的不同。小说从来不曾交待战争的背景，悲剧的具体由来和发展。作为人物，没有正义与非正义，没有好与坏，对与错——因为早在写《战争》之时的勒克莱齐奥就已经明白，战争从来不是个人的对错。

就是这样不曾交待任何背景的情节，在小说行至后半部时，也越来越有淡化的倾向。如果说，尼斯后方的小村庄还构成了一个人物事件交错纵横的世界，有爱，有恨，有强烈的色彩，有无奈和茫然，奴尚难民营却就只剩下了一缕轻烟。轻烟笼罩着，我们看不清其中的经纬与逻辑。

同样，作为当代小说的最大特点之一，《流浪的星星》也毫无顾忌地突破了情节的线性结构，具体而言，就是打破时空，打破单线和唯一。我们说过，小说有两条主线，一条是艾斯苔尔，一条是萘玛。这两条线唯一的交会之处是在艾斯苔尔抵达传说中的圣地，而萘玛被迫离开，踏上流浪征途的时候。这是一次于故事发展没有任何意义的相逢，然而萘玛一动不动地站在艾斯苔尔面前，将手搁在她的手臂上。接着，她从衣袋里拿出一本没有写过字的黑皮本子，在第一页的上方，她写下了她的名字，用的是大写字母：NEJMA，这次相逢开启了小说的另一条主线，除了我们上面所说的主题性作用以外，在结构上，它成为小说两个声部的连接点。也就是说，萘玛其实是艾斯苔尔的另一段生命。

如果说在我们的现实生活中，我们没有办法同时拥有两种命途，小说里的人物却可以有，这是文字世界突破这个现实世界种种限制的一种方式吧。就好像在昆德拉的《生活在别处》中，雅罗米尔可以拥有另一种并行不悖的生命体验——克萨维尔。

一个用现代技巧讲述故事的勒克莱齐奥的确让我有难以抵挡的感觉。或许，这就是为什么在这一讲的开始，我可以用马尔克斯的模式来开头的原因。我相信要想将作品的主题嵌入读者的生命里，这样的文字总需要有一种隐喻的力量。隐喻的根本意义就在于，它可以激活你表层的经验和感觉，却并不成为牢笼，把你框定在内容的牢笼里。在经验里，你找到了联系和想象。

而如果我们相信勒克莱齐奥的隐喻，《流浪的星星》里，在事隔四十年以后，艾斯苔尔重新找回了泪水，她终于得以远离。泪水是我们看见了疼痛的证明吗？我不知道，不过，在艾斯苔尔将父亲的骨灰撒入草坡的时候，或许我们有理由相信，至少她可以不再流浪。

第十课

米兰·昆德拉和《不能承受的生命之轻》*

---

* 除特别标注之外，本章所参考的译文为上海译文出版社《昆德拉作品集》，共十三本。
部分内容也参考了原作家出版社的译文。

第一讲　小说家是存在的探索者

讲到昆德拉，就会情不自禁地有些宿命。对于我来说，宿命的概念是欲爱、欲恨、欲弃，竟都是不能的感觉。只能够接受，接受他已然来到、已然确定下自己存在的地位的事实，哪怕是一边误解一边接受，一边抵抗一边接受。

用误解这样的字眼来形容昆德拉在中国的际遇，或许是我们到了今天才能得到的结论。这也是我将这位捷克裔作家选进当代法国文学的原因。

从根本上来说，我不想喜欢昆德拉。不想喜欢他，因为他是一个绝对的非理想主义者。作为一个浪漫主义价值观的全面继承者，我只可以喜欢绝对的理想主义者，不论这个理想主义者所恪守的道德标准显得多么过时、腐朽和可笑，但是能够忠实于自己的信仰，我始终觉得是一件高贵而不乏悲情的事情。昆德拉却用玩笑的方式——因为他坚信，作为一个小说家，他应当继承的是薄伽丘、拉伯雷和塞万提斯传下来的旗帜——瓦解了我们世世代代曾经奉之为崇高理想的东西：青春、革命、爱情和信仰，甚至是人性。瓦解了文学赖以存在的青春、革命、爱情和信仰,因而也瓦解了作为存在方式的青春、革命、爱情和信仰。

从意识形态的角度来看昆德拉,他是一个深刻承受过历史之痛的人。1968 年,苏联入侵捷克,捷克大批知识分子和艺术家遭到迫害,其中一部分人被迫逃亡,昆德拉在此之列。这段被简单称为"布拉格之春"的历史事件,在昆德拉前期用捷克语写成的小说里,我们都能看见它作为故事的主要脉络、作为人物的背景呈现。因为这个原因,昆德拉在西欧很快得到了承认和接纳:在非此即彼的道德观仍然占据主导地位的时代,人所做的事情无非是证明自己的对和别人的错。在上个世纪的一定年代里,西方世界攻击专制,东方世界攻击腐朽,都只是为了证明自己的对和别人的错。但是,两个世界都应该都知道,专制里包含着卸下个人道德重负的自由,而腐朽中又包含着令人向往的放纵与快乐。这个世界,从来没有绝对意义上的对和错。

昆德拉没有选择,他的小说在七十年代被当成一种反证,用来证明某种观念是错的。昆德拉应当是有些尴尬,但是他无从拒绝。虽然他的思考比简单地投入另一种观念的怀抱要复杂很多。

在剧作《雅克和他的主人》的导言中,昆德拉很直接地切入了这段历史,但是,似乎没有人看出来他在 1971 年就已经显露出来的弦外之音。导言里他讲了这么一个故事,说他的车被拦下来,俄国占领军的军官搜查完之后对他说:"这一切都是一个大大的误会。但这会解决的。您应该知道我们是爱捷克人的。我们爱你们!"

这个故事也许恰恰成为了昆德拉自己的写作史和接受史的写照,其中也包括他的中国之旅。在爱的外衣下,人可以随心所欲地坚持自己的误解。我们有理由相信,他在讲述这个故事的时候已经开始满怀在当时不得不压抑的愤怒。压抑,因为无论如何,被谈论、被接受总是一个开始,哪怕这当中充满了误解。于是,我们将会看到,昆德拉在误解和接受的夹缝中变成了一个最最矛盾的作家。他写悖论,甚至他本人就是悖论。

昆德拉的文字生涯是从文学批评开始的,尽管他现在已经不再同意再版他作为一个"非小说家"的作品。[①] 简单说来,他本人所看重的作品就是从 2003 年开始,上海译文出版社得到授权重新出版的一整套昆德拉,截至 2014 年,包括十一部小说,一部戏剧作品以及四部关于小说的"随笔"。[②]

我们可以看到,在这张列表中,最受人关注的《不能承受的生命之轻》(我们在这里用新版的译名)是其小说创作中期的作品。它似乎是个分水岭,在这之前已经有《好笑的爱》、《玩笑》、《生活在别处》、《告别圆舞曲》和《笑忘录》,连同这部《不能承受的生命之轻》,这六部小说所显示出来的主题和结构有着一种无法割裂的承继性。也正是这种承继性标志着昆德拉作为一个小说家业已成熟:对小说家的任务,小说家可能运用的形式,小说家在小说史构成中的继承与创造,小说与存在的关系有了明确的认识。

---

① 关于这一点,可参阅《阿涅丝的最后一个下午》,弗朗索瓦·里卡尔著,袁筱一译,上海译文出版社,2005 年 1 月版。在"全景"这一章中,作者较为全面地描述了昆德拉作品的全貌。昆德拉喜欢自己被定义为"小说家",而非"作家"。

② 十一部小说作品是:《玩笑》、《好笑的爱》、《生活在别处》、《告别圆舞曲》、《笑忘录》、《不能承受的生命之轻》、《不朽》、《慢》、《身份》、《无知》和《庆祝无意义》;一部戏剧作品是《雅克和他的主人》;至于随笔,在法文中,昆德拉喜欢用"essai"这个词,这个词很难被准确地译成中文。昆德拉使用"随笔"是为了宣告这并非是他从来不推崇的文学理论作品。四部关于小说的"随笔"是指《小说的艺术》、《被背叛的遗嘱》、《帷幕》以及《相遇》。而在这几部作品中,昆德拉的确没有作为文学评论家或者文学理论家出现,但是,他却以独特方式非常明确地阐述了自己关于小说和小说史的理念。——新版注

我们在此不做任何研究性的划分①。我们要做的，只是可以看一看直到《不能承受的生命之轻》以前，也就是说，在他的生活环境发生重大转折之前，昆德拉小说的主题、结构和这其中已经包含的小说野心。

在很长的时间里，我一直在和别人讨论一个问题，究竟是文本模仿生活，还是像罗兰·巴特所说的，生活模仿文本。我想，对于昆德拉小说的误解，很大程度上是对这个有似"先有鸡还是先有蛋"的问题所做出的线性而绝对的回答，因为我们早就说过，存在的问题始终是循环，不论是"8"还是"0"，都是循环。转而用昆德拉自己的意思来说，如果我们把昆德拉的小说看作是对曾经发生的历史事件的白描，这就是完全无视独立于历史之外的小说史。我们曾经以为，这位逃亡的小说家只是在用小说的方式诉说具体的历史之痛，是"1968 年，俄国人占领了我的小小的国家"的切肤之痛；是在某种意识形态之下，"专制"和"铁幕"所造成的切肤之痛；是不能被出版，被迫流亡的切肤之痛。

小说家的命运是在何时开始和小说的命运密不可分的呢？这一点已经无从考证。应当是从文学批评诞生之日起吧，从我们或多或少地相信文学是对现实的模仿或者升华开始。这其中所包含的，除了"绝对真实"的错误观念，也许还有我们每个人的心里那一点点对传奇——作为特例而存在的高尚或卑微——的向往。

然而，如果我们放下某种固定的观点仔细阅读，我们会发现，其实，从六十年代初期的《玩笑》开始，昆德拉早就超出了意识形态的命题，从而奠定下其前半期小说创作（也就是我们所说的直到《不能承受的生命

---

① 在昆德拉的十一部小说中，《慢》、《身份》、《无知》和《庆祝无意义》用法语直接写成。四部关于小说的随笔皆为法语原著。对于昆德拉作品的划分，通常采取的做法会以原创语言为界，分为捷克语原著和法语原著两个部分。——新版注

之轻》时的小说创作)的雏形:无论从命题和结构来说都是如此。[①]

在这里,我们不着重叙述《玩笑》的故事,这故事可以用很简单的几句话来概括(在昆德拉德小说理念中,理想的小说是"不能改编的,不能叙述的"[②]):一个人(路德维克)因为某个玩笑,葬送了自己曾经拥有的一切:爱情,前程,工作……他在惩戒营度过了一段灰暗而痛苦的时光,生命又经历了别样的思考,碰到了可以引导他进"灰色天堂"的露茜;之后,他想要报复,最终,报复按照他的计划成功实施了,可是他发现这报复的结果也不过是个毫无意义的,无聊的玩笑。于是小说的命题显现出来:如果历史开了玩笑呢?

是的,如果历史也是个玩笑,它就没有那么重,没有那么必然,没有那么客观。关键是,我们站在现实世界的任何一个点上,都将是个根本的错误。不管我们回首过去,还是遥望未来,都是不可避免的错误。个人、政治、历史的变化都不能够改变这个根本的错误,不,不是个体存在环境的问题,也不是方法论的问题:错误根本就是存在的本质。历史在小说中得到了消解。历史只不过是滑稽模仿,是"为了取悦盲目而惊呆了的公众"而上演的"一出又一出品味低下的滑稽剧,都是些没头没尾的鬼脸、对白和动作"[③]滑稽模仿,这是人生循环的文学形式和玩笑形式。历史不仅没有纠正已犯错误的机会(是不能重来的),而且没有避开未来犯错的可能(人性之恶的永恒循环)。

从玩笑到玩笑,昆德拉因而在《玩笑》中完成了一个与存在对称的,

---

① 实际上,《玩笑》是用捷克语写成,并且没有什么磨难地通过了政治审查,在捷克出版。

② 可参见《不朽》,米兰·昆德拉著,王振孙,郑克鲁译,上海译文出版社,2003 年,第 269—270 页。

③ 《关于毁灭的小说》,弗拉索瓦·里卡尔著,作为附录收于《玩笑》,米兰·昆德拉著,蔡若明译,上海译文出版社,2003 年,第 390 页。

小说的循环。实际上,在以此为出发点的漫长的小说创作旅途中,他一直在重复这个词:玩笑。革命是玩笑(《玩笑》),逃亡是玩笑(《告别圆舞曲》),爱情是玩笑(《好笑的爱》),青春是玩笑(《生活在别处》),道德是玩笑,不朽是玩笑(《不朽》),回归是玩笑(《无知》),自我的寻找是个玩笑,甚至,"家"也是一个玩笑,生命本身也是个玩笑(《不能承受的生命之轻》)。堂吉诃德走出家门,他看到的世界是一个毁灭的世界。越往下走,就越会纵情于玩笑之中。其实,论小说的野心,他在《玩笑》之时就已经下决心举起塞万提斯的旗帜。

只是,《玩笑》毕竟是他严肃意义上的第一部小说。作者因此也对这部小说格外情有独钟。而我们可以看到他在这个已经显得残酷的小说世界里,还保留了一点同情心。在《玩笑》的最后,经历了一场又一场"毁灭"的路德维克在雅洛斯拉夫的邀请下,参加了他们那个在任何时代都未曾被纳入的民间乐队,雅洛斯拉夫这样唱道:

如果青山展为纸——流水化为墨——星星都来书写——如果辽阔的世界想要拟就——尽管这一切都不会有——我爱情的遗嘱。

是在雅洛斯拉夫迫切的歌声中,我(路德维克)才感受到了幸福,突然间觉得非常疲惫,需要让音乐成为保护围墙,有了它,虽然那些喧哗的醉汉在我们身边,我们也像置身于一个悬在寒冷水底的玻璃罩里,因为,只有

在歌中,忧愁并不浅薄,笑声也不勉强,爱情并不可笑,仇恨并不懦怯;在歌中,人们爱得身心合一;在歌中,人们因幸福而舞蹈,因绝望而弃身于多瑙河的波涛;只有在歌中,爱情就是爱情,痛苦就是痛苦;在歌中,

各种价值还没有被蹂躏。①

　　说来是很奇怪的事情，就在我度过了遭到昆德拉尽情嘲笑的绝对青春之后，竟然会这样看重他在意义延搁之处，留给我们的这一点美的闪现和未曾绝望到底的平静。

　　而除了小说命题，《玩笑》的结构也奠定下了昆德拉直到《不能承受的生命之轻》为止，所有从音乐那里借用的小说结构特征：对位、复调；也显示了他对传统小说世界的挑战和对自卡夫卡以来的迷宫一般的现代小说由衷的肯定。

　　或许，除了昆德拉，没有一个小说家会人为地将小说和音乐的关系拉得这样近。这里诚然有个人的原因，在《小说的艺术》中，昆德拉承认自己在一直到二十五岁以前，对音乐的兴趣比文学都要大：

　　那时我做得最好的一件事情就是写了由四种乐器演奏的乐曲：钢琴，中提琴，单簧管和打击乐器。它似乎预演了我小说的结构，虽然其实那个时候，我甚至不知道自己会写小说。您想想看，这支由四种乐器演奏的乐曲分成七部分！②

　　有了昆德拉自己的这段解释，我们应当不难理解《玩笑》为什么会如此命定地揭开了昆德拉所谓的"小说代数学"的序幕。从《玩笑》到《不能承受的生命之轻》，除了《告别圆舞曲》是五部分之外，其他的一概是七部分，并且每个部分都呈现出不同的形式。当然，这种用不同形式来表现

① 两段引文均引于《玩笑》，米兰·昆德拉著，蔡若明译，上海译文出版社，2003 年，第 374 页。
②《小说的艺术》，米兰·昆德拉著，此段由作者本人译出。

唯一相同的主题,在《不能承受的生命之轻》中发展到极致:第三人称的叙述,叙事者本人的直接介入,词条性注解,关于"媚俗"的大段思考,等等。这就是昆德拉所谓基于"数学排序"上的复调。复调这个音乐术语用在小说上的意义是,小说如何克服其线性的命定,让几个声部同时开口说话,并且,这几个声部之间彼此完全对等,没有传统小说世界里的所谓主要情节和次要情节之分。

《玩笑》中的复调还仅仅是个开始,不同的形式只取决于不同的叙述角度。《玩笑》的七个部分是由四个人物的交替叙述构成的(仿佛四种乐器演奏的乐曲):路德维克,雅洛斯拉夫,埃莱娜和考茨卡。全都是第一人称,然而叙述的绝对真理已然遭到了废黜,因为这四个人物的叙述并不是奔着同样的一个事实去:很难说路德维克、考茨卡和雅洛斯拉夫各自叙述中的露茜,哪个更加真实。关键不在于这里,因为昆德拉一再强调,让这些不同的形式、甚至不同的故事集合在一起的,只是小说真正的核心:即关于存在的探索。视角可以发生变化,甚至生存境遇也可以发生变化,小说想要挖掘的,却是一切变化了之后,永远都不会发生变化的"生存密码"。

到了《生活在别处》,七个部分中有一部分名为《四十来岁的男人》,这一部分与小说故事情节的总体命运没有任何关系,唯一的交集只在那个红发姑娘的身上:红发姑娘也是因为爱情撒了谎,莫名其妙遭到恋人的革命性出卖、从监狱里出来之后,来到了这个已经脱离世界,生活在边缘的"四十来岁的男人"身边。那是一幅充满怜爱的画面,与《玩笑》中在歌声中寻求到的寒冷水底的玻璃罩相似,而其中所隐含的欲念,竟也与雅洛斯拉夫在唱完那首歌之后心脏病发的激情相似。是到了这部小说,我们有理由相信,音乐,或者爱情,只有在其意义被延搁处才会有片刻的美闪现。我们也有理由相信,这个与《玩笑》中《考茨卡》相对应的部分意味着昆德拉将把他的小说构成理论贯彻到底。

《好笑的爱》实际上却是由七个各自独立的短篇构成，某种意义上是昆德拉"戏谑模仿"（昆德拉最喜欢用的词之一，换在音乐的概念上是"变奏"，《雅克和他的主人》就是这样一种基于狄德罗《宿命论者雅克》之上的变奏）《十日谈》的结果。只是他抽掉了十个小故事当中的三个，再次人为地掉入自己迷恋的"七"的魔咒。从创作的时间而言，《好笑的爱》中的大多数短篇是昆德拉初涉小说世界的实验之作，因而有评论家认为，其实在《好笑的爱》里，昆德拉已经在实验其日后创作的所有主题与叙事方式。

一步一步，《笑忘录》已经走到了更远的地方。因为《笑忘录》里已经不见了前面两部长篇小说所具备的基本因素：小说中的几个核心人物和将这些人物连接在一起的事件。它也不像《好笑的爱》那样，干脆采取了讲故事的形式，叙述现代意义上的"一千零一夜"，从一开始就明确地告诉读者，在这些故事之间没有什么连续的命运可言。《笑忘录》是用了长篇小说的形式来尽可能地容纳彼此之间缺乏行动一致性的情节和思考，从而成为真正意义上的"变奏形式的小说"。①

从这条线上看下来，我们或许能够明白，《不能承受的生命之轻》在欧洲，乃至后来在世界范围内所获得的成功中含有多少误解。而无视昆德拉的小说野心又是多么令他感到愤怒。因为我们将对《不能承受的生命之轻》做更为细致的解读，在此我们先暂时将这部小说搁下。

其实对于昆德拉小说与音乐的关系，我们还没有说完。除了对位和复调，除了变奏，小说和音乐这两种艺术形式得以靠近的地方在于他们

① 这个概念也是昆德拉自己对于《笑忘录》的定义，可参阅《小说的艺术》第四部《关于结构艺术的访谈》，这里所涉及到的均由作者自行译出。

用各自的材料所建构的节奏。《玩笑》出版后,昆德拉借助一篇名为《〈玩笑〉的几何学》的评论发现了自己的小说所具有的作曲般的严格的精准性:

路德维克的独白占了全书的 2/3,其他人的独白加起来占了全书的 1/3(雅洛斯拉夫 1/6,考茨卡 1/9,埃莱娜 1/18)[①]。

不仅如此,昆德拉在《不能承受的生命之轻》以前,小说一向是分部,然后再分章节,每个部分的长度与章节数以及所跨的叙事时间之间形成了所谓的小说节奏,使其完全具备了音乐的形式。对于《玩笑》之后的《生活在别处》,昆德拉如此分析它的节奏:

第一部分:11 章,71 页;中速

第二部分:14 章,31 页;小快板

第三部分:28 章,82 页;小快板

第四部分:25 章,30 页,极快

第五部分:11 章,96 页,中速

第六部分:17 章,26 页,柔板

第七部分:23 章,28 页,急板[②]

当然,在仔细研究了"贝多芬第 131 号四重奏作品"后,昆德拉不得不承认,这种形式并非真的是上帝赐予他的独特创造。

甚至一直到《不朽》,这种形式上的命定仍然存在。《不朽》这部昆德拉第一次用法语直接创作的长篇小说,在很多评论家的眼里,都被看成是昆德拉小说创作的一个转折点。小说仍然是分成七个部分的长篇小说,仍然是日趋完美的"复调小说"。可是小说的舞台和背景突然间发生

---

① 可参阅《小说的艺术》第四部《关于结构艺术的访谈》。

② 同上。

了变化：那个被西方评论家津津乐道的沉重历史突然不见了踪影，而现代社会种种发展到极致的悖论（最典型的是死亡和不朽）却清晰地显现出来，并且，昆德拉关于小说的思考也直接进入了《不朽》里。《不朽》因而成为一本可以被当成是现代小说野心图的注释来读的小说。同时，在《不朽》中，不仅是叙述者在小说中毫无顾忌地现身，甚至作者也直接进入小说，和小说的人物对话，从而成为照亮自己小说主人公的一束光。

《不朽》的转折性意义，还在于它有一个具有特别意义的中心人物：阿涅丝。如果说在这之前，昆德拉的小说里，有在意义延搁处闪现的美的片段：《玩笑》中的民歌和露茜，《生活在别处》中的四十来岁的男人以及几乎每部小说都会出现的不绝对、不沉重的性爱玩笑；然而阿涅丝是完整意义上的美，以至于她和这个世界的其他人，其他生灵之间很难产生一种归属感：

　　她和这些身体下有两条腿，脖子上有一个脑袋，脸上有一张嘴的生灵毫无共同之处。从前，这些人的政治和科学发明把她迷惑住了，她想就在他们的冒险事业中充当一个小角色。一直到有一天她产生那种她和这些人是不一样的感觉之后，她的想法就改变了。这种感觉是很奇怪的，她知道这是荒谬的，是不道德的，想抵制它，可是最终她还是认为她不能支配她的感觉。她不能为这些人的战争感到苦恼，也不能为他们的节庆感到高兴，因为她深信这一切都与她无关。

无关，和厌世，和欲望未得到满足之后的幻灭相去甚远。这份不属于尘世的完整的美，只有以遁出的方式来找到属于自己的地方：这是在昆德拉所有作品中，我个人最看重这部《不朽》的原因。它含有一种昆德拉之前的小说从未显示过的忧伤——虽然仍然在坚持他所钟爱的小说形式和小说命题,却有一种温软的东西在里面,令人心生向往。

而昆德拉在此之后果然改变了他的写作——这一次,是绝对意义上的改变。因为他开始用法语创作小说。他逃离了"七"的命定,并且不再将小说分为部分,《身份》《认》和《无知》都直接划分成章节,每一章都很短,节奏因而显得更为急促①。从结构上来说,唯一没有改变的是他的复调——他以为自布洛赫以来最伟大的小说发明。众声部仍然在这些五六万字的小说中一起奏响,人物、叙述者、作者乃至其他小说中的虚构人物得以在同一个空间里一并存在,彼此映照。似乎他以为不是自己母语的法语只合适拿来写音乐小品,而不适合写大的音乐篇章;抑或他以为,在这个一切都有可能被消减为零的时代,宿命的结构还是显得有些沉重?

结构变化,可是命题仍然没有变,小说的使命是以"通俗笑剧"的形式追问生存问题的观点也没有变。《身份》《认》与《无知》虽然短,却几乎一章就是一个通俗笑剧的场面,或关于某种观念的调笑性注解。《庆祝无意义》更是对"意义"这个在所有的语言、所有的时代都关注的词语进行了消解。这笑声越来越轻,轻得让人难以承受。在他的轻笑声中,我们唯一有可能想到的等待是或许他还有三部法语小说要写,从而还是坚持完成"七"这个命定。可是,《无知》中,尤利西斯已然回到了那个永远回不去了的家中,葬送了珀涅罗珀沉痛的眼泪,我们又还能再等待什么?而意义一旦不存在,海德格尔谓之为"家"的语言也没有了存在的标识。当存在被消减为零的时候,还有再待探索的一寸土地吗?

---

① 一直到 2014 年的《庆祝无意义》,八十五岁的昆德拉才又回到他钟爱的"七",可能算是对他小说生涯的一个总结。

第二讲 行至半程的堂吉诃德

我们在上一讲中提到过，从时间的角度来说，《不能承受的生命之轻》处于昆德拉小说创作的中间阶段。没有开篇的意义，也没有终结的意义，甚至我说过，我个人以为，这也不是他最好的小说。但是我想大家都会明白为什么我们要选择这部小说做比较完整的解读：因为它宣告了昆德拉小说接受史的开端。

误解从来都是理解的一种，就好像杜拉斯的创作开始为大众接受的竟然会是她在七十岁高龄时创作的《情人》——至少从这个意义上而言，昆德拉比她幸运。年龄是个优势，性别也许也是，因为昆德拉在被接受了之后，还有时间表现出出乎所有人意料之外的愤怒，而且是越来越愤怒，他没有像杜拉斯一样，任自己坠入"不知道写了什么"的陷阱里。他不仅知道自己写了什么，而且要用明白无误的方式告诉读他小说的人，他究竟想写什么。如果你们读到的是别的东西，那是你们的错误。在《小说的艺术》里，他明白无误地借用对自己所钟情的卡夫卡的评论写道：

如果说我们不愿意被那些神话和传说蒙骗，我们在弗兰兹·卡夫卡的笔下就找不到一点点政治意义。①

昆德拉关注的不是冷战时期两大阵营的问题——或者说，意识形态在他的笔下的确存在，但只作为对于存在探索的切入点，是小说家要穿越的"现象"——这一点是肯定的，否则我们就过于低估了这位行至半途的堂吉诃德为小说史带来的东西。《不能承受的生命之轻》之所以会带来这样的误解并且取得这样的成功，只是因为，在这部小说里，他让他的四位人物在地域的概念上做了这样的移动：从被前苏联占领的社会主义国家捷克到西方自由国家的代表瑞士。可是，不要忘记，他们又移了回去。因为，昆德拉说，失去悲剧的重量，他们竟然无所依附。这已然完全超越了政治的范畴。

熟读昆德拉的人会很清楚，昆德拉的人物从来都在奔跑，以为生活、理想和未来都在"别处"，于是忙不迭地跑着，跑过去，再跑回来，在存在的旅途中跑得气喘吁吁——至少在他们的年轻（抒情）时代都是如此。有借口的跑，没有借口的，创造借口也要跑。通常，在创造的诸多借口中，爱情是非常好的载体。因而爱情也是昆德拉所致力瓦解的人的不得不为之一。

其中的原因，他在这部讲述"轻与重"、"灵与肉"的悖论的小说里解释得非常清楚：

追求的终极永远是朦胧的。期盼嫁人的年轻女子期盼的是她完全不了解的东西。追逐荣誉的年轻人根本不识荣誉为何物。赋予我们的

① 可参阅《小说的艺术》第五部《身后的某个地方》。

行为以意义的，我们往往对其全然不知。①

　　《不能承受的生命之轻》里有四个主要人物：特蕾莎、托马斯、萨比娜和弗兰茨。用昆德拉自己的话来说，就是有四个声部同时展开。因为视角不同，这四个声部所承担的七个部分的讲述在时间上彼此并不相连。我们知道，复调的运用是昆德拉用来打破书写命定的线形顺序和时空界限的手段。在《不能承受的生命之轻》里，我们看到作者已经开始有很好的运用。但总的来说，昆德拉有自己打破不了的生命的顺序，我们会发现走到一半的堂吉诃德在小说形式的突破上的确也走到半途。小说人物的故事都是在1968年，前苏联入侵捷克的背景中展开，四个人物之间彼此也有关联。倘若从人物最终的结局来概括这本小说（我们尽量不讲"故事"，昆德拉说过，好的小说都是无法"简述"的小说），我们可以说，四个主要人物中，只有热衷于背叛的萨比娜活了下来。她是永恒的逃跑者，知道自己不会、也不可能到达终点，所以，她活了下来，因为只有她不会被悖论埋葬。

　　这位没有死的背叛者喜欢墓地。她常在墓地间行走，然后再出发。她听得见墓地里传来的声音，她虽然是唯一的生者，却仿佛已经清楚地看见了自己的彼世。

　　托马斯承担了这本书的主要命题：轻与重。故事不可思议地从这个一贯在女人堆里游荡的男人突然对小镇上的女招待感觉到责任开始。从"轻"迈向"重"开始。那是在十五年前深深打动过我的一段文字。小说一开始这样写他和特蕾莎必然要发展下去的关系：

---

① 《不能承受的生命之轻》，米兰·昆德拉著，许钧译，上海译文出版社，2003年，第144页。

对这个几乎不相识的姑娘,他感到了一种无法解释的爱。对他而言,她好像是个被人放在涂了树脂的篮子里的孩子,顺着河水飘来,好让他在床榻之岸收留她。①

对一个不再能够相信绝对而唯一的爱的男人来说,爱情就是这样一种无法逃脱的命定,一种自上而下的,由心疼产生的欲望。托马斯几乎就是《生活在别处》中那个四十来岁的男人,只是这一次,他告别了瞭望台的位置,来到了小说的核心。在夜里始终握着特蕾莎的手,背叛白天那个从来不知忠实为何物的自己,在闭上双眼的时候,承受责任的重量。

为了这份责任,托马斯甚至要改变自己的其他人生决定,这份担当实在有些无法解释。他"像被告接受判决一样"接受了特蕾莎移居国外的愿望,然后,又因为不能忍受特蕾莎的离去再度回到波希米亚。虽然,在和特蕾莎在一起的生活里,他始终是一个"放荡型的好色之徒"。

而托马斯在爱情之外的故事也和他在爱情上的遭遇如出一辙。他是一位外科医生,用世俗的标准衡量甚至可以说是一位出色的外科医生。和弗兰茨不同,他对政治本无热爱。但是他无端地热爱了俄狄浦斯的故事,并且由此引发了他对不知的感慨:不知不能代表无辜,唯一的偿还应当是戳瞎眼睛,离开底比斯!他的这通不合时宜的感慨为他带来了一些麻烦——因为他写成文章,并且被部分删节后登载了作家周刊上——他不得不坚持自己在一开始本无所谓坚持的立场,因此从一名外科医生沦落成一个玻璃窗擦洗工。然而沦落也未改变他的生活,他仍然是一个"放荡型的好色之徒":这才是他真正的、非玩笑性质的坚持。却也是当他起了背叛之念,当他理想化地迈向"非如此不可"的命定时就会

---

① 《不能承受的生命之轻》,米兰·昆德拉著,许钧译,上海译文出版社,2003年,第7页。

面临悲剧的原因所在。而事情的发展果然如此，每一次的"非如此不可"，爱情的或是非爱情的，他仍然只能用玩笑的方式来化解。他天生承受不了严肃的重量，承受不了由一句玩笑转化而成的严肃的命定。

特蕾莎的故事和托马斯的故事相对应，似乎是为了回答，也为了补充。她与托马斯所走的路正相反：她是从无意义——出生是个玩笑，而且是个错误的玩笑——里往自己心仪的意义——参与伟大的爱情，参与伟大的悲剧——里走。作为"轻与重"的补充，她承担的是"灵与肉"的悖论。一个在恶劣环境里成长起来的乡村女招待，在漫长的自卑而痛苦的世俗生活中，懂得灵魂与肉体永远要彼此背叛的道理。和小说一开始就照耀着托马斯的哲学之眼——尼采、巴门尼德——不同，关于灵魂与肉体的悖论来自最为粗俗、尴尬而又令我们无法逃脱的生活细节。特蕾莎的真实存在"产生于肚子咕噜咕噜叫的那一刻"。

特蕾莎爱照镜子，并非出于一种自恋，而是用目光——灵魂的外在形式——审视自己的肉体。开始的时候她试图找到灵魂和肉体的统一。然而看得越久，便越是要看出灵与肉的分离。和所有的理想主义者一样，承认灵魂至高无上性的她于是只能越来越鄙视肉体的存在。她的悲剧是在灵魂冷冷地注视肉体的背叛时开始的。那个被绑上眼睛要她死的梦，那个在她肉体背叛之后永远再也没有出现的工程师。一切都像是场阴谋。

她也不断地逃跑，每一次被爱情或是爱情之外的悖论压得喘不过气来的时候，她就逃跑。想要逃离命运的玩笑和鄙视时，她就逃跑，并创造一个沉重而具有崇高意味的理由。爱情，祖国或者正义。她从小镇跑到布拉格，再从布拉格跑到日内瓦，从日内瓦跑回布拉格，最终从布拉格跑到农村。只是和萨比娜的主动背叛不同，在她终于气喘吁吁地脱离了那个粗俗的起点之后，她始终是从一个并不存在的理想之境逃向另一个并不存在的理想之境,因此她的逃跑总带有梦游的意味。

实际上,她也的确是将最多的梦境带入小说的人物。因而在《不能承受的生命之轻》的四个人物里,其实特蕾莎最接近我们,是最"现实主义"的人物。那种肉身在尘世间所体会到的种种世俗的尴尬。

小说中最有意思的人物是萨比娜,用昆德拉自己的界定来说,她是一个由来的背叛者,只是这个背叛者到了最后,她意识到所有背叛的旅程结束,眼见到的只是一片空白,"可以背叛亲人、配偶、爱情和祖国,然而当亲人、丈夫、爱情和祖国一样也不剩,还有什么好背叛的?"这个问题令萨比娜感到无限悲伤。"她的悲剧不是因为重,而是在于轻。压倒她的不是重,而是不能承受的生命之轻。"

尽管这样,她仍然不能够放弃"轻"而接受所有带有重量的东西:革命、祖国、爱情、崇高,甚至意义。原因很简单:因为成熟。成熟的悲剧意义就是不再能够躲在重量里,自欺欺人。在巴黎的蒙巴纳斯墓地里,她的灵魂在忧伤之中拒绝了那种会被一块石板封住,好让"亡者永远不得出来"的墓地,从而也拒绝了巴黎,因为"对于一个永不知停息的女人来说,一想到要被永远禁锢,不再能行走,那是无法忍受的"。于是她仍然继续行走,是在行走的途中,她一一得知了托马斯和特蕾莎的死讯,还有弗兰茨。

萨比娜拒绝重、接受轻的态度让她成为小说中最冷的一只眼睛。她历经背叛,因此也历经所背叛的种种理念。只有她可以有权利对种种理念进行分析。

弗兰茨与上面的三个人物都不同,他生活在所谓民主自由的国家,以一种难以解释的热情向往着萨比娜那可怜的祖国,幻想自己也能在那样的历史之中扮演英雄的角色。没有机会的时候,他就梦想着在和萨比娜成就伟大的爱情,于是毅然中断了婚姻生活,要把自己伟大的爱献给萨比娜。设计弗兰茨这个人物,恶毒的昆德拉一定是带着某种报复的快感。弗兰茨对萨比娜的误读难道不就是西方读者对昆德拉的误读吗?然而萨比娜忙不迭地逃走了。弗兰茨伟大的爱情没有了着落,可是还好,他还算能够怡然享受萨比娜的逃跑,将之幻化为与大眼镜姑娘的俗事之爱并行不悖的天堂之爱。

并且,为了这份天堂之爱,他参与了伟大的进军,然后就在柬埔寨糊里糊涂地送了命。

结构仍然是昆德拉无法逃脱的"七"的命定,前五部呈现出一种奇怪的对称,《不解之词》居于核心的第三部分,由不断背叛的萨比娜的视角来支撑;第一部分与第五部分的《轻与重》由托马斯的视角来承担;而离核心第三部分最近的第二和第四部分的《灵与肉》由特蕾莎的视角来承担。

轻与重,灵与肉,人物所承担的,是这样两个所谓的哲学悖论。尽管昆德拉的小说与萨特或者卢梭的哲学小说有着天壤之别——我们知道,他是一个真正迷恋小说艺术的人——但是昆德拉对于哲学所表现出来的迷恋也是众所周知的事情。《不能承受的生命之轻》会在全世界的范围内得到成功,与此不无关系。在1984年的一本杂志上,昆德拉曾经说过,比较起文学,他更喜欢哲学,尤其喜欢读柏拉图、笛卡尔、尼采、胡塞尔、海德格尔和萨特,还有捷克的哲学家拉迪斯拉夫·柯利玛和雅恩·帕托什卡,说他尤其对关于人类存在的哲学感兴趣。[①]

的确,《不能承受的生命之轻》开篇上来就是对尼采"永恒轮回"的探讨。如果生命不是一条直线,有起点,有终点,而是一个圆,会无限重复、

[①] 可参考维托斯拉夫·谢瓦蒂克著《米兰·昆德拉的小说世界》(*Kvetoslav Chvatik*, *Le monde romanesaue de Milan Kundera*),译自德语,伽利玛出版社,1994年,第152页。

不断重现,那又将如何?

　　昆德拉说,那将是最沉重的负担。而我们必然会终止的生命的背景,成为我们可以在盈盈一笑间化解一切——甚至和希特勒和解——的轻。沉重的循环与轻盈的直线,接下去的一个问题是:轻是真的美丽吗? 我们真的可以在轻当中得到自由吗?

　　于是托马斯承担了这样的思考。他是一个唐璜式的人物,一生有数也数不过来的女人,多得都可以不问姓名。然而他却承担了爱情之重,对特蕾莎,对一个原本也许根本无缘走入他生活的乡村女招待。爱情的重与轻必然演示为灵与肉,忠诚与背叛,爱与性这些折磨了无数抒情男女的悖论。而昆德拉的小说观也由此昭示出来:小说不是对人类命定的,无法摆脱的存在方式的描述,它是由无数可能性组成的,这无数的可能性中,甚至可以包含完全相反的因素,包含两极的悖论。这种可能性,他称之为"存在密码"。也就是说,所有的人物看似不同,却都是相同的"元元素"的不同组合形式。托马斯的身上包含了轻与重,包含了爱情的背叛与忠诚,他是现实生活的价值判断中不可能存在的唐璜与特立斯当的结合物。小说的任务就在于不断地开发和揭示被历史、政治、伦理遮蔽了的这些"元元素",用想象的方式组合成不同的小说人物与小说情境。在托马斯—特蕾莎的爱情模式中,如果说托马斯集合了轻与重的两极,特蕾莎却像大多数女性一般,以无可抗拒的软弱支撑起沉重的人生。他们俩的世界从开始时就没有融合的地方——这也是这个世界上大多数男女在爱情中的实际状况。之所以她在境遇的选择上比托马斯显得更为积极(在每一次环境的选择中,相反,显示为极度衰弱,衰弱得甚至要倒下去的她总是起着主导作用,包括在最后的田园牧歌的画面中亦是如此),正是因为她和我们所有人一样,相信、并且向往并不存在的最美好的重量的存在。相信最好的,唯一的男人;相信最好的,应当永远忠诚的观念;相信最好的,同样应该永远忠诚的社会制度;所有这些最好的被现实击得粉碎而令我们手足无措的时候,于是只有出逃,跑到想象中更好的地方,直到跑不动为止。

然而,之所以说直到《不能承受的生命之轻》时的昆德拉只是行至半途的堂吉诃德,是因为,我们发现,即便是在作品中昆德拉贯彻到底的爱情,或者存在的主题上,他延续了前面的手法,仍然为我们保留了一幅充满忧伤、却不无幸福的画面。这幅田园牧歌的画面作为最后的定格画面出现在小说的结尾——尽管在前面我们就已经知道这幅画面最终会因为男女主人公的车祸(车祸也是现实的,乡村舞会之后,陶醉和酒醉的托马斯开着那辆破烂失修的卡车,在破烂失修的公路上出了事)而不复存在——诱骗我们相信作为瞬间,如同音乐,如同怜惜,如同一切你不需要强求它们持续的美好,存在有令我们感动到热泪盈眶的地方。这种令我们感动到热泪盈眶的地方是在物质世界消减到"最低的"的程度时,是在人类停止思考,停止介入(或者无力介入)大自然的时候。我们知道,这种美好后来在《不朽》中,在一个人的身上得到了最完美的描述。我们也知道,在这个基础上,作为小说家,昆德拉以极端的方式充分展现了他的反物质本性。

这当然并不意味着昆德拉相信所谓的田园牧歌,我情愿相信,他只是相信小说的魅力,相信小说即便在撒谎,也远比别的谎言的方式更为高明。

托马斯—特蕾莎爱情模式的反面是另一对人物萨比娜—弗兰茨。前一对人在爱情中从轻走向了重,而后一对人却在轻和重的对抗中从重走向轻,直至走向无。萨比娜-弗兰茨的关系回答了前面关于轻与重的问题:轻是真的美丽吗?

萨比娜有点像托马斯的女性版,只是她比托马斯更加彻底,她不愿做任何关于重的尝试。别人所希冀的重量一旦逼近，她便狡猾地脱身逃离。弗兰茨要把他们的爱情提高到牺牲自己原有婚姻的高度上时，萨比娜彻彻底底地逃开了，从此不再回头，将弗兰茨一厢情愿的重量消减到零。弗兰茨则是在毫无拘束的轻里向往着重，他向往萨比娜身后那个沉甸甸的悲剧世界，向往萨比娜根本不需要他付出的代价和责任。他们的所谓爱情最终在轻里消散，甚至没有理由。

重也罢，轻也好，并没有定论和好坏，小说就是对这些没有定论的存在悖论所提出的问题，我们可以让小说人物在悖论的两极滑动，从而获得各自的命运，超越叙述者驾驭范围的，属于自己的命运。在这里我们也看到了昆德拉的小说和其他那些可以称为"哲学小说"的小说的第一个区别：昆德拉的小说里从来没有既定的哲学理论，他的人物从来不曾成为卢梭笔下的自己或是萨特笔下的罗冈丹。他笔下的人物从来不曾获得叙述者、作者和人物在精神世界的完全统一。因而昆德拉笔下的人物命运从来不是既定的。

于是从轻与重，灵与肉的冲突当中衍生出一个迷惑了一代知识分子的词：媚俗。Kitsch，这是一个德语词，其实原意不过是指在某个时代，工业手法仿制出来的大量缺乏生命原动力的过时的艺术品和艺术品位而已。韩少功在翻译上的突出贡献在于他用中文创造了一个属于一代知识分子、同时又以误解的方式不容分说地确定下其存在地位的词：媚俗。Kitsch是人类存在几乎不可避免的本性，因为生命是有终点的，我们会按照这个社会在现时里所呈现给我们的规范，确定我们认为最理性、最美好的生活方式，我们会追随这种生活方式，朝着那个方向前进。但是这种最理性、最美好的生活方式并不存在，因而我们才会不断地奔跑。并且，哪怕是充分意识到这一点，像四十来岁的男人，像托马斯，像萨比娜那样，我们也并不能因此而获得幸福。所以Kitsch并不是一个值得批判的价值观,和昆德拉小说中的其他现象一样,它只是存在无可避免的一个"密码"而已。是人注定活在拉康所谓"镜像"里的本质。

那么媚俗的反面呢?媚俗的反面是疑问,是小说的方式,是昆德拉赋予小说的伟大使命。当你对周遭,对现有的一切——在我们这个时代,对人人无限向往的轻——对包括自己在内的一切产生了疑问,你就正在远离昆德拉所定义的 Kitsch。

远离 Kitsch,可是并不能远离以 Kitsch 为生存方式的绝大多数人对你的判断:这也是《不能承受的生命之轻》的命运本身所告诉我们的尴尬事实和再次昭示的悖论。还没有走到《不朽》的昆德拉只是揭示了逃跑的不可能,他还没有想到阿涅丝的遁出。

在小说技巧的运用上,这位堂吉诃德同样走至半途。和《玩笑》不同,《不能承受的生命之轻》用的是第三人称,因而也充分运用了作者、叙述者与小说人物之间的张力。叙述者站在不同人物的角度,并没有以无所不在、无所不知的形式出场,并且,作者也毫无顾忌地出现在他的人物背后,平添了一双另外的眼睛。这双眼睛注视着小说情节和小说人物的发展,直至最后,这发展超越了他所能驾驭的范围。作者的介入,早在《生活在别处》中就已经存在,而在昆德拉后期的小说,例如《身份》与《慢》中发展到了极致,以至于可以和小说人物进入同一个世界。

叙述的时间之链在《不能承受的生命之轻》里也被截断了。情节并没有按照时间的顺序来发展,更不存在所谓的开始-发展-高潮-结束之说。因此,我们早在前面几章就已经获知了托马斯和特雷莎的死,而在小说的结尾,这两位人物却被锚定在一幅幸福的田园牧歌的画面上。这是昆德拉小说和传统小说的不同之处。但是和新小说同样有所不同,《不能承受的生命之轻》并没有摒弃情节。这也是昆德拉小说与所谓哲学小说的第二个重大的不同:这是位迷恋故事,并且将小说定义在故事之上的小说家。问题只是讲故事的方式而已。唯一的故事并不存在,唯一的视角也并不存在。小说的道德正是建立在它对语言的线性本质的挑战上。与此相得益彰的是小说的语言,昆德拉的小说语言并没有故意截断能指与所指的约定关系,从而成为根本意义上的隐喻的语言,他的语言是明晰的,是用来完成最根本的,讲述故事的功能。他笔下的人物因而仿佛《十日谈》里城门下的男男女女,围绕他们的记忆、视角和行为展开了无数看似无关,实际统一在同一棵树上的枝蔓分叉。

《不能承受的生命之轻》后来被美国导演菲利普·考夫曼拍成电影,和《情人》应验了同样的命运。从电影的角度来说,又多了一个由托马斯、萨比娜和特雷莎组成的三角关系的艳情故事,从而为昆德拉一直感到愤怒的误解再添上不可抹去的一笔。然而,这也许正是对存在悖论的最好讽刺:我们拒绝误解,但是误解从来是接受理解的必然方式和必然结果。只是但愿昆德拉不要和尼采一样,在向马走去的过程中与人类彻底决裂。只是但愿,除了疯狂,真的存在所谓阿涅丝的遁出方式,可以安静地离开这个世界。

第十一课

自由与理性之后的当代法国文学

最后这一讲，突然想从德彪西说起。他是文学之外的，我们将从文学之外再回到文学里。

十九世纪末，所有反传统的征兆已经显示出来，几乎已经成为教条的浪漫主义即将寿终正寝：或许文学外和文学里都是如此。然而，那樽四个桥墩支撑一根细柱的埃菲尔铁塔还没有竖起来。在钢铁时代正式确立其地位前，艺术家表现焦虑的形式是不一样的。

德彪西的印象主义音乐或许是种种焦虑中的一种——虽然无论怎样定义他，多少都会有点使他感到难堪。因为他自己号称"没有流派"，没有理论。德彪西在传统走向末路的时候找到了所谓的天籁之声，风、海、月光、雨雪、空气，还有黑夜。是天籁自己在鸣唱，自由的、流动的、摆脱了人为种种规律的鸣唱。音乐在他的手中成了莫奈的那种灰白和蓝紫。

他意外地诠释了最后那一点所谓的"法国精神"，当然，是用音乐的形式。他说，只有两种艺术是在空气中流动的：音乐和诗歌。他的音乐——正因为是个事前没有任何目的的事故——意外地成为浪漫和理性的完美结合。当然，我们在这里所用的"浪漫"和浪漫主义的"浪漫"已经大相径庭了。这里的浪漫，是心之所至的，孤独的自由。

是在听德彪西的时候，感觉到可能作为法国文学的读者，我们在很大程度上的审美期待正在于这样的法国精神：心之所至的孤独的自由和严格精准的数学般的理性。德彪西让我尤其感动的地方在于他对"贵族性"的坚持，不是做作的，自以为高于常人的那种"贵族性"，而是略带无奈与宿命的坚持，不管时代如何变化，始终服从于自己内心的坚持。

德彪西，是在我们讲的当代法国文学之前。换在法国的小说领域里，担当同样角色的人是福楼拜。换在诗歌领域里，或许应当是马拉美。这样回头去看，我自己也感到很奇怪，竟然是在传统和现代的交界处，我们得到了这样一种矛盾的融合：自由与理性。它是世界上最美丽的融合之一，因为就像我们在绪论里所说的那样，它是不复再来、不可模仿的。从艺术的角度来说，我们总是在拼命抵抗着什么的时候，抵抗历史和未来的时候，才会把自己送到感觉的顶点。不甘心沉默、不甘心沦丧，都会铸就美的姿态：可能不伟大，因为没有一种姿态可以被称为伟大，但是，会有永远成为记忆的灰白和蓝紫。

是在这样的一代人之后差不多三十年到五十年，我们迎来了我们这门课中的现代法国文学。从萨特开始，其实基本上也在萨特仍然影响着的区域里结束。然而，这真的已经是埃菲尔铁塔和蒙帕纳斯塔楼竖起来之后的法国文学了。就像另一个艺术领域的另类可可·夏奈尔用简单的黑白色彩和生硬的线条所宣告的那样：无论你是否接受，钢铁时代必将全方位地来临。

如果我们必须要对法国文学史做一定的梳理，我想，我们可以简单地做一个大致的描述：巴尔扎克以前的小说世界是个色彩斑斓的小说世界，有各种各样的人物，各种各样的世界，各种各样把人带入高潮的事件。有令我们向往的另一种可能的生活。有可以满足我们猎奇心理的、在这个世界的角角落落存在着的或卑微、或绚丽的生命。有连贯的情节，有前因后果，有或幸福或凄凉的故事。有死生相随的爱情，有深入骨髓的仇恨,有纯洁与堕落的对立,有好与坏。有深深的同情。有所有让人觉得活着就有希望,就有可能成为另一个更值得存在的个体的理由。

然后,我们就进入了德彪西/福楼拜的时代。这是一个灰白和蓝紫的时代。是用个人极端的自由,经过精心的构建所完成的似真且幻的世界。人物仍然存在,个人主体在这个世界里占据着最主要的位置。但是,个人与社会之间的联系开始淡化。人与环境的冲突不再是事件的来源。从审美的角度来说,这个世界仍然是一个能让读者充满热情地接受的世界:在仍然算是传统的形式中,一切在悄悄地发生着变化。让那个客观世界本身说话,白雪,木桥,还有落日,目光所及之处,有平静的忧伤和对隐隐到来的那个物质世界的抗拒。小说(艺术)的世界成为和现实世界并驾齐驱的另一个世界。在这样一个另外的世界里,作为个体的人可以超然世外。

从我们没有讲的普鲁斯特开始,一切变得有些让人绝望了。小说不仅成为一个完全独立和自治的世界,而且,在这个世界里,原本最能够起到规划作用的时间和空间突然间被架空了:不再有作为标尺的中心事件存在。我们讲到的九位作家都是基于这个基本命题之上的写作——至少他们都有这样的野心。他们要颠覆理性,而且,他们颠覆的方式不再是像德彪西那样,用远离尘世、不企求理解的个体的自由的方式,而是用消解差异、降低情感的程度的方式。同时,构成文学的词语不再作为人的心声的吐露,它成为物质世界的一部分,它自我显现,自我言说,作为叙事者和作者,似乎已经很难对它有所控制——当然,文学的这一点现代性,我们不能不归功于索绪尔。

一、差异性和零度情感

我们先把女作家放在一旁：女人的世俗化本领有的时候会让这个社会感到一点尴尬。因为她们与她们所处的时代和属于这个时代的重大问题之间，哪怕再有默契，也会在细节上显示出美丽而温暖的背叛。

男性作家会显得相对明了和干脆一点。从罗冈丹到默尔索到《橡皮》里的瓦拉斯，从泥浆之城到阿尔及尔到那个没有名字、或者说有了名字也没有实际意义的省城，我们能够清楚地看到作为小说要素的时间、地点、人物、事件是在哪一点上与巴尔扎克以前的小说要素之间产生巨大差别的：那就是，在我们所读到的这些作家中，如果说，时间、地点、人物和事件仍然存在，这些存在竟然是没有意义的。换了时间，换了地点，换了人物的名字，换了事件（事件只不过是形式的外壳），小说的意义不会得到任何的改变。

不知道你们有没有想过"我是谁"的问题：我是谁？我为什么会是我？这是一个很绕人的哲学问题：从上古时代开始人们就在思索了。其实，在以前，问题相对简单很多，因为，如果回答不出来"我是谁"，可以换一种方法，我们可以从回答"我不是谁"开始，一个个地排除下去，确定自己存在的价值，亦即所谓的"世界在我心中"啊。但是，在我们读的这些现代小说里，这些在二十世纪出生的现代作家做的最坏的事情之一，就是让我们无法回答"我不是谁"这个问题。名字成为一个毫无意义的编码，生存的环境、所处的时间——我们很少再看到像《约翰·克里斯朵夫》这样叙述一生的"长河小说"——都与人物没有本质上的牵连，也根本改变不了人物的命运。

个体不再具有差异性，这是对人的最大的否定。人成了生产线上批量生产、规格统一、或圆或方的社会的零部件。希望小学的那则"知识改变命运"的广告词也不存在。就像那位《喂？我给您接萨特⋯⋯》的作者，萨特的女秘书杰尔曼娜·索尔贝说的那样，知识使感情激扬或压抑，叫人玩世不恭或悲愤填膺，欲望让最高傲、最讲究精神的思想家原形毕露，物性的本能让人归为同一。

简单地说，这就是自我们三位伟大的小说家诞生以来所奠定的现代小说世界的"物化"特征。物化的世界把原来最自以为是的人带进了无休止的自动重复之中。工业革命之前我们所有的骄傲与信心都不复存在，我们自认为能够把握自然、把握文明进程的骄傲与信心：因为我们和无生命的桌子、橡皮并无差别——那块橡皮是永远也找不到的，因为文具店所出售的橡皮都是同样的形状与质地。即便形状有所区别、材质有所区别，这区别的基数仍然超过十万百万。

在这个减法里，有一个最根本的方法，即我所谓的"零度情感"。我们原来会理所当然地认为，让我们产生差异性的，是我们的情感。因为我们沉淀了不同的历史，因为我们掌握不同的知识，因为我们的感受力不同，我们看待事物的方式也产生了很大的差异——这是关于人的历史注解。然而从萨特开始，我们这几位男作家——或许也包括除波伏瓦在内的女作家——都试图把他们笔下的主人公变为"零度情感"的人，不是写作的零度，而是情感的零度。

爱在罗冈丹的身上，还有一种"幻灭"的可能：就好像我们的失恋，它否定的是两个个体之间的爱情，还不是爱的本身。因为罗冈丹还是在枯燥重复的生活里等待那场见面的。有等待就有爱情，这是情感的基本特征。或者说，等待本身就是爱情。因此，见面之后的失望，从本质上来说,就是一场幻灭。我们可以安慰自己地想,或许还有在等待爱情的机会。萨特的女追随者萨冈基本上也到这个程度:通过具体的个体之爱的幻灭来模模糊糊地告诉自己,也许爱是不存在的。

但是,对默尔索情感的消解要激进很多,因为没有前因后果。玛丽问默尔索:"你是否爱我?"默尔索说,大概是不爱。而且我们能够在默尔索的所有举动中判断,这个人应该是谁都不爱。关键不在于他的不爱:传统小说里也有谁都不爱的人——可是这种传统小说里的坏蛋爱的是自己。关键在于这不爱没有原因,没有目的。就像是杜拉斯的爱本身,也是没有原因,没有目的。这个时候的爱与不爱都是悲哀:情感上的因果链被切断了,再也连不起来。

我是在杜拉斯之后插入了罗兰·巴特这位文论家。最初的时候是个无意识的举动。但是讲完罗兰·巴特之后,我突然间明白,一切都不会是完全的无意识——这本身算是对上述减法的一种反抗吧。我们不止一次地说过,"大概是不爱"的故事里还有一个相当令人吃惊也相当令人悲哀的发现:人类的情感竟然是凭借语言来进行的。没有语言,情感的自动重复都将不复存在。我们说情话,我们写情书,我们在激情碰撞的那一霎那用语言来澄清自己的爱和其他动物之间那种盲目的互相取悦有所不同。

在以前,我们也完全不必思考这个问题。因为我们从根本上认为,语言是人类独有的,也是人之所以为人的根本特征之一。因为我们具有不同的思想,所以我们会有不同的话语方式:语言是对思维的描摹,这是一个线性的美好过程:生活-思维-语言。然而,罗兰·巴特用极其戏谑的方式告诉我们——还是多亏了索绪尔瓦解语言这条线性之链时所起的作用——语言首先是一个独立的、自给自足的世界,词语不受我们的控制,它们自我爆炸,自我显现,自我展示;紧接着,他还告诉我们,哪怕是在爱的过程中,语言也具有令人吃惊的自我重复性,它是一个结构,一切在我们的不由自主间,按照这个结构本身的规定在进行:这是《恋人絮语》的本质。

但愿这个本质的发现不会让你们在说"我爱你"的时候感到心惊胆战。

我们最后读到的是罗布-格里耶,在小说世界走得最远的人。因为他在小说这块试验田上,把小说完全纳入了科学试验的领地。他不仅告诉我们,一切(包括走向死亡终极的时间)不仅不是一条线,而且是一个让人不能够产生任何幻想的绝望循环。

阿拉伯人很有意思,因为他们用数字已经预言了这个人类从乐观到最终的悲观的过程,这个过程,就是从"1"走到"0"的过程。不要忘记,"0"是一个绝对的循环,你可以说它是起点,也可以说它是终点。在这个过程中,或许可以有拐弯,有岔道,有阴晴圆缺,但是最终都将走向零。和时间有关的东西都将走向"0"。

罗布-格里耶在小说的世界里写到"8"。"8"代表人类在迷途之中,绕了一圈又一圈。"8"之后的"9"告诉我们,仍然有人在努力着,努力找到某种结果,能够从那个圆的某个方位走出来,直至死亡。死亡之后,才是那个绝对循环的"0"。

到了那个"0",或许小说的世界也将不复存在。

二、甜蜜而温暖的背叛

在萨特的时代里,我们提到了三位女作家:波伏瓦、杜拉斯和萨冈。

两位所谓的存在主义女写手和一位曾经进入过新小说阵地的杜拉斯。

无论在任何时代，在任何小说领域的阵营里，我们的女写手似乎关注的都是爱情。爱，或是不爱，能够爱，或者不能够爱，为什么爱，为什么不爱，一切都可以成为在文字中滞留的，爱的问题。她们似乎在用文字向我们证明一点：不论这个世界怎样变化，爱（或者是爱的反面）始终是存在的一种方式。

爱，是最难的事。因为它牵涉到的，绝不仅仅只是谈情说爱抑或男欢女爱。精神和精神，身体和身体之间的故事里，有自我与他者、有忠诚与背叛、有物质与精神、有时间和空间、有无限和有限、有人世间所有的二元对立和超然于二元对立的梦想。

相较于男性作家，女性作家也许更适合、同时也更乐意停留在矛盾的纠结和混乱之中。在理论性的目标前，锐利如波伏瓦，也无一例外地显示了她们甜蜜而温暖的背叛。是的，如果说爱是存在的一种方式，这种方式在她们的笔下离结果和答案都很远，她们所做的只是延宕。而在被她们无限延宕的这个空间里，我们似乎仍然能够拥有无限可能的爱的形式。

精神和精神的故事，《名士风流》里的迪布勒伊与安娜似乎可以演绎到完美：共同的理想，共同的迷惘，共同的使命和共同的事业。可是，精神的故事会遇上身体的困惑。这是非常古典的灵与肉的矛盾。

在我们所讨论的这个萨特的时代，作为女性作家标志性人物的波伏瓦并没有在《名士风流》里贯彻自己的女权主义纲领：小说并行的两条线将两个完全不同的世界拼贴在一起，男人的世界和女人的世界。男人的世界和女人的世界一样，都是混乱、失败的世界。只是男人的世界里没有灵与肉的矛盾，因为男人善于分裂，他们的失败源自精神本身，他们的忠诚与背叛，也是另一个层面的困惑。而女人，在波伏瓦的故事里，竟也会是想要一下子得到爱、性和温暖,在一个人的身上,得不到的时候,是断裂、死亡,抑或是将就的重生——安娜选择了后者。

或许在文字的世界里,杜拉斯更像一个女权主义者。那个十五岁半的小女孩戴着一顶男式呢帽,从湄公河的渡船开始到堤岸那个弥漫着欲望的气味的房间,自编、自导、自演了一个所谓爱的故事,这个故事供作者和读者自娱、自乐、自误、自作、自受。故事由一张张彼此之间没有逻辑关系的照片构成。她选择了最极致的方式来抒写爱情的悖论:用极端的、为爱而爱的爱将爱锁定在空无中。

不是性别的问题,爱到杜拉斯这里才更像是存在的基本方式,才更像是纳博科夫在《洛丽塔》中所写的那句话,是保留在最最黑暗的过去中的一小片温暖。不是每一个人都能够爱上杜拉斯的文字,能够爱上杜拉斯爱着爱情本身的理论,但是,在我们出发向他人走去、已经跃跃欲试准备要爱了的过程中,我们会突然对爱本身产生怀疑。为此,我们才产生了与身体、与文字肌肤相亲和纠缠探索的愿望。在最物质,最基本的欲望的满足中,我们暂时忘记了那个"他说,他将爱她直到他死"的爱情的庸俗定义。

而杜拉斯也是在这个意义上,更加接近新小说的写手,文字的物质性和可拆解性与爱的物质性和可拆解性竟然是那么同步和吻合,能够把人送入疯狂。

作为一个不那么伟大、但却相当重要的女作家,萨冈在我们所讲的这九位作家中,更像是一个异数。没有那么强烈的文学野心,而成功,几乎是在一夜间袭来,如此之快,如此之早,以至于她都懒得珍惜。

《你好,忧愁》是一支慵懒而略带忧伤的法国香颂,不胫而走的小曲儿竟然也传遍了全世界,还有这个自由得令人羡慕、却免不了晚景凄凉的作家。小说的中文译者余中先说,从作者的第二部小说《某种微笑》开始,他就不再能够喜欢萨冈了——男性的口吻,因为在一个男性看来,这样的小曲儿不值得重复。

《你好,忧愁》里的爱其实是现代人的爱。在这一点上,萨冈没有杜拉斯走得远。在小说主人公灯红酒绿的生活中,她并没有彻底否定爱的存在,但是这高贵而略带忧愁的东西在哪里呢?和我们一样,萨冈不知道。也许在爱人的眼睛里,也许镶嵌在天花板的缝隙里。岁月流走,我们有一天终将发现,我们从来不曾爱过。如果你没有在回忆里或者想象里构建过爱,如果你从开始的时候就不相信它的存在,那它就真的是从来没有存在过。

让我们用顾城的那句诗来总结我们的女写手:黑夜给了我黑色的眼睛,我却用它来寻找光明。

感谢女写手用黑夜的眼睛为我们寻找爱的光明,虽然她们都用自己的方式告诉我们:不论相信与否,不论用古典还是现代的手段,爱,始终未曾找到。它和我们生命中自以为存在的很多真相一样,藏在我们始终走不到的地方。然而,这并不会阻碍所有后来人继续寻找下去。我们难道不是为了这些也许并不存在的真相而活着的吗?它们是我们忘记死亡的唯一方式啊。

三、法国小说现状

我们几乎又过了五十年。

很难描述法国现代小说的状况:龚古尔奖每年仍在继续,诺贝尔文学奖每年也在继续。有的时候,我们仍然能够看见这些文学的奖项又将某个难解的作家送进突然变得畅销的排行榜里：比如那个要花费我一个小时的时间读五十个字的耶利内克。

但是我想，我们不要讲那么烦人的事情了：生活本身已经够烦人的。如果半个世纪前的那些沉重的命题都不复存在，在小说的世界里，我们仍然只能看到那样的琐碎和重复，也许我们真的会觉得日子没有办法到头。

本来，是在这样一种无心的抵抗之上选了勒克莱齐奥和米兰·昆德拉。记得自己很久以前写过一篇叫做《最难的事》的文章，在里面，我曾经提到，朋友问：难道你和你的爱人在一起不是做的饮食男女的事情？我的回答是（在心惊胆战的沉默之后）：是的，可总有点什么是不同的吧。

在结局来到之前的过程里，我相信，总有什么是不同的。现在仍然相信，虽然经历过一段不相信的时间。

勒克莱齐奥和昆德拉在小说的世界里也用同样的方式回答了这个问题。

从小说艺术的角度说，我们可以用非常理论化的词来定义他们，所谓的"新古典主义"——当然，这不是文学批评或文学理论的定论，因为两位作家都还没有到让人盖棺定论的时候。有人称昆德拉是"后巴尔扎克主义"。但是理论术语的问题，我们都暂且放在一边。今天，我们仅仅有时间来说说他们的那一点"不同"，就像我们在这节课一开始的时候所提到的德彪西的不同。

勒克莱齐奥是我所译的，最喜欢的作家之一。因为他是在当今的法国文坛上，文字最纯净的作家之一。到现在我仍然能够记得当初爱上他的场景。是在江南的小镇开会，有一天，一个人吃饭，江南的小镇下了点雨，我在抬起眼睛的一瞬间，望见垂挂在树梢上的雨滴：这就是勒克莱齐奥。为了这点雨滴,现实世界在这个时刻便不复存在。

勒克莱齐奥的主题是一个男性作家的严肃主题:战争、物化的世界、钢铁的牢笼;叙事手法是非常现代的叙事手法:没有连贯的故事,没有确定的人物、时间和地点,甚至没有姓名。

但是,他有非常美丽的、犹如他眼睛一般的蓝色的文字。简洁、有力、没有一丁点杂质。不像普鲁斯特那样竭尽法语辗转之能事,可是是规范中的高贵产物,严格而精准。是在革命与喧闹中,在市场中,在世俗化中的又一个德彪西。

昆德拉的不同是另外的。作为一个移民作家,他一直在愤然摆脱对他的种种世俗的规定:意识形态、政治、东西方的冲突等等。我是在他的愤然当中注意到他的。当然,不是文字的问题,而是他所提出的,作为一个小说家,在这样的世界里,应当承担什么样的使命。

和萨特一样——如果说萨特的伟大时代已经不复再来——在昆德拉的身上,我们见到了现代小说家难得一见的责任心。我们可以跳出来反抗昆德拉的种种,但是,我们不能忽视他的愤怒。因为他告诉我们,现代小说家最大的悖论就在于此:如果说他们瓦解崇高、瓦解梦想、瓦解文字所包含的主体性、瓦解历史,他们留下的文字却在诉说着他们对于崇高、梦想、想要逃脱客体命运和被历史规定的企图和执着。

否则,文字是没有必要存在的,如果真的到了人类的思考毫无价值的那一天。因为,哪怕思考是个玩笑,像昆德拉在他所有的小说里所精心设计的那样,至少,它还有玩笑的价值:供被从尼采到萨特都不再相信的上帝一笑的价值;供我们在轻轻的一笑中回首望见自己曾经的梦想和激情的价值。哪怕这点记忆已经无从追寻。

因为,这已然已是人类的历史。

最后我想讲的是，我是在讲这门课的过程中，完成了一个意想不到的旅程。这是一个从现当代的法国文学倒回去走的旅程。是从一堆的破碎里，又开始等待温暖、美丽和感动的旅程。

我要回到在第一节课上我曾经说过的那句话：所谓用文字的性感抵抗生存的死感。

在我几乎想放弃抵抗的时候，最终挽回我的热情的，让我相信总有一点什么是不同的，还是文字。是这些几乎否定了一切，否定了这个世界，否定了人，否定了情感，否定了历史，否定了未来，甚至否定了文字的文字。最终发现，否定真的是关注的一种方式：我们没有理由那么轻易地放弃自己执着过，或者仍然在执着着的这一点"不同"。

或者我对你们的希望也和对我自己的希望一样，我想，我们还是不能够放弃让自己美丽和得到美丽的机会。如果说到讲课，如果说到你们来听这门课，最终的意义，应该就是在于这里吧。但愿可以像德彪西的音乐一样，为我们打开一扇扇已经关闭的门，让幽蓝的、流动的光线照进来。

让我们能够得到一次后现代的感动。这是我今天得到的一句话。这句话让我思考了很久。后现代的感动最根本的意义是：它不会走向结局和幻灭。它只是在你对周围，对他人，包括对自己深深失望的时候，让自己感觉到存在的理由和价值。

如果在这之后，你们阅读我们所讲的这些作家之后的法国现代小说，阅读乔治·佩雷克（Georges Perec），玛丽·达里厄赛克（Marie Darieusecq），安妮·埃尔诺（Annie Ernaux），帕特里克·夏姆瓦索（Patrick Chamoiseau），米歇尔·乌洛贝克（Michel Houellebecq），或者哪怕是你们阅读那些虚构性自传的女作家，我想，如果我们有被感动的能力，我们也能够在某一个细节上得到这种所谓的后现代的感动。作为我来说,曾经有一本书陪伴了我十年的时间,让我在十年里固守着一个梦想不愿离弃。后现代的感动不要期望那么久,一个小时,一天就可以了。至少在这一个小时或者一天的时间里,我们暂时忘记了生存的死感。而仅凭这一点,文字就已经在你我的身上完全实现了它的价值。

夫复何求?

后记

这是我从 2005 年秋天开始,在学校讲的一门公选课《二十世纪现代法国文学》的讲义。讲义几乎没有怎么动过,怎样拿到课堂去讲,就怎样拿来放进文字里。萨特、波伏瓦、加缪……按照这样的顺序讲下来,讲到最后时间不够了,没能讲勒克莱齐奥和昆德拉,直接跳到了作为结论的最后一讲。在最后一讲的时候,我带去了一张巴伦博伊姆弹奏的德彪西,画面上,蓝色的彩绘玻璃窗一扇扇地打开,阳光一点点地透进来,穿着白裙的女子在舞蹈。我在学生的眼睛里看到很多的困惑和感动——困惑和感动在这样的时刻,真的是最美丽的搭配。

2005 年的秋天对我来说非常重要。在那个秋天,我同时开了两门新课,一门是将近一百人的《二十世纪现代法国文学》,另一门是为外院研究生开的翻译理论课。我在一门课上讲法国现代文学的个案带给我的欢愉、背叛、抵抗和疼痛,另一门课上讲自己的欢愉、背叛、抵抗和疼痛。关闭了将近六年的记忆闸门在那个时间一点点地开启,有的时候,因为关闭了太久,铰链还是会发出刺耳的响声,一直响到心底里。

课在冬天结束。我在寒冷里批将近一百人的试卷,看到一个学生在试卷上写,有时候,我觉得自己在等一条狗,我想跟着它去随便什么地方。那一瞬间,有很复杂的心情,我突然意识到,在这个学期里,虽然我们在一起度过了总是需要投入一些情绪的一个个下午,快乐,或者悲伤,但是这些下午所读到的文字不能够帮助他们解决任何生活中的实际问题。原先没有答案的，至今仍然没有答案。甚至我的话语，和这些已经流传的经典只能加深他们的困惑。那么，我又为什么要说这些呢？

为什么呢？包括我自己在内，和以前一样，生活中仍然有太多让我不明白的事情。或许我也可以摹仿我谈论的这九位作家，以各自绝对的方式来解决生活的问题。但是我不能够。一年的时间里，和过去一样，我仍然做了很多妥协。

于是，原本定下要出的讲义，被我放了半年之久。因为我不知道这些情绪，在随风消散了之后，是不是应当以书写的方式固定下来，走进更多人的记忆之中。

一直到2006年的这个秋天，发现自己走完了——在罗布-格里耶这一讲里，我讲过数字的象征意义——一个零。十多年前都读到的那个所谓"绝对循环"丝毫没有丧失其"绝对"的意味。记忆中桂花的香味，秋天乍起的寒风，冷而疼的失望，心惊胆颤的等待，在一年流转后的今天又纷纷地到来了。如果没有这些重复，或许永远也不能够意识到自己是绕过了一圈。绕过了一圈，但是，在每一年里没有能够学会的东西，那些自己天真地以为还有机会学会的东西，仍然没能学会。

属于2005年秋天的记忆其实不具有任何特别的意义。忘记一些疼痛，添一些新的疼痛，这就是绝对循环的意义。一路走过去，生产的，始终是一些不能解决问题的情绪而已（巴塔耶说，总为自己情绪折磨的人是疯子）。但是，我们不正是在这样的情绪里感受到自己的存在的吗？记得在上课一开始就对学生说，用文字的性感抵抗生存的死感——这句话被我投影在屏幕上，白底黑字，连自己看了也觉得惊心。我也是逃脱不了地想为自己做的事情找到意义，有时以为自己找到了，就会禁不住地兴高采烈。于是把意义用我以为美丽的文字说出来，虽然它们本身在很多时候就自我矛盾着。

矛盾,用我喜欢的,矛盾的诗意表达——悖论。我以为,我们的学生所受的教育令他们不习惯这个词:悖论。他们习惯问一切要一个答案,直接而简单,可以略去很多痛苦。他们习惯明确的目标,习惯行动和选择。他们经常不能够明白,在思辨的层面,悖论是生产性的,不直接导向一个结果,但是,可以把我们带到我们从来不曾注意到的旁枝末节的风景里去。而这旁枝末节的风景,或许就是生活本身。

于是我没有再等下去,也基本没有改动半年前的文字——除了一些太口语化的东西,很好的朋友、编辑彭伦对我说,不能这样,上来就是"我们这门课",毕竟我们是要给课之外的读者看的。我知道,有一些情绪已经不再是今天的情绪,有一些风景也是过去了,就永远再不能见的风景,但是,文字的现时意义难道不是正在于此?它保留了我们或悲伤、或快乐的记忆,在和遗忘的斗争中,它显现出格外的勇气和美丽。其实,我们所阅读的九位经典作家本身就是最好的证明。

记得在第一节课上,我曾经提到那段关于"灯光灭掉"的台词。灯光亮起,所有的一切又恢复到以往的流程,惊异地发现一切并未曾改变,在一瞬之间,会有很多的不甘心。但是沉入记忆的那段自由呢?应当是只有从文字里找回了。它没有以任何物质的方式存在过,无迹可寻。我一直希望自己能够像我喜欢的作家勒克莱齐奥一样,用文字建立起一个纯美的世界,而这个世界,我可以骄傲地说,就是现时,就是眼下,现时能够在现时之所以为现时的这一瞬间,产生出超越过去和未来之上的意义,值得我们去经历,去体会。

哪怕所有的可能性对你关上了门,至少文字是我们用来构建真相的砖瓦。我们总是因为这个要爱的,哪怕所有的爱都要走向灭亡。

后记里,照例要说些感谢的话。感谢所有让这本书得以产生的人,感谢所有让我产生情绪的人,也感谢所有在我写作这本讲义的过程中,所参考的文论、小说的作者和译者(具体请见注释)。感谢每一次不期相逢。感谢是好的,因为它提醒我们,哪怕是在悲伤之中,也不要有所怨恨。在这个世界上,我相信,我们永远是得到大于失去——这个道理,我也是在这一年里明白的,感谢让我明白这个道理的人。

袁筱一

2007 年 10 月

图书在版编目（ＣＩＰ）数据

文字传奇：十一堂法国现代经典文学课/袁筱一著. -- 上海：华东师范大学出版社，2019

ISBN 978-7-5675-8892-9

Ⅰ.①文… Ⅱ.①袁… Ⅲ.①文学研究—法国—现代 Ⅳ.① I565.065

中国版本图书馆 CIP 数据核字 (2019) 第 033655 号

文字传奇：十一堂法国现代经典文学课

著　　者　袁筱一

策划编辑　彭　伦　许　静

责任编辑　朱晓韵

营销编辑　陈　斌

责任校对　李琳琳

封面设计　周伟伟

版式设计　卢晓红

出版发行　华东师范大学出版社

社　　址　上海市中山北路 3663 号　邮编　200062

网　　址　www.ecnupress.com.cn

电　　话　021-60821666　行政传真　021-62572105

客服电话　021-62865537　门市（邮购）电话　021-62869887

门市地址　上海市中山北路 3663 号华东师范大学校内先锋路口

网　　店　http://hdsdcbs.tmall.com

印 刷 者　常熟高专印刷有限公司

开　　本　890×1240　32 开

印　　张　9

字　　数　199 千字

版　　次　2019 年 5 月第 1 版

印　　次　2020 年 8 月第 3 次

书　　号　ISBN 978-7-5675-8892-9/I.2011

定　　价　48.00 元

出 版 人　王　焰

（如发现本版图书有印订质量问题，请寄回本社客服中心调换或电话 021-62865537 联系）